Servicewüste Deutschland? Weit gefehlt. Lulu Knospe ist alleinerziehende Mutter, Journalistin, Moderatorin, Hausfrau. Sonst noch was? Ach ja, da sind noch ein paar Herren, die ihr nachstellen: Tim, der softe Dauer-Ex-Lover mit dem Kuschelfaktor; Robert, der smarte Medien-Manager mit dem Charme eines professionellen Verführers; und dann Robert zwei, der süße Babysitter, der mit Bravour Windeln wechseln und küssen kann. Und wer macht das Rennen?
Vorerst teilt Lulu Knospe das Bett mit ihrer Tochter Lilli. Zwischen Karottenbrei und Karriere hin und her gerissen, schlingert Lulu durch einen Alltag, der eher einem Hindernis-Parcours gleicht. Aber die turbulente Zeit zwischen Pumps und Pampers meistert sie voller Elan und mit einer gehörigen Portion Selbstironie, bis sie sich entscheiden muss ...
Ein Mann zum Nachtisch ist ein offensiver Unterhaltungsroman. Selten hat eine Autorin das Muttersein so humorvoll und intelligent beschrieben.

Über die Autorin:
Nina Kresswitz wurde 1960 in Regensburg geboren. Sie studierte in München Romanistik und Archäologie. 1996 kam ihre Tochter Anna zur Welt. *Ein Mann zum Nachtisch* ist ihr erster Roman.

Nina Kresswitz

Ein Mann zum Nachtisch

BASTEI LÜBBE

BASTEI LÜBBE TASCHENBUCH
Band 16 220

1. Auflage: Mai 2001

Vollständige Taschenbuchausgabe

Bastei Lübbe Taschenbücher ist
ein Imprint der Verlagsgruppe Lübbe

Originalausgabe

Umschlaggestaltung: Manfred Peters
Titelbild: Super Stock, München
Satz: hanseatenSatz-bremen, Bremen
Druck und Verarbeitung: Ebner Ulm
Printed in Germany
ISBN 3-404-16220-X

Ich gebe es ja zu: Ein Mann zum Nachtisch, das ist eine überaus verlockende Vorstellung. Und eine figurfreundliche außerdem. Nicht dass mein Singledasein völlig unbemannt wäre, doch ich bin wachsam. Es ist immer dasselbe: erst auf Wolke sieben surfen, dann kommt der Absprung, und schließlich heißt es mal wieder: Wasser Marsch! Ganze Familienpackungen Tempotaschentücher habe ich schon mit meinen heißen Tränen durchtränkt.

Das kann mir bei diesem Exemplar nicht passieren. Er ist jung. Er ist süß. Und er ist im Fernsehen. In Sicherheitsverwahrung hinter Glas. Bitte nicht füttern.

Mmmh. Lecker. Jetzt bloß ganz schnell schwach werden. Tollkühne Hingabe wäre genau richtig. Verworfener Genuss. Meine Augen klettern an den geöffneten Hemdknöpfen hinunter und verweilen kurz im anmutig gepiercten Bauchnabel. Sooo süß. Und so kalorienarm! Das Beste aber ist, dass er garantiert nicht »weißt duuu« sagt und dass er ebenso garantiert nicht »an der Beziehung arbeiten« will.

Er lächelt. Ich könnte seine große Schwester sein. Ich lächele zurück. Wenn er mich jetzt sehen könnte, dächte er bestimmt: Holla, da ist ja noch Leben in den Ruinen. Ich kann ihn sogar verstehen. Als ich zwanzig war, dachte ich schließlich auch, dass sich Menschen jenseits der dreißig in erkaltete Neutren verwandeln.

Ich wackle mit den Ohren. Das soll eine prima Gesichtsgymnastik sein. Zehn Minuten Ohrenwackeln täglich sind so gut wie ein Mittelklasselifting. Ich wackle.

Ein Kontrollblick in den Spiegel. Oh nein! Aber was kann schon dabei herauskommen, wenn man sich gleichzeitig die Lippen anmalt, mit den Ohren wackelt und noch dazu gebannt einen Videoclip sieht mit diesem wie heißt er noch, Ricky? Micky? Maus? Nun habe ich dunkelrote Zähne. Halloweenverdächtig, aber nicht gerade vertrauenerweckend. Also Boxenstopp im Badezimmer. Ich greife zur Zahnbürste.

Heftig schrubbend schlendere ich zurück zum Fernseher. Rickymaus ist inzwischen vom Bett gesprungen und demonstriert die überaus geschmeidige Beweglichkeit seiner Hüften. Der Junge steht wahrlich nicht im Verdacht, sich als Mann fürs Leben anzudienen. Der ist zum Vernaschen gedacht.

Zartbitteres Mousse au chocolat mit einer Spur Zitronensorbet an schwer beschwipster Erdbeersauce.

Ein letzter Blick auf das entfesselt tanzende Dessert, dann geht es zurück ins Badezimmer. Ich lächele nun zur Abwechslung mal mein Spiegelbild an. Es hat lange gedauert, bis ich mich mit mir selbst angefreundet habe. Aber ausgerechnet diese Freundschaft erfüllt die meisten Männer mit allergrößter Eifersucht. Sie lieben dich so, wie du bist, doch, doch. Aber könntest du nicht ein bisschen mehr dies? Und ein bisschen weniger das? Und was ich dir immer mal sagen wollte ...

Tja. Ich male mir die Lippen rosa. Schließlich gehe ich nicht zum Rendezvous, sondern in die Villa Kunterbunt. Kein Scherz.

Elternabend.

*

»Wir müssen übers Pipimachen reden.«

Sicher, warum nicht? Lilli liebt es, ihre flüssigen Ausscheidungen ins Badewasser abzusondern. Aber das sollte ich jetzt besser nicht erwähnen. Elf Frauen hocken mit den Knien am Kinn auf roten Kinderstühlchen und sind sehr engagiert.

»Der spielerische Umgang mit dem Töpfchen. Das Zulassen der analen Erfahrung. Es ist wahnsinnig wichtig. Nach dem Frühstück und nach dem Mittagessen.«

Melanie lehnt sich zufrieden zurück und nippt an ihrem Rooibusch-Tee.

Gute Idee soweit, doch die Kinder, um die es geht, sind noch nicht einmal zwei Jahre alt.

»Geht nicht«, lächelt die Erzieherin sanft, sehr sanft. Sonja macht das irgendwie waldorfmäßig mit den Kindern, hatte es geheißen, und wirklich, irgendwie ist sie unheimlich waldorfmäßig.

»Wir müssen sie ja unterstützen und begleiten, beim Pipimachen, zehn Kinder mal fünf Minuten macht ungefähr eine Stunde, bei zwei Mahlzeiten macht das zwei Stunden, und wir sind ja überhaupt nur vier Stunden hier«, rechnet sie uns vor und legt ihr Köpfchen schräg. Das muss doch wehtun, dieses Dauerlächeln. Oder wird das bei den Waldorfs operativ eingebaut?

Melanie lässt nicht locker. »Dann aber wenigstens Zähneputzen. Am besten gleich am Tisch, das spart Zeit, die Kinder sollten ja sowieso nur trocken putzen in dem Alter, und es geht ja auch mehr ums Prinzip, um Ritualisierung und so.«

»Am Tisch?«, frage ich.

»Ja, ein Bekannter von mir macht das auch so, nach

dem Essen sitzt er mit seinen Kindern am Tisch, und dann nehmen sie ihre Zahnbürsten und ...«

Ich versuche ein Bein überzuschlagen, doch auf diesem furchtbar niedlichen Kinderstühlchen verliere ich prompt das Gleichgewicht. Ich bin ein bisschen nervös. Elternabende machen mich immer nervös. Mütterabende, genauer gesagt. Anfangs kamen auch mal Männer, aber das hat sich schnell gelegt. Ich stelle mir Melanie bei meinem Lieblingsitaliener vor, wie sie nach dem Espresso Zahnbürste und Zahnseide auspackt und die Ausbeute ihrer gebisspflegerischen Razzia im Aschenbecher deponiert.

»Melanie, ich finde das degoutant. Schließlich urinieren wir auch nicht im Wohnzimmer. Es gibt Akte der Hygiene, die in mitteleuropäischen Kulturen in eigens erdachten und übrigens gut abschließbaren Räumen stattfinden. Eine segensreiche Errungenschaft, wenn du mich fragst.«

Aber Melanie fragt mich nicht. Sie ist öko und zu allem Unglück auch noch diplomierte Biologin, sodass sie immerzu mit Begriffen wie »leere Kalorien« und »nährstoffreiche Keimschicht« herumlaboriert. Trotz ihrer zum Verzweifeln gesunden Ernährung ist sie großzügig dimensioniert, und ich habe sie im Verdacht, dass sie nicht nur Dinkelbrote zu sich nimmt, sondern heimlich Schokolade verdrückt. Nicht vor den Kindern, versteht sich.

»Also ich finde das ist keine Diskussionsebene, so emotional zu werden, ich fühle mich hier echt angegriffen!«

Holla. Kinder sind etwas wahnsinnig Emotionales, will ich gerade sagen, doch da klingelt das Telefon. Es ist Melanies Babysitter, ein männlicher Babysitter, versteht sich, damit Sophia keinen reaktionären Rollenbildern ausgesetzt wird. Sophia hat Bilder an die Wände gemalt. Mit Tofu-Paprika-Aufstrich. Melanie erzählt es mit unverhohlenem Stolz. Das kreative Kind.

Sonja lächelt. »Wisst Ihr«, raunt sie, »meine Aufgabe ist es, den Raum hier zu formen«, ihre Hände ergreifen zwei unsichtbare Honigmelonen, »und den Raum zu halten«, wobei ihre Hände eine Geste andeuten, als würde sie bei einer sehr, sehr guten Freundin den Sitz des BHs überprüfen.

Ich sehe auf die Uhr. Kinder sind etwas Wunderbares. Ich liebe Lilli bis zum Wahnsinn. Ich habe seit zwei Jahren nicht mehr durchgeschlafen, es gibt kein Jackett, das nicht mit Milch und Spucke ornamentiert ist, ich versande auf dem Spielplatz und versinke in Bauklötzen und bin auch noch glücklich dabei. Aber da sind die anderen Kinder. Und, schlimmer noch: Diese Kinder haben Mütter. Am schlimmsten aber ist, dass diese Mütter unaufhörlich sagen: »Du entkommst uns nicht. Du bist wie wir. Willkommen im Club.« Natürlich sagen sie das nur zwischen den Zeilen. Obwohl das Bild etwas unpassend ist. Mütter lesen nicht. Sie kommen einfach nicht dazu. Sagen jedenfalls die Mütter.

Sonja lächelt.

»Wisst Ihr, was nächste Woche ist?« Ein triumphierender Blick in die Runde.

»Karneval!« Betretene Gesichter. »Also sorgt für Krapfen, Luftballons und diese kleinen Blasdinger, die sich so lustig entrollen.«

»Macht zu viel Krach. Das ist eine enorme akustische Belastung für die Kinder«, findet Melanie.

»Also, ich finde Pusten unheimlich wichtig«, sagt Sonja, »es gibt hier Kinder –« sie blickt jetzt sehr streng, »– die können noch nicht mal eine Kerze ausblasen, und es ist für die Entwicklung unheimlich wichtig, das Blasen ...«

Ich beglückwünsche mich zu der Dezenz, mit der ich mir verbiete, an dieser Stelle meine Freundin Yvonne zu zitieren. Yvonne sagt nämlich immer: »Mädchen, die das Tuten hassen, sollten auch das Blasen lassen.« Ich blicke noch einmal zur Uhr und seufze.

»In zehn Minuten muss ich meine Kinderfrau auslösen«, sage ich und versuche, den Klang ehrlichen Bedauerns in meine Stimme zu legen.

»Moment. Wir haben noch etwas zu klären«, sagt Melanie. Für einen Moment lässt sie ihre Häkelarbeit auf dem Mutterschoß ruhen. Ihre Stimme gleitet eine Terz höher. »Ich habe erfahren, dass jemand in der letzten Woche zum Nachtisch Eis mitgebracht hat.« Schweigen. »Ich möchte wissen, wer das war.«

Es ist still wie im Trappistenorden. Die Solidarität der Pragmatikerinnen. Alle zwei Wochen hat jede Mutter Kochdienst. Kein Fleisch, keine Eier, kein Zucker.

»Sonja, sag mir auf der Stelle, wer das war.«

Sonja lächelt. »Nein, das möchte ich jetzt nicht sagen. Aber Sophia hat es sehr gut geschmeckt.«

»Bitte, sag das nochmal.«

»Das Eis hat Sophia gut geschmeckt.«

»Das bedeutet, Sophia hat Eis gegessen?«

»Ja, Sophia hat Eis gegessen.«

Ein Dialog wie aus einem deutschen Fernsehkrimi. Herr Meier ist ermordet worden. Sagen Sie das noch einmal. Er ist ermordet worden. Ich kann einfach nicht glauben, dass er ermordet worden ist. Doch, doch, Herr Meier ist tot, Herr Kommissar. Wissen Sie, was das bedeutet? Ich fange an, mit dem Fuß zu wippen. Lange halte ich das nicht mehr aus.

»Weißt du, was das bedeutet?« Melanie atmet schwer.

»Aber sicher«, sage ich. »Sophia ist gewissermaßen angefixt worden. Und nun ist sie voll auf Turkey, klaut deine Brieftasche und schleicht sich bei der nächsten Gelegenheit zum Kaufmann, wo sie Schokolade, Eis und Gummibärchen bis zum Abwinken in sich hineinstopft. Und spätestens bei Schulbeginn steigt sie um auf Ecstasy.«

»Ich will keine Polemik in dieser Diskussion!«, schreit Melanie.

»Tut mir leid, ich werde in diesem Jahr vierzig und bin deshalb schon allein aus Altersgründen außerordentlich schwer erziehbar. Und jetzt muss ich leider gehen.«

Lilli schläft wie ein Engel. Doch, sie sei sehr brav gewesen. Frau Korn schaltet den Fernseher aus und nimmt gähnend ihr Honorar entgegen. Unfassbar, dass ich für diesen grauenerregenden Abend auch noch bezahlen muss.

Ich clippe mir das Babyfon an den Hosenbund und steuere die Küche an. Die Wohnung ist ein einziger Hindernisparcours. So, als würde hier permanent die Weltmeisterschaft im Springreiten ausgetragen. Doch das hält die Reflexe schön wach, sagt Katharina immer. Katharina hat eine zweijährige Tochter und ist die einzige Mutter, die ich kenne, die meine Demenzparanoia teilt.

»Mutterschaft? Mit dem ersten Schrei des Kindes sinkt der IQ auf Toastbrotniveau«, sagt sie immer. In den Wochen nach der Entbindung hatte sie sogar ihre Telefonnummer vergessen.

Ich weiche Baggern und Barbiepuppen aus, hüpfe über das Tamburin und umrunde die gesamte Mieterschaft des Puppenhauses, bevor ich die Küche erreiche. Lilli hat mit Wasser gespielt, was gut ist, denn es reinigt die Aura, sagt Sonja, und auch die Aura des Küchenbodens ist vollauf rein.

Im Kühlschrank finde ich zwischen Kartoffelbrei und Aprikosengläschen ein Bier. Das ist der Vorteil, wenn ein Mann im Haus ist, jedenfalls stundenweise. Ich bin alleinerziehend. Mein Mann für gewisse Stunden heißt Tim. In zärtlichen Momenten nennt er mich Struppi. Manchmal habe ich das Gefühl, er trifft sich mit mir nur wegen dieser kleinen gelben Plastikhülsen, in denen hochkomplizierte Minibausätze für sinnlose Minispielzeuge auf den Zusammenbau warten. Lilli liebt Überraschungseier, für die eigentliche Überraschung aber ist sie noch zu klein. Und Tim wird nie zu groß dafür sein. So hockt er mit uns beim Italiener und bastelt versteinert an den Bausätzen herum, während Lilli und ich mit Tortellini spielen. Spätestens, wenn die Rechnung kommt, präsentiert er stolz eine daumennagelgroße »Lustige Bäuerin« mit einem nickenden Schwein in der Schubkarre oder ein winkendes Äffchen auf einem Motorrad, das mühelos in eine Streichholzschachtel passen würde.

Plötzlich klebt mein Fuß am Küchenboden fest. Lilli

ist verrückt nach Rosinen. Unfassbar, wie viel Material für eine Tretmine in einer einzigen kleinen schrumpeligen Rosine steckt. Während ich mit einem Brotmesser die braune klebrige Paste von meinem Schuh kratze, danke ich meinem Schicksal, dass jetzt kein Ehemann tadelnd die Braue hebt. Katharina hat eben Recht. Auch Katharina ist unbemannt. Sie findet das gut. Stell dir vor, nicht nur ein Kind, auch noch ein Mann, für den du kochen und bügeln musst, nee. Ist doch viel einfacher so. Da hat sie recht. Tim ist genau richtig. Ich habe ihn noch nie in einem Kleidungsstück gesehen, bei dem sich der Gedanke an ein Bügeleisen aufdrängen würde. Das vereinfacht vieles. So nimmt er es auch gelassen hin, dass Lilli gern unter dem Vorwand vertraulichen Körperkontakts ihre Schnupfennase an seinem Hemd trockenreibt. Ich glaube, er bemerkt es nicht einmal. Und ich, die rettende Kleenexbox bereits in Händen, werde mich hüten, auch nur einen Ton zu sagen.

Die ordnungsgemäß verheirateten Mütter dagegen haben es schwer. Servicewüste Deutschland? Weit gefehlt. Der Heimservice Mutter-Geliebte-Hausfrau hat stets zu Diensten zu sein.

Ich dagegen bin alleinerziehend. »Ledige Mutter«, so nannte man das früher. Und ganz früher sagte man »gefallenes Mädchen«. Reingefallen. April, April. Eigentlich ein Klassiker. Er saß mir gegenüber und pulte in seinen Spaghettis herum und dann kam der Satz. Ich will DOCH kein Kind. Er war unheimlich ehrlich, weißt duuuu. Da war ich im dritten Monat. Katharina dagegen war schon alleinerziehend, bevor sie schwanger wurde. Quasi. Sie machte Polaroids von den potenziellen Samenspendern und legte mir die Fotos auf den Küchentisch, wie eine Wahrsagerin, die Patiencen legt. Ich fand den Sozialpädagogen nett, sie aber entschied sich für den Bodybuilder.

»Die Schönheit vom Vater, die Intelligenz von der Mutter. Dann kann nichts schief gehen!«, rief sie fröhlich und setzte die Pille ab. Natürlich kam alles ganz anders. Nun hat sie eine Tochter mit scharfgeschnittenen Gesichtszügen und einer eher unaufdringlichen geistigen Beweglichkeit. Finde ich jedenfalls. Aber trau nie einer Mutter, wenn sie über andere Kinder spricht.

Ich nehme eine Videocassette vom Stapel. Ein Actionfilm. Nicht, dass ich mir so etwas freiwillig ansehen würde. Ich schreibe Filmkritiken für die »Stattzeitung«, ein alternatives Szeneblatt, das mit seinem mutwilligen Layout darüber hinwegzutäuschen versucht, dass es in dieser Stadt überhaupt keine Szene gibt. Eigentlich müsste ich mir die Filme bei den Pressevorführungen im Kino ansehen, aber dann gebe ich für den Babysitter mehr aus, als ich für meine Filmkritik bekomme. Das hat Jürgen eingeleuchtet. Jürgen ist auch so einer, der gern »weißt duuuu« sagt. Aber er ist ein höchst kooperativer Redakteur und organisiert immer irgendwelche verrauschten VHS-Kopien für mich. Ich befürchte, das ist der zweite Grund, warum Tim sich so gerne bei mir aufhält.

Zack, bumm, splash. Eine dünnflüssige Story mit mäßigen special effects. Ich sitze im Bett, Lillis Rosinendose auf den Knien.

Gerade, als sich das leere Gesicht des prima trainierten Helden mit dem Blut seines Opfers färbt, höre ich einen vertrauten Sound im Babyfon. Der Berg ruft. Lilli ist aufgewacht. Neben ihrem Bett steht das Menü der Nacht, das sie selbst im Halbschlaf ordern kann. Milli. Bizzl. Nulli. Auf hochdeutsch übersetzt heißt das: Milch, Mineralwasser, Schnuller.

Ich gebe zu, dass ich die Babysprache spreche, aber nicht etwa aus Bequemlichkeit oder Regression, nein, aus purer Höflichkeit. Anfangs war ich noch entsetzt, als ich mit dem Kinderwagen auf einen Spielplatz geraten war und feststellte, dass ich mich unversehens in einer exotischen Sprachenklave befand. Aua gemacht? Bautz? Kacka? Als Lilli dann zu sprechen begann, sah ich ein, dass die Kurzen ihre eigene Sprache mitbringen. Ist es nicht so, dass Kinder Gäste aus einem anderen Universum sind, wie Sonja immer sagt? Also handelt es sich ja wohl um einen Akt der Gastfreundschaft, nicht auf der Muttersprache zu beharren. Muttersprache, ausgerechnet. Wenn mich ein Amerikaner besucht oder ein Franzose, tue ich schließlich auch mein Bestes und radebreche drauflos.

»Bizzl«, sagt Lilli jetzt und ich sage: »Da, Bizzl haben, mein Süßi«, und gebe ihr das Verlangte. Erleichtert tastet sie nach mir, greift nach der Flasche, als ginge es ums nackte Überleben, und trinkt mit geschlossenen Augen. Oh, diese kleinen Seufzer und Schnarcher, Sphärenmusik, die sich mit dem entfernten Ächzen des Fernsehers mischt. Es gibt jede Menge Auas und Bautze in dem Video, soweit sich das aus der Ferne beurteilen lässt. Ich werde den Film nicht verreißen, oh nein. Action ist Kult, und keiner soll sagen, dass sentimentale Muttertiere so etwas nicht erkennen. Während Lilli meine Finger umklammert und regelmäßig zu atmen beginnt, formuliere ich schon mal locker vor. ›Die Trash-Ästhetik früher B-Movies wird mit hollywoodesken Mitteln ironisiert.‹ Na, also. ›Zitathafte Versatzstücke des Genres, gekonnt kunstlos aneinander gereiht, durchkreuzen planvoll jede vorschnelle Identifikation und schaffen jene Distanz, deren Konzept sich auch in der Besetzung des Protagonisten spiegelt: nichtssagend und brutal, gerinnt er zum roboterhaften Prototyp, der das Prinzip der Gewalt durch Mittelmäßigkeit bloßstellt.‹

Aua. Ich muss Lilli morgen dringend die Nägel schneiden.

*

»Wirklich? Oh, danke.«

Der Redakteur ist begeistert.

»Eben habe ich dein Fax bekommen. Das macht dir so schnell keiner nach. So sophisticated, wie du das beschrieben hast. Toll. Wir haben ein geiles Standfoto, das wir dazu bringen, die zerstückelte Lolita, du weißt schon ...«

»Ach ja, die Lolita«, sage ich, während ich Lillis nackte Lieblingsbarbiepuppe auf den Füßen balanciere und dazu Grimassen schneide. Lilli wird rasend schnell eifersüchtig, wenn ich telefoniere, also mache ich den Entertainer, um sie bei Laune zu halten. Die Lolita habe ich verpasst, die war offenbar während der nächtlichen Menüwahl dran. Den Rest des Films hatte ich mir im Schnellgang angesehen und nur den Abspann in normaler Geschwindigkeit laufen lassen. War eine hübsche Musik, auf dem Abspann.

»Und wie du dann den Abspann rezensiert hast und damit das Prinzip der Ironisierung noch einmal auf der Ebene der Kritik gespiegelt hast, super super super.«

Ich habe eine Schwäche für Abspänne. Diese ganzen Spezialberufe faszinieren mich, der dritte Beleuchter und die Schienenleger für den Kamerawagen und das Catering und die Leute, die nur für das Blut zuständig sind. Was essen die bei solch einem Film eigentlich in den Drehpausen? Blutwurst? Hackepeter?

Ich schlucke unwillkürlich und sage: »Immanent.«

»Was?«

»Immanente Kritik, sozusagen.«

Verflixt. Versuche nie, schlauer zu sein als dein Redakteur.

»War nur Spaß, ehrlich.«

»Ach so.« Jürgen klingt erleichtert. »Morgen schicke ich dir diesen neuen Horrorfilm, du weißt schon, wo die Opfer sich in Schleim verwandeln.«

Ich habe den Hörer nun zwischen Ohr und Schulter eingeklemmt, während ich die Barbiepuppe mit einem Hasen und einem Eichhörnchen paare. Lilli gluckst.

»As Schleim goes by«, witzele ich.

»Klasse. Also – mach's gut, Mamilein.« Wie ich dieses gönnerhafte Zeug hasse.

»Ist das deine Tochter, was ich da im Hintergrund höre?«

Deshalb also Mamilein. Kaum werden sie an deine Mutterschaft erinnert, fühlen sie sich auch schon überlegen.

»Nein, das ist mein neues Workout-Video, die machen immer so begeisterte Geräusche bei den Situps.«

»Workout? Toll, wie du das machst. Powerfrau. Ich sag' immer: Die ist 'ne Powerfrau.«

Komisch, noch nie habe ich jemanden von einem Powermann reden hören. Als sei die Power im Mann ein genetisches Patengeschenk.

»Okey-dokey«, sage ich.

»Übrigens –«

»Ja?« Meine Güte, leg schon auf, Lilli ist jetzt auf meinen Schoß geklettert und macht äußerst riskante Turnübungen.

»Da war ein Anruf von so 'nem Typ, von der, du weißt schon, von DER Zeitung, der wollte irgendwas von dir, hab' vergessen was, sorry, was war das noch, ich habe ihm deine Nummer gegeben, war doch okay, oder?«

»Klar doch!« Drei Sekunden noch und Lilli stürzt in den Abgrund, mitsamt Barbie und Häschen und Eichhörnchen und dann gibt's Gebrüll. Bloß das nicht.

»Du Jürgen, ich habe jetzt einen total wichtigen Termin, und ich muss vorher noch ein Fax an die Münchner Filmagentin schicken, sei mir nicht böse, ciao, Bello!«

Zack, bumm, oh lala, gerade noch mal gut gegangen. Ich fange Lilli in letzter Sekunde vor Gehirnerschütterung und Armbruch auf. Lilli strahlt.

»Zirkus!«, ruft sie, das gute Kind.

Und schon wieder geht das Telefon. Ich drücke die Freisprechtaste. Vorsichtshalber.

»Hallo?«, frage ich atemlos.

»Lulu Knospe?«

Die Stimme klingt streng. Was ist denn das für einer?

»Nach Diktat verreist«, antworte ich und versuche einen Kopfstand. Das ist immer die Endstufe, wenn Lilli eigentlich schon das Stadium der Ungeduld überschritten hat. Lulu Knospe. Ich weiß, das klingt albern. Aber ich heiße Heidemarie, und das ist nicht gerade prickelnd, zumal die Kombination von Heidemarie und Knospe mehr ein Kalauer als ein Name ist. Ich habe nie herausgefunden, ob das purer Übermut war oder ob meine Eltern den Namen unter Alkoholeinfluss ausgesucht haben. In der Schule nannten sie mich das »Heideröslein«. Als ich zu Hause auszog, damals, da beschloss ich, mich Lulu zu nennen, und dabei ist es geblieben.

»Könnten Sie Frau Knospe etwas ausrichten?«

»Aber gern. Sie jetzt hat eine Termin, aber habe ich Handynummer.« Ich versuche, einen leicht ausländischen Touch einfließen zu lassen. Gestatten, mein Name ist Fatima, die orientalische Zugehfrau.

»Dann sagen Sie ihr doch freundlicherweise, dass sie mich unter folgender Nummer erreichen kann: Null ...«

Ich fasse es nicht. Drei, nein, vier Stifte habe ich heute Morgen neben das Telefon gelegt und einen daumendicken Notizblock. Weg. WEG!

»Eine Augenblick, ich hole schreiben!«

Mit einem doppelt eingesprungenen Rittberger wirbele ich die verblüffte Lilli vom Sofa, sodass ihr keine Zeit für Protest bleibt, rase mit ihr in die Küche, drücke ihr die Rosinendose in die Hand, schließe die Tür, schnappe mir »DIE ZEIT«, greife mir einen Kugelschreiber aus der Handtasche, rase zum Telefon und sage artig: »Ich hören.«

»Sie haben jetzt etwas zu schreiben?«, fragt die Stimme am anderen Ende zweifelnd.

»Ich schreib' das auf den Rand der Zeit«, antworte ich und vergesse fast den Akzent, weil das plötzlich so poetisch klingt.

»Wie hübsch«, sagt die Stimme denn auch.

»Klar. Ich schreiben«, antworte ich und piekse mir den Stift in die Handfläche, um nicht zu lachen. Dann notiere ich die Nummer.

»Auf Wiederschreiben«, sagt die Stimme, dann klickt es. Komische Stimme, denke ich. Komischer Typ. Ich betrachte die Nummer auf dem Zeitungsrand. Komische Nummer. Komisch still ist es auch. Ich rase zurück in die Küche. Lilli sieht mich erwartungsvoll an. Na los, Mama, du musst jetzt sehr, sehr stolz sein. Sie hat die restlichen Rosinen in den Ausguss des Waschbeckens gedrückt. Sie hat den Wasserhahn aufgedreht. Rückstau und Aurareinigung der gesamten Küche.

*

»Ich fänd' es unheimlich wichtig, dass du sie schon zum Frühstück bringst.«

Für die einen ist es Sonja, für die anderen ist es der sanfteste Terror der Welt. Ich bin zu spät, klar, Sonja hat offenbar den Raum für heute bereits geformt und ist nun vollauf damit beschäftigt, ihn zu halten. Da kommt Lilli jetzt ziemlich ungelegen. Ich will schon lospoltern, dass ich eine ganze Menge Geld für den Kindergarten hinlege und neben dem Sack voller Pflichten auch ganz gern ein klitzkleines Säckchen mit Rechten hätte, als ich mich auf die alte Methode der Tonfallresonanz besinne. Klappt immer. Wenn einer schreit, schrei zurück. Wenn einer so soft ist –

»Du Sonja, weißt duuuu«, ich schnurre wie ein Kätzchen, meine Pfoten sind aus feinstem altrosa Samt, »die Lilli, die ist in letzter Zeit unheimlich fixiert auf Körperkontakt, das ist so eine Phase, weißt du, ich finde es unheimlich wichtig, dass ich ihr das gebe, ich spüre in sie hinein und weiß, dass ich mir diese Zeit nehmen muss, das ist so eine Erdung für sie, die Nähe, sie kommt dann auch ganz anders hierher, weißt du, sie ruht dann mehr in sich ...«, aus dem Augenwinkel beobachte ich, wie sich Lilli hinter Sonjas Rücken auf Leander wirft und »Zirkus!«, schreit, »und das dauert nun mal seine Zeit, aber ich weiß, dass du so was mittragen kannst, du integrierst immer so toll ...«

Sonja lächelt nachdenklich. Wahrscheinlich ist sie nicht ganz sicher, ob es sich nicht doch um eine Parodie handelt.

»Also dann, bis heute Mittag«, sage ich und will gerade verschwinden, als Sonja fragt: »Was kochst du eigentlich heute?«

Oh nein. Nicht das. Nicht heute.

»Überraschung!«, rufe ich und spurte davon. Überraschung, wohl wahr. Kochdienst. Das hatte ich total vergessen. Also: Einkaufen, Gemüse schnitzen, Kochen, Anliefern. Yes, Sir.

Im Supermarkt beschließe ich zu mogeln. Wofür gibt es schließlich diese Tiefkühlsachen, von klugen Menschen erdacht, von langer Hand vorbereitet, in eisigem Schlaf auf Tauwetter wartend? Tim hat noch nie was gemerkt. Eine der wenigen Machophantasien, die ich ihm lasse, ist die, dass ich für ihn was Feines brutzele, in echter Handarbeit. Liebe geht eben durch den Magen. Ist ja schließlich keine große Liebe. Tiefgekühlt reicht völlig für Tim.

Ich entscheide mich für Tofubällchen und kaufe zwei Päckchen Farmergemüse dazu. Die Maiskörner werde ich neben den Rosinen unverdaut in Lillis Windel wiederfinden. So what.

Ich röste gerade die Tofubällchen, als das Telefon klingelt. Die komische Stimme ist wieder dran. Die hatte ich doch tatsächlich vergessen. Soll ich jetzt die Köchin geben?

»Hallo, Frau Knospe? Sind Sie das?«

Na gut. Er hat mich.

»Oh ja, hallo.«

»Störe ich Sie? Kochen Sie gerade?«

»Oh nein, das hat meine Zugehfrau schon erledigt, ich schaue mir gerade ein Kochvideo an, wir machen eine neue Rubrik, serviceorientiert, wissen Sie.«

»Und – was gibt es Feines?«

Der Kerl hat Nerven.

»Frühlingsrolle mit zweierlei Morchelfüllung an Thunfischcarpaccio im Zitronengrasbett.«

Stille.

»Hallo, sind Sie noch da?«

»Entschuldigen Sie, aber gerade hat sich bei mir spontan ein Pfützchen auf der Zunge gebildet, und das macht mich immer sprachlos.«

Ach so einer.

»Na, denn man noch einen schönen Tag. Und vergessen Sie nicht die Gummistiefel.« Dann lege ich auf. Zwei Sekunden später läutet es wieder.

»Hallo, Frau Knospe, nicht auflegen, bitte. Mein

Name ist Sommerauer ja, genau, wie der Fernsehpfarrer, ich bin Redakteur bei der Rundschau.«

So eine Frechheit. So alt bin ich schließlich auch wieder nicht. Pfarrer Sommerauer, war das nicht in den Sechzigern?

»Na und?«

»Wir lesen seit einiger Zeit Ihre Filmkritiken. Mit wachsender Begeisterung, um es ganz genau zu sagen.«

Mit wachsender Begeisterung. Der Mann ist wirklich unmöglich.

»Ich möchte Sie ganz direkt fragen, ob Sie Lust haben, für uns zu arbeiten.«

Dong. Das saß. Die Rundschau. DIE RUNDSCHAU. Ich starre fassungslos meine Tofubällchen an.

»Wirklich?« Das ist alles, was mir jetzt einfällt.

»Wie wäre es, wenn wir uns mal zu einem zwanglosen Gespräch treffen würden?« Komisch, alles was dieser Mann sagt, klingt zweideutig. Liegt das nun an ihm oder an mir? Ich beschließe, auf der Stelle einen Test zu machen.

»Ja gern. Wie wäre es übermorgen im Trüffel?«

Die »Trüffel« ist mit Abstand das teuerste Restaurant der Stadt.

»Einverstanden. So gegen 12.30 Uhr? Und vergessen Sie nicht, Ihre Kochrezension mitzubringen. Zitronengrasbett. Klingt wirklich gut.«

Klick. Ich bin fassungslos. Die Tofubällchen sind tiefschwarz.

*

»Du hättest wenigstens Vollkornnudeln nehmen können«, sagt Sonja mit sanftem Vorwurf in der Stimme.

»Sorry, Sonja, die waren ausverkauft, aber für die Sauce habe ich nur Biotomaten genommen und Tomatenmark vom toskanischen Gut meiner Freunde, das sind die, von denen ich auch immer das kaltgepresste Olivenöl bekomme, gewürzt habe ich das Ganze ausschließlich mit einer Sojasauce aus garantiert nicht genmanipuliertem Soja, die bringt mir meine Freundin Ruth aus Kalifornien mit, die sind ja viel weiter da drüben im Amiland, Health Food bis zum Ohrenwackeln, du weißt schon ...«

Natürlich weiß Sonja schon. Sonja weiß alles. War mir ja auch peinlich, simple Nudeln mit gestreckter Ketchupsauce zu servieren. Den Kindern macht das nichts aus, die spielen sowieso nur mit dem Essen und malen sich lustige Gesichter damit. Für die Erzieherinnen aber ist das Mittagessen der Höhepunkt des Tages, sie essen unglaubliche Mengen und verteilen gern Zensuren an die eifrigen Mütter.

»War ganz, ganz toll, ich habe mir etwas eingepackt für heute Abend«, heißt es dann, oder »an dem Gratin musst du noch ein bisschen arbeiten«.

»Nächstes Mal gibt es Tofubällchen«, verspreche ich, aber Sonja lässt sich nicht einfach so abspeisen. Sonja kann ganz furchtbar enttäuscht gucken. Abteilung waidwundes Reh. Zum Glück kommt jetzt Lilli angelaufen.

»Hallo Hasi-Nasi-Bär, kleine Quatschnudel, hast du schön Blödsinn gemacht?«, rufe ich erleichtert und bedecke Lillis Gesicht mit Küssen. Die Küsse schmecken nach Ketchup. Als ich mich von meinem Kind, meinem süßen Kind löse, steht Melanie vor mir.

»Ich finde, es ist Zeit für einen Elternabend mit dem Schwerpunktthema: Was ist vollwertige Kost?«, bellt sie.

»Tolle Idee!«, belle ich zurück. »Aber dalli, wenn ich bitten darf! Bloß nicht auf die lange Bank schieben!«

Ich nehme Lilli auf den Arm und lasse die verblüffte Melanie stehen.

Zuhause drängeln sich schon die Messages auf dem Anrufbeantworter. Tina will das Rezept für Apfelbrot, Biggie sucht ein Kinderbett, Katharina berichtet von einem formidablen neuen Babysitter, Tim kommt zum Abendessen, Melanie will nochmal über alles reden. Und die Sekretärin des Fernsehpfarrers bestätigt, dass übermorgen um halb eins ein Tisch im »Trüffel« reserviert ist.

Mit wachsender Begeisterung, ach du liebes bisschen. Bestimmt trägt er einen anthrazitfarbenen Rolli, eine fesche Hornbrille und baggert seine Neuzugänge an. Ich taufe ihn »Baggerführer Willibald«.

Lilli setzt sich erst einmal aufs Dreirad und verrichtet mit träumerischem Blick ihr großes Geschäft. Mütter haben einen Sense für so was. Sie wissen immer ganz genau, wenn es passiert. Ein Innehalten, eine geradezu anmutige Nachdenklichkeit liegt dann auf Lillis Gesicht. Ich bin irritiert. Denn seit ein paar Wochen erledigt Lilli das in der Villa Kunterbunt. Sonja hatte es mir voller Stolz erzählt.

»Wenn die Kinder hier Kacka machen, dann weiß ich, dass sie sich hier wohlfühlen!«, hatte sie geschwärmt.

»Lilli, Süße, war was in der Villa Kunterbunt, heute?«

Lilli hört gar nicht hin. Sie teilt noch nicht die fäkale Fixierung der Erwachsenen. Und schon gar nicht die der Mütter. Nie hätte ich früher geahnt, dass Mütter nach allen Regeln der Konversation ein ausführliches Gespräch über Menge, Farbe, Konsistenz und Geruch von Exkrementen führen können. Das geht schon morgens los, auf nüchternen Magen. Wenn die Kinder in der »Viku«, also in der »Villa Kunterbunt« abgeliefert werden, kommen die ersten Lageberichte.

»Bei Leander sah es heute aus wie Kaninchenköttelchen, irgendwie süß«, erzählt Renate.

»Du, und bei Sophia roch es total streng, sie hat nämlich gestern FLEISCH gegessen, bei der Oma«, klagt Melanie.

»Samson hat Superdünnpfiff. Das spritzt nur so durch die Gegend«, beschwert sich Inge-Gundula; die ist schon mit Doppelname auf die Welt gekommen, alle anderen haben ihn sich mehr oder weniger leidvoll erworben.

»Also, meins war heute mehrfarbig und von breiartiger Beschaffenheit«, habe ich einmal den Diskurs ergänzt. Drei Tage lang hat niemand mit mir gesprochen.

Der Willibald, der Willibald, der läuft mit Brilli in den Wald. Was ziehe ich bloß an? Ein Fall für Yvonne. Die hat kein Kind und einen glamourösen Kleiderschrank. Ohne Spuckeflecke.

»Hallo, Yvonnchen«, hauche ich in den Hörer.

»Weißt du eigentlich, wie spät es ist?« Yvonnes Stimme klingt wie Sandpapier.

»Och, Moment mal, Viertel nach zwei«, sage ich kleinlaut.

»Na ja, schon gut, war 'ne eigenwillige Nacht, einer steht unter der Dusche, und der andere dreht gerade Joints fürs Frühstück.«

»Na, denn fürderhin frohes Gelingen«, flöte ich. »Sag mal, Yvonnchen ...«

»Ein Kerl? Wie sieht er aus?«

»Rolli und Hornbrille.«

»Job oder Herz?«

»Beides«, sage ich und ärgere mich. Wieso habe ich das denn jetzt gesagt?

»Okey-dokey, der Kostümverleih Yvonne ist stets zu Diensten. Rücksitz oder Restaurant?«

»Trüffel«, sage ich knapp. Einen Moment lang ist es still.

»Hey, lass was über für mich, ja?«

»In vier Wochen kannst du ihn haben.«

»Schon gut. An was hattest du denn gedacht?«

»Superkorrekt mit unterirdisch brodelndem Sex-Appeal.«

»Hoppala. Mittag oder Abend?«

»Mittag«, antworte ich und registriere staunend das Bedauern in meiner Stimme. Was ist denn nun los? Mein Leben ist gut so, wie es ist. Bloß keine neuen Achterbahnfahrten.

»Also gut, lass mal überlegen, für abends hätte ich einen messerscharfen décolletierten Smoking, Yves-Saint-Laurent-Kopie, aber das ist mega-overdressed für deinen kleinen Lunch, warte, ich geh' mal zum Schrank – wow, das ist es, ein wadenlanges graues Kostüm mit Nadelstreifen, dazu eine graue hochgeschlossene Bluse.«

»Und was brodelt da?«

»Ein Schlitz bis zur Hüfte. Das Teil geht nur ohne Slip, Süße.«

Ich schlucke.

»Perfekt!«, höre ich mich sagen. »Wann kann ich vorbeikommen?«

»Gib den Jungs noch ein bisschen Zeit, sagen wir – um sechs?«

»Super, du bist ein Schatz!«

Ein Schlitz bis zur Hüfte. Hoffentlich an der Seite. Ich möchte wirklich mal wissen, wo Yvonne immer diese rasanten Klamotten herbekommt. Lilli springt vom Dreirad auf, nicht ohne Spuren auf dem roten Plastiksitz zu hinterlassen.

»Lilliiiiee!«, rufe ich hinter ihr her, aber es ist schon zu spät. Sie hat es sich auf dem Sofa gemütlich gemacht.

»Buch kucken!«, gluckst sie fröhlich. Ich stürze zu ihr. In der Tat. Die protestlerische Stuhlverhaltung hat ein fulminantes Ende gefunden. Auf Lillis rosa Jeans zeichnet sich die Linie ihrer Windel als sattbraunes Dreieck ab, und auch das Sofa ist stummer Zeuge, dass der Entleerungsstreik vorbei ist. Ich packe Lilli beherzt an Hand und Fuß und gebe vor, Flugzeug mit ihr zu spielen. In schwungvollen Kreisen nähern wir uns dem Badezimmer, wo ich das süßeste aller Kinder in die Badewanne setze. Mit Jeans.

*

»Hallo, Lilli-Spatzi, komm her, hier gibt's Gummi-Gummi-Bärchen ohne Ende!« Yvonne ist in Form. Die Jungs sind weg, und sie hat jetzt Lockenwickler im Haar.

»Und hier, KUCK DOCH MAL, hier ist eine neue – BARBIIIIIIIE!«

Lilli ist begeistert. Eine Hand voll Gummibärchen kauend, nimmt sie das kostbare Stück in Empfang. Es ist eine dunkelhäutige Barbie mit Rastalöckchen und einem pinkfarbenen Plastikkostümchen.

»Das ist doch was für deinen Ökokinderladen«, sagt Yvonne, »eine politisch korrekte Dritte-Welt-Puppe!«

Diese Barbie hat mit der Dritten Welt ungefähr so viel zu tun wie Mutter Teresa mit der Love Parade.

»Erstens ist das kein Kinderladen, sondern eine Eltern-Initiative, und zweitens herrscht leider absolutes Barbie-Verbot«, erläutere ich geduldig.

»Macht nichts«, schnurrt Yvonne, »wir kriegen Lilli schon hin. Wenn sie sechzehn ist, bringe ich ihr alles bei, was sie so braucht in dieser schönen bösen Welt.«

Ich habe Yvonne während meines Studiums kennen gelernt. Nein, nicht in der Vorlesung, in einer Kneipe, wo ich am Wochenende jobbte. Vermutlich wäre ich dort ganz fürchterlich untergegangen, wenn mir Yvonne nicht gezeigt hätte, wie man eine ›echt gute Tresenschlampe‹ wird.

»Baabiie, Baabiie!«, jubelt Lilli.

»Triffst du dich immer noch mit diesem Spielzeugvertreter?«, frage ich.

»Never ending Story«, antwortet Yvonne und gähnt. »Ich lass' das mal laufen, bis Lilli eine anständige Barbie-Kollektion hat.«

»Denk dran, ich habe nur eine Drei-Zimmer-Wohnung«, flehe ich.

Yvonne hat eine irrwitzig schöne Barbie-Sammlung. Sie hat das allererste Exemplar von 1959 im gestreiften Badeanzug und die Silken Flame von 1965 im leuchtend roten Jackie-Kennedy-Mantel samt Pillbox und lauter andere Kostbarkeiten, die sie auf Barbie-Conventions ersteigert. Das sind die Familientreffen der Barbiemaniacs.

»Pony?«, fragt Yvonne. Ein Pony, das ist ein Piccolo mit einem Schnaps dazu. Auch das habe ich von Yvonne gelernt.

»Och nö, hast du Wasser oder Saft?«

»Jawoll, Frau Mama. Aber nicht, dass du demnächst mit Gesundheitsschuhen antrittst. Und nun erzähl mal, wie heißt er denn?«

»Willibald.«

»So heißt kein Mensch. Der Kerl ist bestimmt verheiratet.«

»Umso besser. Singles sind so wahnsinnig anstrengend.«

»Dich hat's aber ganz schön erwischt«, stellt Yvonne ungerührt fest. »Also, zieh mal dieses grässliche Sweatshirt aus, und lass mal sehen, wie sich die Cellulitis so macht.« Lilli kaut dermaßen intensiv, dass ich misstrauisch werde.

»Lillilein, Süße, gibst du Mama ein bisschen was ab?«

Lilli überlegt einen Moment, dann spuckt sie zwei winzige pinkfarbene Stöckelschuhe aus.

»Hast du überhaupt Schuhe zu dem Kleid?«, fragt Yvonne.

»Jaha, glaube schon«, rufe ich und knöpfe das Kostüm zu. Es ist eng. Knalleng. Gestatten, Tamara, die tanzende Fleischwurst.

Yvonne legt ihre Zigarette auf eine Untertasse und zupft an mir herum.

»Haltung, Kleine, Kinn hoch, Popo raus und üb um Himmels willen mal das Sitzen.«

Sie zieht einen Stuhl vor den Spiegel, und ich nehme Platz.

»Yvonne, das geht nicht. Ich werde quasi nackt im Lokal sitzen.«

»Ob das nackt wirkt oder angezogen, ist ganz allein eine Frage der Mimik«, bemerkt Yvonne sachkundig. »Komm schon, du kannst so herrlich arrogant sein, zick mal richtig rum, dann ist das Kleid wunderbar.«

Sie drückt mir einen »Playboy« in die Hand.

»So, Schätzchen, das ist die Speisekarte. Du schlägst sie jetzt ganz langsam auf, und dabei schlägst du ebenso langsam ein Bein über.«

Ich tue, was Yvonne sagt, und starre fassungslos in den Spiegel.

»Bei dem Job geht's ums Schreiben, Yvonne, von horizontalen Nebenbeschäftigungen war absolut nicht die Rede.«

»Bei Jobs geht's immer um DAS«, sagt Yvonne. »Aber denk dran: absolutes Slipverbot. Und schon gar nicht dieses Blümchending da. Aber wenn du auf Wäsche bestehst« – ich nicke heftig – »dann leih' ich dir mal was Anständiges.«

Das Anständige ist aus schwarzer Spitze und sehr, sehr klein. Yvonne hat es aus einer offenen Schublade herausgekramt und wirft es in meine Richtung. Kurze Zeit später fliegen zwei schwarze Lackstilettos hinterher. Yvonnes Wohnung sieht aus wie ein Secondhandladen mit Bett. Schränke, Kommoden, Kleiderständer, Spiegel, wohin das Auge blickt.

»Willibald. Trüffel. Job. Tut mir leid, das passt nicht zusammen. Oder eben gerade gut. Halt mich auf dem Laufenden, ich glaube, du wirst Hilfe brauchen.«

»Am besten, ich nehme ein Handy mit ins Restaurant und stelle auf Standby. Dann kannst du mich optimal beraten. Oh – schade. Isch abe gar keine Ändy.«

Yvonne nimmt einen langen Schluck Kaffee, dann öffnet sie einen Piccolo.

»Viel besser: Ich setze mich an den Nebentisch!«, lacht sie. »Du bist 'ne Powerfrau, ehrlich, superklug und auch noch eine tolle Mutter, aber was Männer betrifft, ist es immer dasselbe: Hinterher heißt es, ›vielleicht hätte sie jemanden fragen sollen, der sich damit auskennt‹.«

Sie setzt sich auf das Bett, das von rosa Kissen bedeckt ist.

»Kommt schon, ihr zwei Mäuse, ich werfe ein lustiges Video ein, und dann gibt's Pommes satt!«

»Wonni – Pommpomm«, jauchzt Lilli.

»Soll ich es wirklich anziehen?«, frage ich unschlüssig und drehe mich vor dem Spiegel hin und her, während Yvonne und Lilli es sich gemütlich machen.

»Wird 'n Knaller. Wann ist denn das Date?«

»Übermorgen Mittag.« Ich spüre, dass ich rot werde. Da ist man fast vierzig, und es fühlt sich immer noch an, als sei ich ein kleiner hektischer Backfisch. Dabei habe ich den Kerl noch nicht einmal gesehen.

»Bestimmt ist er hässlich wie die Nacht«, seufze ich und sinke aufs Bett.

»Wie – du weißt nicht mal, wie er aussieht?« Yvonne klingt empört.

»Ein Blind Date, sozusagen.«

»Spiel bloß nicht Blinde-Kuh«, warnt Yvonne.

*

»Kakauuu!«, ruft Lilli.

»Sehr wohl!«, rufe ich zurück.

Aber Lilli hat die Kakaodose schon aus dem Schrank geholt und schmückt den überaus langweiligen Küchenboden mit bräunlichen Ornamenten.

»Kuckma, Hase!«, sagt sie und zeigt auf die Dose.

Oh ja, auf der Nesquickdose wohnt ein kleiner Hase. Er heißt Quickie. Sehr witzig. Ich stelle mir die Agentur vor, wo sich lauter kinderlose Singles lachend auf die Schenkel klopfen, weil sie eine so lustige Idee hatten. Quickie, der libidinöse Hase. Treibt's wie die Kaninchen. Sehr komisch. Ich habe nie irgendwelchen Verschwörungstheorien angehangen, aber seitdem es Lilli gibt, habe ich den Verdacht, dass es eine Weltverschwörung gegen Mütter gibt. Macht sie fertig mit debilen Sprüchen! Das ist die Devise dieser Verschwörer. Quickie ist ja nur der Anfang. Auf der Saftflasche steht: »Apfelsaft gibt neue Kraft«, auf der Mehltüte lese ich: »Backverstand hat Diamant.« Backverstand, oh ja. Alles, was darüber hinaus geht, gefährdet den Fortbestand der Menschheit. Mütter mit dem IQ eines Sandkuchens sind genau richtig. Für die schöne Zeit zwischen Pampers und Pickeln.

»Willst'n Kaffee?«

Herrjeh, Tim ist ja auch noch da, den hatte ich fast vergessen. Gestern Abend bei Yvonne bin ich fest eingeschlafen auf den rosa Kissen und erst um Mitternacht wieder aufgewacht. Als ich mit Lilli in die Wohnung kam, fand ich Tim schlafend im Bett, umgeben von leeren Videohüllen. Es wurde eine ruhige Nacht im Kinderbett.

Tim würde man nicht unbedingt als Morgenmensch bezeichnen. Immerhin kocht er einen Spitzenkaffee und ist ja auch ein hübscher Anblick in seinem Bayern-München-T-Shirt und den abgewetzten Socken. Wortlos setzt er sich auf das Küchensofa und greift nach einer der gelben Plastikhülsen.

»Timmischatz, tut mir leid wegen gestern Abend, aber ...«

»Schon gut, war'n paar abgedrehte Videos dabei.«

»Sag mal, könntest du morgen Lilli in der Villa Kunterbunt abholen und zu Katharina bringen? Ich habe ein Date, es geht um einen Job ...«

»n'Job? W'so brauchst'n du'n Job?«

Tu mal dein Gebiss rein, würde ich am liebsten sagen, aber Tim hat noch alle Zähne. Er ist wesentlich jünger als ich. Ein exzellenter Neidfaktor für meine Freundinnen.

»Kaum zu glauben, aber es gibt Leute, die sind geradezu versessen aufs Arbeiten«, antworte ich, und im selben Moment tut es mir wieder leid. Timmischatz findet einfach keinen Job. Lehrerstellen mit acht Wochenstunden sind rar. Mehr würde er aber nicht schaffen. Schließlich nimmt er seine Berufung ernst. Fließbandarbeit auf Kosten der Schüler, das kommt überhaupt nicht in Frage. Wenn er eine neue Hose braucht, fährt er Taxi.

»Bist'n Opfer der Leistungsgesellschaft, raboti, raboti«, sagt Tim und nippt am Kakao.

»Immer noch besser als die Hängerabteilung«, entfährt es mir.

Nanu, das klingt ja schon wie ein Ehestreit. Was ist los? War doch immer so easy mit Tim. Tim sieht mich traurig an.

»Ch-Ch-Ch-Change!«, summt er den alten Bowie-Hit. »Need a change, Lulu?«

Der Swatchmann. Nett, handlich, auswechselbar. Ich finde mich gemein. Ich mag Tim, ehrlich.

Lilli hat derweil die Nudeltüte gefunden und dekoriert die Kakaohäufchen mit Schmetterlingsnudeln. Was für eine fröhliche kleine Familie beim fröhlichen Familienfrühstück. Wo ist die Kamera?

Tim nestelt schweigend an seinen Plastikteilchen herum.

»Was wird das eigentlich?«, frage ich, um ein bisschen Interesse zu zeigen. Er meint es schließlich gut mit seiner Bastelei.

»Wirdnich, ISS schon«, antwortet er stolz. »Kuckma, n' Bär liest Zeitung auf'm Klo, und davor steh'n n'Hase und 'ne Maus und müss'n ma ganz doll.«

Ich setze mich aufs Sofa und lehne meinen Kopf an das Bayern-München-T-Shirt. Es riecht so vertraut. Nach Tim. Nach Bett.

»Ach Tim, was würde ich bloß ohne dich machen?«

Leider fällt mir eine ganze Menge ein.

»Trink'n Kaffee, ja? Bringma Lilli innie Steiner-Sekte, ich leg' mich noch'n bißch'n hin und warte auf dich.«

Aha. Quickie, der Hase spricht.

Ich sause mit Lilli in die Villa Kunterbunt.

*

Der Countdown läuft. Unwillkürlich ziehe ich den Bauch ein. Ich stehe vor dem Spiegel und probiere meinen Auftritt. ›Guten Tag, schön, Sie kennen zu lernen.‹

Ausfallschritt. Nicht zu viel Bein zeigen. ›Danke für die Einladung.‹ Kleine Drehung. Oh lala, das war schon zu viel. Dieses Kleid ist eine Lebensaufgabe. ›Es ist immer wieder schön, hier zu sein.‹ Setzen. Hoffentlich haben die lange Tischtücher.

Das Telefon klingelt. Nicht absagen, bitte nicht absagen.

»Hallo Süße.« Das ist Yvonne. »Alles klar, Schätzchen? Warst ganz schön durch den Wind, gestern. Wenn du noch Tipps und Tricks brauchst, Tante Yvonne hat ein Ohr fürs Kümmerchen.«

Am meisten ärgert mich, dass ich vor Yvonne nichts, aber auch gar nichts verbergen kann.

»War toll, gestern«, sage ich.

»Aber du schnarchst wie ein Gorilla. Wie hält Tim das bloß aus?«

»Ich habe bei Lilli geschlafen, der gefällt's«, antworte ich wahrheitsgemäß.

»Pass auf dich auf, Kleines«, schnurrt Yvonne. »Und vergiss nicht: immer schön zickig bleiben.«

»Ach Yvonne, was würde ich bloß ohne dich machen?« Habe ich diesen Satz nicht schon mal ... Geradezu erschreckend, wie begrenzt mein Repertoire heute ist.

»Dummes Zeug«, sagt Yvonne. »Ciao, mein Engel. Und gib Lilli einen Kuss von mir.«

Ich werde dieses Kleid nicht anziehen. Und das ganze Tanzschulgeplapper werde ich mir auch schenken. Kopf hoch, geradeaus gucken, eine Lady erkennt man auch in Jeans.

Tim hat mir einen Zettel in die Dusche gelegt. ›War schön‹, steht darauf.

Ich habe Sehnsucht nach Lilli. Nach meiner kleinen Lilli.

Sonja strahlt. »So pünktlich hast du sie ja noch nie abgeholt.«

Kein Lob ohne Tadel. Das ist Sonja.

»Hat sie etwas gegessen?«, frage ich. Ich frage es jedes Mal. Und immer bekomme ich dieselbe Antwort.

»Sie hat probiert. Das finde ich sehr positiv.«

»Was gab es denn heute?«

»Melanie hat gekocht. Grünkernauflauf mit Hirsesauce.«

Also hat Lilli mal wieder nichts gegessen. Ich werde nie verstehen, warum Kinder, die nie essen, kerngesund durchs Leben springen, während die Mütter krank vor Sorge sind.

»Übrigens, Luluuu ...«, sagt Sonja gedehnt. Oh nein. Das ist immer der Auftakt für Lätzchen waschen und Teddybären flicken und die Schaukel reparieren und andere unheimlich wichtige Sachen, die immer ausgerechnet bei mir hängen bleiben. Ich mache meinen dicksten Schmollmund.

»Du Sonja, weißt duuu, ich habe im Moment wirklich Stress und ...«

»Ich wollte dir nur etwas geben. Das habe ich heute in Lillis Hosentasche gefunden und dachte, dass du es vielleicht vermisst, jedenfalls passt es nicht ganz in unsere Einrichtung, hier ...« und mit gequältem Lächeln drückt Sonja mir ein zusammengeknülltes Stück

Stoff in die Hand. Es ist schwarz. Es ist aus Spitze. Es ist sehr, sehr klein. Eigentlich besteht es nur aus Öffnungen, wie ich jetzt beschämt feststelle.

»Oh prima, wiederseh'n macht Freude«, versuche ich es launig, aber Sonja sieht mich fragend und vorwurfsvoll an. Soll ich jetzt sagen, oh, Sonja, das ist eigentlich gar nicht mein Slip, ich hab ihn nur ausgeliehen für ein Date morgen, ein vielversprechender Job und so?

»Loch an Loch – und hält doch!«, rufe ich statt dessen und mache mich auf die Suche nach meinem Kind. Lilli hat zwar nichts gegessen, aber mindestens zwei Portionen Hirsebrei auf ihrem T-Shirt. Egal. Ich drücke sie an mich. Meine Lilli. Meine süße Lilli.

Ich packe mein Ein und Alles auf den Kindersitz und brause los. Nichts wie weg.

Wenn Lilli achtzehn ist und selber ein Auto steuern kann, werde ich eine Eingabe im Bundestag machen, dass man allen Müttern von Kleinkindern unverzüglich den Führerschein entziehen soll. Mütter nehmen nämlich nur oberflächlich gesehen am Straßenverkehr teil, wenn sie in ein Auto steigen. Hauptsächlich sind sie damit beschäftigt, Apfelstückchen nach hinten zu reichen, die richtige Kindercassette fürs Musikprogramm zu suchen, auf der Busspur zu halten, damit das Kind den Bagger betrachten kann, Kleenex unter die laufende Kindernase zu halten, während die linke lenkt und schaltet, eine Banane zu pellen, die Dose mit Butterbroten und Keksen zu öffnen und aus purer Gesellschaft selber zu essen.

Sicher, Männer rauchen und telefonieren und machen auch eine Menge anderes Zeug, wenn sie fahren. Aber Mütter tun das, was sie tun, nicht nebenbei, sondern mit ganzer Leidenschaft. Ihr Blick hängt am Rückspiegel, der so eingestellt ist, dass das Wohlbefinden des Kindes ständiger Überwachung unterliegt. Einzig und allein dem Schutzengel der Kinder ist es zu verdanken, dass so wenig passiert.

Da, eine Tankstelle. Mit Waschanlage. UND EINEM AUTO DRIN.

»Bürsten, Bürsten!«, schreit Lilli, als ginge es ums blanke Überleben.

Unverzüglich setze ich zum U-Turn an. Heute ist ein Regentag, und da ist die Trefferquote an den Waschanlagen ziemlich gering.

Ich gebe Gas und fahre eine schwungvolle Drehung, die abrupt vor der Waschanlage endet. Wir haben Glück. Der Laster von der Gegenfahrbahn hat uns nicht erwischt, und die Zeremonie des Autowaschens hat erst gerade begonnen.

»Wassa, Wassa, nass, nass«, jubelt Lilli.

Jetzt fangen die Bürsten an sich zu drehen. Ein Schauspiel, das Lilli in größtes Entzücken versetzt.

Der Mann von der Tankstelle grüßt uns matt. Wir sind Stammkunden. Dafür, dass wir selten tanken, blockieren wir immer die Einfahrt zur Waschanlage. Nicht gerade eine Voraussetzung für ausgedehnte freundschaftliche Beziehungen. Wenn Lilli sich etwas wünschen dürfte, dann sicherlich einen Tankwart als Papa. Das Paradies bräche an: ein Leben in der Waschanlage. Der erregende Geschmack von Benzin auf der Zunge. Nie wieder das Auto verlassen.

»Dampffff!«, frohlockt Lilli, während ein kahlköpfiger Herr an mein Autofenster klopft. Er ist klein und grimmig, Abteilung Herbergsvater. Langsam kurbele ich die Scheibe herunter.

»Ich war vor Ihnen da, junge Frau, stellen Sie sich mal hübsch hinten an.«

»Hinten isses aber nicht hübsch. Da gibt's nichts zu sehen«, sage ich. Nur nicht provozieren lassen.

»Und so was wie Sie hat auch noch Kinder«, stößt der Mann hervor.

Ich blicke mich nach Lilli um.

»Kuck mal, Kleines«, rufe ich, »so sieht ein böser, böser Mann aus!«

»Bösemann, Bösemann!«, echot Lilli und strahlt.

Dann kurbele ich die Scheibe wieder hoch und fahre los.

Als Mutter ist man Freiwild, keine Frage. Früher, da bin ich mit grünen Haaren und in alten Malerkitteln einkaufen gegangen, aber nie, nie hätte mich jemand angesprochen.

Doch sei mal mit einem Kind unterwegs. Das pure Kommunikationsangebot. ›Die Kleine ist aber viel zu warm angezogen‹, heißt es plötzlich an der Käsetheke, »das Kind ist ja rot wie eine Mohrrübe, viel zu viel Karottensaft«, fachsimpeln alte Damen im Bus, »warum schleppen Sie denn das Kind auf dem Arm herum, das muss sich doch mal bewegen«, mäkeln Nachbarinnen ungefragt herum. Eine Mutter sitzt immer auf der Anklagebank. Ihre Chance, irgendetwas richtig zu machen, ist äußerst gering, dabei müsste sie doch einfach nur die vielen guten Ratschläge befolgen, die ihr so hilfreich um die Ohren gehauen werden.

Ich sehe auf die Uhr. Morgen um diese Zeit ist das

Date schon wieder vorbei. Ob ich doch das Kleid anziehen soll?

»Schaukel!«, ruft Lilli.

Ach ja, richtig. Das heißt – falsch. Ich hätte nicht den Weg am Spielplatz vorbei nehmen sollen, wenn ich einen Termin beim Kinderarzt habe. Lilli schaukelt mit Hingabe im strömenden Regen, und ich bin eine halbe Stunde lang der perfekte Schaukel-Anschubs-Automat. Flatschnass, aber gut gelaunt betreten wir die Arzt-Praxis.

»Schöne Kritik, neulich, muss ja ein dolles Ding sein, diese Softporno-Parodie von wie heißt er noch ...«, sagt der Kinderarzt und schaut Lilli mit einem silbernen Gerät ins linke Ohr.

»Alles wieder in Ordnung mit den Ohren?«, frage ich.

»Jaja«, antwortet der Mann in Weiß enttäuscht, schließlich war das sehr großherzig von ihm, mich zu loben, da sollte ich nicht so undankbar sein und mich nach dem Befinden meines Kindes erkundigen.

»Bösemann, Bösemann«, ruft Lilli und krabbelt weg von dem Herrn mit dem bedrohlichen Instrument.

»Hat sie ein gestörtes Verhältnis zu Männern? Ich meine, schließlich wird sie ohne Vater groß ...«, brummelt der Medizinmann.

»Eigentlich nicht, sie wird sogar mit viel mehr Männern groß als ein Kind in einer Mama-Papa-Kind-Konstellation«, antworte ich leichthin. »Jeden Morgen sitzt ein neuer Lover am Frühstückstisch, und dann ist da noch der Putzmann, der Babysitter ...«

Dr. Marcus sieht mich unsicher an.

»Können Sie mir einen guten Kinderarzt empfehlen?«, frage ich.

Was für ein Tag.

»Autobahn!«, schlage ich Lilli vor und fahre zu einem skandinavischen Möbelhaus, wo sich die Kinder in einem Plexiglaskasten mit Millionen kleiner bunter Bälle vergnügen können. Mein Schlechtwetterjoker.

Auf der Rückfahrt vermeide ich die Straße mit dem schottischen Spezialitätenrestaurant. Das mit dem großen gelben M. Schon wieder Pommes ist nicht gut für Lilli, und für mich wäre ein Big Mac der Super-Gau. Das Kleid sitzt eng, knalleng. Unwillkürlich ziehe ich wieder den Bauch ein.

Abends, beim Einschlafen, schlingt Lilli ihre Arme um mich. »Liieb«, sagt sie und seufzt. Lilli, ich würde alles für dich geben, für diesen Moment.

*

Verflixt. Was für eine absurde Idee, in diesem Kleid Auto zu fahren. Ich ziehe den Rock bis zur Taille hoch, um wenigstens bremsen zu können. Was für Frauen tragen solche Kleider? Tja, Yvonne hat zwar einen Führerschein, aber lässt sich lieber kutschieren. Die hat ihre Herrenbekanntschaften, da geht es nur ums stilvolle Ein- und Aussteigen. Und der Rest ist vermutlich weniger von textilen Fragen dominiert.

Natürlich gibt es keinen Parkplatz. Es ist fünf Minuten vor halb eins. Es ist halb eins. Es ist fünf Minuten nach halb eins. Ich gebe auf.

Der Mann mit der Mütze sieht aus wie ein Operettenleutnant. Dunkelgraue Uniform mit goldenen Knöpfen und Kordeln auf den Schultern. Hoffentlich bekommt er diesen Aufzug wenigstens gut bezahlt.

Zögernd umrundet er meinen verbeulten Kleinwagen und beugt sich über mein heruntergekurbeltes Seitenfenster. Okay, vielleicht hätte ich gestern noch mal durch die Waschanlage fahren sollen, statt nur davor herumzustehen.

»Guten Tag. Möchten Sie unser Valet-Parking in Anspruch nehmen?«

»Ich möchte ganz schnell da rein«, antworte ich und werfe einen sehnsüchtigen Blick auf die schicke weiße Jugendstilvilla.

»Trüffel« steht in goldenen Buchstaben über dem Eingang, auf einem winzigen grauen Schild. Dann steige ich aus. Erst jetzt bemerke ich, dass mein Kleid noch auf der Taille hängt.

»Immer diese Designer«, sage ich kopfschüttelnd und lasse den Rock in Richtung Boden fallen.

»Äh, bitte den Schlüssel«, sagt der Uniformierte.

Ich atme einmal tief durch. Dem Mann steht eine harte Prüfung bevor. Auf dem Beifahrersitz steht der Buggy mit verdreckten Rädern, schließlich hat es gestern geregnet, hinten, neben dem Kindersitz, liegt eine angebissene Banane, Lillis Schnellfrühstück von heute Morgen, das ganze Auto ist übersät mit Püppchen und Sandschaufeln und Kleenexschachteln.

»Da, als Gefahrenzulage«, sage ich und überreiche dem freundlichen Herrn fünf Mark mit dem Schlüssel.

»Viel Glück«, grinst er. Vermutlich denkt er, ich sei hier für ein Porno-Casting verabredet. Egal.

Wie lange ist es eigentlich her, dass ich auf hohen Hacken gelaufen bin? Es müssen Jahrzehnte sein. Ich wanke die Treppe hoch und lande in einem Foyer mit derart dicken Teppichen, dass ich mich an einem Sessel festhalten muss, um nicht vollends umzukippen wie ein kenterndes Segelboot.

»Die Dame wünscht zu speisen?«, fragt ein smarter Typ, offenbar der Empfangschef.

»Das habe ich mir ganz fest vorgenommen«, antworte ich tapfer und richte mich auf. »Ich bin verabredet mit Herrn Pfarrer Sommerauer, ich meine, mit Willibald Sommerauer, von der Rundschau.«

Der Typ zieht langsam eine Augenbraue hoch.

»Fesche Hornbrille, anthrazitfarbener Rollkragenpullover.«

»Ach so. Bitte, folgen Sie mir.«

Einfach genial, wie meine visuelle Vorstellung ins Schwarze trifft. Sogar der »Trüffel«-Chef weiß, was gemeint ist.

»Bitte sehr, gnädige Frau«, sagt der Smartie und rückt den Stuhl ein wenig vom Tisch ab.

Also los. Lektion eins: Wie setze ich mich richtig hin? Ich ziehe vorsichtshalber den Bauch ein und lasse mich sachte nieder. Der Schlitz klappt auf. Der Länge nach, von oben bis unten. Ich klappe ihn zu und rücke schnell zum rettenden Tischtuch. Aber was ist das nun wieder? Der Restaurantchef setzt sich einfach auf den gegenüberliegenden Stuhl.

»Moment, halt«, sage ich, »ich erwarte doch jemanden.«

»Komisch, ich hatte eigentlich an ein Essen zu zweit gedacht«, lächelt der Smartie. Wie bitte?

»Oh, entschuldigen Sie, ich vergaß, mich vorzustellen: Sommerauer, Robert Sommerauer.«

Das darf einfach nicht wahr sein.

»Ich muss schon sagen, liebe verehrte Frau Knospe,

ich kenne Ihr Gesicht ja bereits von dem Foto, das dankenswerterweise über Ihrer Filmkolumne abgedruckt wird, aber es ist jammerschade, dass nur das Gesicht darauf zu sehen ist.«

Was bildet der Typ sich eigentlich ein? Ich will gerade loslegen, dass ich nicht auf Spielchen stehe, da höre ich eine Stimme hinter mir, die ich irgendwoher kenne. Sehr gut sogar.

»Lulu-Schätzchen, was machst du denn hier?«

Ich fahre herum. Da steht sie, in einem pinkfarbenen Kostümchen, die Miniaturkopie eines Chanel-Kostüms, ein schwarzes Hütchen auf dem Kopf und einen dicken älteren Herrn am Arm.

»Yvonne!«

»Ich sah dein Auto vor der Tür und dachte, na, da gucke ich doch mal eben rein!«

Von wegen – Auto vor der Tür. Das Auto ist weggeparkt vom Operettenmann. Yvonne, du bist wirklich –

Ich erhebe mich. Der Schlitz klappt auf und von selber wieder zu.

»Darf ich bekannt machen? Robert Sommerauer – Yvonne Paret und ...«

»... das ist Walther, der Barbiemann!«, ergänzt Yvonne. »Und wo ist Willibald?«

»Kommt noch«, zische ich.

»Angenehm, höchst angenehm«, flötet Smartie.

Wenn der Kerl doch bloß nicht immer so grinsen würde. Bitte, lieber Gott, lass mich jetzt endlich aufwachen aus diesem absurden Traum. Na los, lange halte ich das nicht mehr aus. Doch ich fürchte, dass das alles wirklich geschieht.

»Waltherchen, wie wär's, lass uns noch ein bisschen

in einem Salat herumstochern, ist doch ein Knaller hier, bestimmt gibt es einen Tisch am anderen Ende von der Hütte, damit wir die beiden Turteltauben nicht stören!«

Waltherchen nickt ergeben.

»Und bestell nicht wieder deine drei Rucolablättchen mit fünf Parmesankrümeln«, ermahnt mich Yvonne und wendet sich an Baggerführer Willibald. »Wissen Sie, Lulu nimmt immer nur Spurenelemente irgendwelcher Häppchen zu sich, also passen Sie mal ein bisschen auf, dass die Süße auch anständig isst!«

Wir sehen den beiden nach. Yvonne hat nicht das kleinste Problem mit ihren Schuhen, obwohl sie sich im Grunde nur auf Zehenspitzen vorwärtsbewegt.

Dann ist es erst einmal eine Weile still. Sehr still.

»Möchten Sie einen Apéritif?«, fragt mein Gegenüber schließlich.

Ich weiß gar nichts mehr. Ich weiß nur, dass irgendetwas ziemlich schief läuft und dass ich im Moment nur mit einem rechnen kann: mit einem guten Mittagessen. Alles andere ist mehr als fragwürdig. Der Mann, das Kleid, der Job. Also gut, wenn er mich schon so aus der Fassung bringt, dann soll er wenigstens eine saftige Rechnung mit nach Hause nehmen.

»Champagner wäre nett«, antworte ich leichthin. »Die sollen hier einen ganz passablen Jahrgangs-Champagner aus dem Hause Dom Pérignon haben ...«

»Können Sie mir noch einmal verzeihen?«, fragt Smartie.

Ich sehe ihn mir an. Groß, dunkel, Jungsgesicht. Hellgrauer Anzug. Ein Frauentyp. Hält sich sicherlich für unwiderstehlich. Ich beschließe, cool zu bleiben. Wär' ja wohl noch schöner, Lulu Knospe fassungslos.

»Für so was sind Beichtväter zuständig. Kommen wir doch gleich zur Sache.«

»Oh, bitte, wie Sie möchten. Hier ist die Speisekarte.«

Ich blättere die Karte auf und schlage automatisch ein Bein über. Gelernt ist gelernt, da kann man nichts machen. Der Schlitz klappt wieder auf. Ich entfalte die riesige Serviette und bedecke meine Schenkel. Dann werfe ich einen kurzen Blick in die Karte und wähle das teuerste Menü. Zwölf Gänge. Desserts nach Wahl. Genau richtig.

»Menü Nummer vier liest sich ganz spannend«, sage ich.

»Perfekt, ich nehme dasselbe wie Sie. Gleichklang der Seelen.«

Und dann hopp ins Zitronengrasbett. Da hat sich der Kerl aber verrechnet.

»Nun zum Geschäft«, schlage ich kühl vor.

»Gut, Frau Knospe, jetzt mal Tacheles: Ich bin ein Fan Ihrer Kolumne. Witzig. Leichthändig. Urban.«

Urban? Der Mann sollte noch ein bisschen an seinem Wortschatz feilen.

»Und deshalb – ah, da kommt der Champagner. Auf Sie, Frau Knospe. Ich bin sehr froh, dass Sie sich Zeit für mich genommen haben.«

»Mmmh.«

»Nun gut, reden wir nicht lange drumherum. Sicherlich hätten Sie Lust, auch einmal für uns zu schreiben.«

Ich tue so, als ob ich mich dieser Vorschlag schwer

ins Grübeln bringt, und betrachte die kleinen Perlen in meinem Glas.

»Jedoch ...« Aha. Jetzt kommt der Haken.

»Jedoch möchte ich Ihnen etwas ganz anderes vorschlagen. Kennen Sie das Büchertrio?«

Na sicher kenne ich das. Das Büchertrio ist Kult. Eine Talkshow, in der erbittert um Literatur gestritten wird. Ziemlich gnadenlos und sehr unterhaltsam. Ich verpasse keine der Sendungen, sehr zum Missfallen von Tim, der dann kein Monster-Video einwerfen kann.

»Also, es gibt eine ganz konkrete Idee, so etwas Ähnliches über Filme zu machen. Eine Kino-Talkshow, gewissermaßen.«

Robert Sommerauer beobachtet genau, wie ich reagiere.

»Und?«

»Unsere Zeitung hat mehr Fernseh-Sendeplätze gekauft, als wir zur Zeit bespielen. Deshalb wollen wir ›Das Kino-Quartett‹ ins Programm hieven.«

»Sorry, aber ich rezensiere keine Fernsehsendungen. Ist mir zu langweilig.«

»Oh, die Dinge liegen etwas anders.« Robert Sommerauer nimmt langsam einen Schluck Champagner. »Ich möchte Sie als Moderatorin der Sendung.«

Was? Wie bitte? Das Ganze nochmal von vorn.

»Als Moderatorin?«

»Wie finden Sie das?«

»Tja,also ...«

Wie finde ich das?

»Bitte sehr, Amuse-Gueule.« Der Kellner ist so leise, als gehörte er mit uns zu einem konspirativen Club.

»Danke«, flüstere ich zurück.

Irgendwo im Lokal höre ich das helle Kichern von Yvonne. Kaum zu glauben, wie viel Spaß sie mit diesem Vertreter hat.

»Also?«

Viele, viele bunte Smarties. Das ist alles, was ich jetzt denken kann.

»Warum nicht?«, höre ich mich sagen. Ja, warum eigentlich nicht?

»Wenn Sie nur halb so gut sind wie in Ihren Kritiken, dann wird es – äh, ein Knaller!«

Den Rest des Mittagessens verbringe ich in einem Dunst aus ikebanahaft arrangierten Gerichten und verwirrend vielfältigen Getränken, während Pfarrer Willibald Smartie mich bestens unterhält. Er erzählt Ankedoten von irgendwelchen Schauspielern. Er erzählt, dass er Segelflieger ist. Nur fliegen ist schöner. Ich höre mich lachen. Ich sehe mich essen. Und ich spüre, dass ich eine ganze Menge trinke.

»Entschuldigen Sie mich mal für einen Moment?«, frage ich schließlich.

»Für so was sind Beichtväter zuständig«, lacht mein Gegenüber.

Ich stöckele zurück ins Foyer, ziehe die Schuhe aus, tapse die Treppe hinunter, an einen stillen Ort. Nachdenklich betrachte ich mich im Spiegel. Drei Sekunden später geht die Tür auf.

»Süße, der Mann ist ...«

»Yvonne, was soll das? Bist du meine Gouvernante oder mein Sozialbetreuer oder was?«

»Schätzchen, sei froh, dass einer auf dich aufpasst. Obacht. Ich sage nur: Obacht.«

»Wieso denn?«, frage ich und taumele ein wenig.

Yvonne fängt mich auf.

»Ein Spieler«, raunt sie. »Der spielt mit dir, das sehe ich sofort. Und außerdem musst du ganz schnell mal einen Kaffee trinken.«

»Wir sind aber erst beim siebten Gang!«

»Na eben, Zeit für eine Kaffeepause. Und zwar dalli, sonst ruinierst du mir das Kostüm und dein Herzchen gleich mit.«

Yvonne umarmt mich. »Ich habe dich wirklich gern, Hase«, lächelt sie. Dann holt sie einen pinkfarbenen Lippenstift aus ihrem Lacktäschchen und tupft die Farbe auf ihre Lippen, auf die Wangen und unter die Augenbrauen. Im Spiegel treffen sich unsere Blicke.

»Versprochen?«, fragt sie.

»Na gut, einen doppelten Espresso. Für dich, nur für dich.«

Arm in Arm gehen wir die Treppe hoch. Die Schuhe gebe ich an der Garderobe ab.

Es werden fünf Espresso und zwei Cappuccino, und dann bestellt Willismartie ein Taxi für mich.

»Danke für die wunderbare Gesellschaft«, verabschiedet er sich. »Kann ich Sie auch wirklich so unbehütet in den Alltag entlassen?«

»Auf keinen Fall«, nuschele ich und lasse mich in das Taxi fallen. Schlitz auf, Tür zu.

*

»Oh Gott. Ogottogott.« Katharina war noch nie zimperlich mit ihren Kommentaren.

»Wie siehst duuu denn aus?«

»Vorsicht! Ich stehe unter persönlichem Schutz von Pfarrer Willibald«, damit sinke ich auf den Küchenstuhl, während ich reflexhaft den Schlitz zusammenhalte. Ob Katharina eine Sicherheitsnadel im Haus hat?

»Mamma müde?«, fragt Lilli und klettert auf meinen Schoß. Ich küsse sie aufs Haar, das nach Griesbrei duftet.

»Mamma Schwips«, antwortet Katharina knapp. »Und das gerade heute, wo ich den neuen Babysitter bestellt habe.«

Ach ja, das hatte ich total vergessen. Katharina und ich wollen uns künftig einen Babysitter teilen. Dann können Anna-Maria und Lilli unter fachkundiger Aufsicht zusammen spielen, wenn die Mütter mal ins Kino wollen oder unbehelligt shoppen gehen. Eine der ungemein praktischen Ideen meiner patenten Freundin. Sie hat im Supermarkt einen Zettel ausgehängt und akribisch sortiert und gesiebt, bis eine Kandidatin übrig blieb.

»Wann kommt sie denn?«, seufze ich und greife zu dem Becher Kaffee, den Katharina mir wortlos über den Tisch geschoben hat, vorbei an Bilderbüchern, Holzpuzzlestückchen und Müslikeksen.

»Nix ›sie‹ – er!«, antwortet sie stolz.

»Ein Mann? Das ist nicht dein Ernst!«

»Was soll das denn nun wieder? Wir sind doch über diese blöden Rollenfixierungen längst hinaus. Nun mach bitte nicht die Rolle rückwärts ins neunzehnte Jahrhundert.« Es muss ein Virus sein. Haben sich nicht Melanie und Katharina unlängst zu einer Tasse grünen Tees getroffen?

»Männer Männer Männer. Die sind alle Spieler!«, gebe ich mein neu erworbenes Wissen zum Besten.

»Spielen, spielen!«, echot Lilli begeistert.

»Trink erst mal deinen Kaffee, ja? Willkommen in der Ausnüchterungszelle. Und pass ein bisschen auf dein Outfit auf. Sonst denkt unser Kandidat noch, er muss auf die Mutter aufpassen, nicht auf das Kind. Wieso bist du eigentlich barfuß?«

Himmel! Die Schuhe!

»Katharina-Schatz, sei so gut und rufe mal im »Trüffel« an. Sag ihnen, ich hole die Schuhe später zusammen mit dem Auto ab, ja?«

»Deine Mami spinnt!«, stellt Katharina fest.

Lilli umarmt mich innig. Meine Lilli. Dann klingelt es. Katharina springt auf.

»Und reiß dich bitte bitte zusammen, ja?«, ermahnt sie mich.

»Wieso denn, der stellt sich doch vor, nicht ich«, antworte ich trotzig.

Im selben Moment stürmt Anna-Maria in die Küche und zieht einen Mann hinter sich her. »Kuckma, Mann!«, schreit sie. Anna-Maria ist ein halbes Jahr älter als Lilli und kann so tolle Sachen machen wie Schlüssel im Schloss umdrehen und die Haustür öffnen. Ich bin froh, dass Lilli noch nicht so tolle Sachen kann.

»Bösemann, Bösemann«, ruft Lilli und lacht.

»Guten Tag, ich bin ...«

»Ist schon klar. Ich bin Katharina, und das« – kurzes Augenrollen – »das ist meine Freundin Lulu. Nehmen Sie Platz, junger Mann. Und nun zu den Hauptpersonen: Anna-Maria und Lilli. Kaffee?«

»Oh, sehr gern. Aber ich ...«

»Ach, Teetrinker? Umso besser. Ist gut für die Seele. Reinigt und stärkt die Chakren.«

»Neinnein, ist schon okay, der Kaffee. Mit Milch und Zucker bitte.«

»Aha, Genießer«, stelle ich fest. »Wie heißt er denn?«, wende ich mich an Katharina.

»Robert ...«

»Oh nein, nicht noch ein Robert!«, rufe ich. »Ich hatte heute schon einen, wissen Sie«, füge ich entschuldigend dazu. »Den Fliegenden Robert.«

Ein Scherz, der nur mich erheitert.

»Hören Sie gar nicht hin, Lulu hat einen äußerst anstrengenden Tag hinter sich«, sagt meine Freundin. »Also, was machen Sie denn so im richtigen Leben?«

»Ich? Tja, also, ich bin – äh – Erzieher, Alleinerzieher, um genau zu sein, habe mich auch mal mit Waldorfpädagogik beschäftigt, aber ...«

»Alleinerzieher? Klingt wie Alleinunterhalter«, gluckse ich.

»Wie viel Zeit hätten Sie denn für die Kleinen? Ist der Abend ein Problem?«, fragt Katharina unternehmungslustig.

»Also, ich muss erstmal was klären ...«

»Jaja, warum Sie mit der Qualifikation arbeitslos sind. Macht nichts, uns interessiert nur, ob sie Zeit, Talent und Motivation haben.«

Du liebe Güte, Katharina gestaltet das zwanglose Vorstellungsgespräch allmählich zu einem knallharten Verhör. Etwas peinlich berührt greife ich zur Zeitung, die auf dem Küchentisch liegt, blättere sie auf und schlage automatisch ein Bein über. Gelernt ist gelernt.

Robert, der Waldorferzieher starrt ungeniert auf meine freigelegten Schenkel.

»Hast du mal eine Sicherheitsnadel?«, frage ich Katharina kleinlaut.

»Och, ist doch ein schöner Anblick«, sagt Robert.

In diesem Moment sehe ich erst, dass er einen anthrazitfarbenen Rollkragenpullover trägt und eine fesche Hornbrille. Er ist Anfang vierzig. Und nicht gerade unattraktiv. »Und Sie sehen aus wie der Baggerführer Willibald«, kichere ich. »Ich meine, so, wie Baggerführer eben gemeinhin aussehen. Komisch, und ich dachte immer, Erzieher tragen Gesundheitsschuhe und verbeulte T-Shirts.«

»Ich muss gestehen, dass auch ich angenehm überrascht bin«, sagt Robert, der Kandidat, und sieht mich auf eine Weise an, die ich überhaupt nicht pädagogisch wertvoll finde. Aber irgendwie – na, Schwamm drüber.

»Also – warum sind Sie arbeitslos?«, fragt Katharina im Tonfall einer Staatsanwältin. Robert wirkt ein wenig irritiert. Er betrachtet kurz Anna-Maria und Lilli, die den Kühlschrank mit Wachsstiften bemalen, dann kehrt sein Blick zu meinem Rock zurück, und er sagt: »Weil ich – eine Auszeit brauchte. Ein Sabbatjahr. Weg vom Stress. Hin zu den Chakren.«

Er sieht mich kurz an, und es kommt mir so vor, als ob ein unbändiges Lachen in seinen Augen liegt.

»Abwarten und Tee trinken, sozusagen«, fügt er hinzu.

»Hm, klingt plausibel, was meinst du, Lulu?«

Ich muss gestehen, dass ich mir schwer vorstellen kann, dass dieser Typ Hüpfball und Fingerfarben mag.

»Haben Sie denn schon Berufserfahrung?«, frage ich.

Statt einer Antwort springt Robert auf, kniet sich zu den beiden Kindern vor den Kühlschrank und ruft: »Jetzt malen wir einen Elefanten!«

Anna-Maria und Lilli starren ihn zwei Sekunden an, dann schreien sie: »Jaaa!«

»Lilli malt vorn und Anna-Maria hinten, und ich male die Mitte!«, ruft Robert.

Und wieder ertönt ein zweistimmiges »Jaaa!«

»Lilli den Rüssel und Anna-Maria den Popo und ich den Riesen-Riesen-Bauch!«

Nach der Mal-Aktion lässt Robert die beiden auf seinem Rücken reiten, während er auf allen Vieren durch die Küche kriecht und singt: »Ich bin ein Elefant, das liegt doch auf der Hand, ich bin ein Elefant, Madame, und schlafe unterm Palmenstamm!« Dann greift er zu den Kochlöffeln und trommelt mit den hingerissenen Kleinen auf Töpfen und Stuhlbeinen herum.

Die Performance dauert ungefähr fünf Minuten. Die Begeisterung ist nicht mehr zu bremsen.

»Noch mehr spielen!«, rufen Anna-Maria und Lilli und versuchen, auf Roberts Schoß zu klettern.

»Probieren wir's mal mit ihm?«, fragt Katharina.

»Aber gib ihm keinen Schirm, sonst fliegt er weg!«, antworte ich.

*

»Hallo?« Eine Männerstimme. Es ist mitten in der Nacht. Dabei ist es schon hell.

»Wer ist denn da?« Typen, die sich mit »hallo« melden, haben ganz schlechte Karten bei mir. Vor allem, wenn es mitten in der Nacht ist und draußen die Sonne scheint.

»Hier ist Robert.« Na toll.

»Welcher?«, entfährt es mir. So was Blödes.

»Oh, ich wusste nicht, dass mehrere zur Auswahl stehen.«

»Willibald von der Rundschau?«

Knack. Die Leitung ist tot. Ich auch. Fast jedenfalls. Nachdem Katharina gestern Lilli und mich nach Hause transportiert hatte, ein hartes Stück Arbeit, nebenbei gesagt, denn ich war schwer gezeichnet von den Ereignissen des Tages, da kam zu allem Überfluss auch noch Yvonne vorbei, dieses Muster an Diskretion, und hat mir bei einer Flasche Wein die Tücken der Männer auseinander gesetzt.

»Nette Jungs wie diesen Willibald gibt's wie Sand am Meer. Du brauchst auf die Dauer mal einen richtigen Mann. Klar? Und noch ein Tipp: Bloß nicht verlieben! Wähle eiskalt aus, und denke nur an dich!«

Dann bin ich ins Bett gefallen. Und da liege ich immer noch. Lilli zur Linken, Tim zur Rechten. Die unheilige Lulu selbdritt. Und nun habe ich auch noch den genialen Babysitter verschreckt.

Wieder klingelt das Telefon.

»Jetzt gehst du aber mal ran«, murmele ich Tim ins Ohr. Tim tastet nach dem Apparat und hält mir unverzüglich den Hörer hin.

»Is für dich, 'n Robert oder so.«

Seufzend greife ich zu.

»Hallo, Sie Kindertalent. Tut mir leid, wegen vorhin. Aber ich bin noch nicht ganz wach. Also – wie wär's gleich heute Abend? Da könnte ich zur Abwechslung mal ins Kino gehen.«

Stille.

»Hallo?«

»Frau Knospe, sind Sie's?«

Oh nein, wieder der Falsche. Oder der Richtige. Das Leben ist zu kompliziert so früh am Morgen.

»Ach, Herr Sommerauer ...« Ich blinzele nach dem Wecker. Zehn nach neun. Ist offensichtlich ein Frühaufsteher, der Mann. Wie grässlich.

»Ich wollte nur sichergehen, dass Sie gut nach Hause gekommen sind, gestern.«

»Doch, ja.«

»Und ich dachte, Sie brauchen vielleicht Ihr Auto. Ich habe mir die Freiheit genommen, es Ihnen vor die Tür zu stellen.«

»D-danke«, stammele ich. Vor Scham und Aufregung bekomme ich rote Ohren. Robert Sommerauer in meiner Müllkiste. Ich versuche, dieses Bild des Grauens schnell zu verdrängen.

»War das ernst gemeint, mit heute Abend, meine ich?«

»Mja, natürlich. Das heißt ...«

»Wieso eigentlich Kindertalent?«

»Erzähle ich Ihnen später«, antworte ich und sehe erst jetzt, dass Tim mich aufmerksam betrachtet.

»Ich rufe Sie an, ja?«

»Ja gut, und entschuldigen Sie die Störung. Wenn ich gewusst hätte, dass Sie noch im Bett liegen ...«

»... im Zitronengrasbett, das ist eine neue Futonart, wissen Sie ...«

Klick. Der Tag der schnellen Aufleger. Klick.

Knack. Wenn das so weitergeht, melde ich mein Telefon ab.

»Is 'ne ganze Menge los bei dir, was«, bemerkt Tim trocken.

»Zwei Roberts«, erkläre ich. »Aber es gibt nur einen Tim auf der Welt.«

Ich schmiege mich an ihn und atme tief durch.

»Küssi, Küssi«, juchzt Lilli, die gerade aufgewacht ist.

Wieder klingelt das Telefon. Ich angele mir den Hörer.

»Der-Teil-neh-mer-wird-ge-ru-fen! Bit-te-le-gen-sie-nicht-auf!«, rattere ich in die Muschel.

»Mensch Lulu, ist das ein neuer Anrufbeantworter? Hier ist Jürgen. Hallo? Geh doch mal ran. Jürgiii ist dran.«

Lilli hält mir den Mund zu. Tim lacht schadenfroh. Der hat Nerven.

»Lululein, denk an die Filmpremiere heute Abend, ja? Haste doch nicht vergessen, oder? Ist ein tolles Event, brezel dich mal ein bisschen auf, und vergiss nicht zu erscheinen. Okey-dokey, Kleine?«

Klick.

»Und?« Tim wird immer wacher.

»Jürgen, du weißt schon, vom Stattmagazin. Heute Abend ist so ein Filmding...«

»Das wird wohl nix. Ich fahr' heut' ahmd Taxi. Und Frau Korn iss im Urlaub. Sorry.«

Steht Tim richtig gut, die Eifersucht. Sollte da so etwas wie Feuer in seinen Augen sein?

»Ach, kein Problem, Timmilein, Katharina und ich probieren heute Abend einen neuen Babysitter aus.«

Das Telefon klingelt. Lilli kitzelt mich an den Füßen. Tim schmollt. Ich lasse es klingeln.

*

Sonja lächelt nicht. Ein ganz, ganz schlechtes Zeichen. Dabei sind wir doch fast pünktlich. Augenblicklich lasse ich mein Lachen aus dem Gesicht verschwinden und blicke sorgenvoll in Sonjas nussbraune Augen.

»Hallo Sonja. Ist was passiert?«

»Ich habe heute Morgen versucht, dich anzurufen. Erst war dauernd besetzt, und dann bist du nicht rangegangen.«

Soll ich jetzt sagen, dass der doppelte Robert Telefon-Terror macht? Besser nicht.

»Du Sonja, weißt duuu« – hm, Zeit gewinnen – »ich meditiere doch immer morgens.«

Sonja runzelt die Stirn.

»Doch wirklich. Eine halbe Stunde lang brauche ich Ruhe, nichts als Ruhe.«

Und ich male die Mitte! Robert der Zweite fällt mir ein, wie er in seinen schicken Hosen vor dem Kühlschrank kniet.

»Ich suche meine Mitte. Ich sammle mein Chi. Zurück zu den Chakren.« Es fällt mir schwer, ernst zu bleiben.

»Ach so.« Sonjas Züge entspannen sich. Klar doch. Ist doch völlig normal. Andere Leute gehen Brötchen holen, ich suche meine Mitte und sammle mein Chi.

»Was ich dir sagen wollte ...« Sonja druckst ein bisschen herum. »Die Lilli, die spricht seit zwei Tagen immer von einem bösen Mann. Weißt du, wen sie damit meint?«

Herrjeminee.

»Das muss der Kinderarzt sein. Der ist so wenig einfühlsam. Ich habe beschlossen, mich nach einem anderen umzusehen. Vielleicht kannst du mir jemanden empfehlen?«

Nun lächelt Sonja wieder. »Duuu, da gibt es eine ganz tolle Homöopathin ...«

Na also.

Zu Hause koche ich erst einmal Kaffee. Kein Zettel in der Dusche, kein Tim. Ich setze mich an den Küchentisch und versuche nachzudenken. Der Bär liest immer noch Zeitung auf seinem Miniaturklo, und der Hase steht immer noch in peinlichst verdruckster Haltung davor.

Welchen Robert rufe ich zuerst an?

Da ich mich nicht entscheiden kann, wähle ich Katharinas Nummer.

»Na, wieder aufgetaucht? Du hattest ja tierisch geladen gestern. Und hast geflirtet – mein lieber Herr Gesangverein!«

»Ach, sei nicht so streng, du warst doch auch mal jung.«

»Nun mach mal'n Punkt. Ich hatte wirklich Angst, dass du den Goldjungen verschreckst.«

»Da hatte ich aber einen ganz anderen Eindruck, wenn ich mir die Bemerkung erlauben darf.«

»Was ist los, Lulu? Stress mit Tim?«

Eben nicht, würde ich am liebsten sagen, aber das führt zu weit. Katharinas Beratungskompetenz, was

Männer betrifft, finde ich nicht gerade vertrauenerweckend.

»Lass uns mal kurz das Thema wechseln, ja? Heute Abend ist so'n Filmding. Meinst du, wir sollten den Superpädagogen mal testen?«

»Aber nur, wenn du mich mitnimmst.«

Das wird ja immer besser. Mich gibt's anscheinend nur noch im Doppelpack. Lulu und Yvonne. Lulu und Katharina. Kein Schritt in den kinderfreien Raum ohne schwesterliche Aufsicht. Na gut. Wird schon.

»Die Partnerschaftsvermittlung Lulu wird dein Vertrauen nicht enttäuschen. Ich komme mit Lilli gegen sieben vorbei, ja? Und engagierst du netterweise den netten Robert?«

»Kann Anna-Maria nicht bei Lilli schlafen? Das wollte sie immer schon mal.«

»Also gut. Dann kommt alle drei um halb sieben. Ich spendiere eine Runde Karottensaft.«

Klick. Ich wundere mich über gar nichts mehr. Aber ist es nicht ein bisschen leichtsinnig, einfach so einen fremden Mann in meine Wohnung zu lassen? Schließlich kennen wir den Typ noch gar nicht. Ich wähle die Nummer der Taxi-Zentrale. Die Stimme klingt klebrig, als wäre ich bei einer Telefonsex-Agentur gelandet.

»Timmi? Ach so, ja, Schätzchen, ich versuch's mal. Komisch, der meldet sich nicht. Der macht bestimmt Pause.«

Klar, er ist ja auch schon zwei Stunden gefahren. Ich bitte die Taxi-Dame, Tim auszurichten, dass er gegen acht mal nach dem Rechten sehen soll. Vorsichtshalber.

Etwas ermattet schlendere ich durch die Wohnung und ertappe mich bei dem Gedanken, dass in ein paar Stunden Robert der Zweite hier durchmarschiert. Also los. Diverse Slips fliegen in den Wäschekorb. Die Horrorvideos landen im Kleiderschrank. Auf dem Bett liegt Tims zerknülltes Bayern-München-T-Shirt. Ich drapiere es sorgfältig auf dem Kopfkissen. Damit der Typ sieht, dass ein Mann im Haus ist.

Der Rest ist nicht zu retten. Die gelben Sofas, die von Kugelschreiberzeichnungen und Saftflecken bedeckt sind. Der Teppichboden, der nach zwei Jahren Milchbrei und Apfelsaft aussieht wie ein avantgardistisches Tapetenmuster. Der Esstisch, schwer beladen mit Büchern und Puppen und Puzzles undundund. Ich gebe auf und lege mich in die Badewanne.

Das Telefon klingelt. Nein danke. Ich sammle mein Chi.

*

Ganz schön hartnäckig, der Typ. Ich hocke im Bademantel neben dem Anrufbeantworter und betrachte meine schrumpligen Fingerkuppen. Pass auf, dass dir nicht eines Tages Schwimmhäute zwischen den Fingern wachsen, sagt Yvonne immer. Robert Sommerauer hat angerufen. Was denn nun mit dem Kino sei. Man könne doch weiter über den neuen Job plaudern. Toll. Im Kino wird nicht geplaudert. Ich muss ein bisschen lachen bei dem Gedanken, dass die gestrenge Katharina heute Abend auf mich aufpasst. Am besten nehmen wir sie in die Mitte. Katharina, der perfekte Eiserne Vorhang. Ich rufe Roberts Sekretärin an und gebe Ort und Uhrzeit an.

»Sehr wohl. Ich werde es ausrichten«, sagt sie spitz. »Aber ich kann Ihnen nichts versprechen.«

Also so was. Wer macht denn hier die Versprechungen?

Leicht umwölkt rase ich zur Villa Kunterbunt.

»Viku-Putztag!«, ruft mir Sonja freudig entgegen. Die anderen Mütter sind schon fleißig bei der Arbeit. Geht dieser Tag denn nie zu Ende?

Melanie scheuert mit Hingabe das kleine Badezimmer.

»Hast du's schon mit Ata versucht?«, frage ich aus purer Bosheit.

Selbstverständlich wird nur mit Kokosölseife geputzt. Bei hartnäckigen Flecken empfiehlt sich Olivenöl mit Zigarrenasche.

»Nimm du dir mal lieber die Küche vor«, zischt Melanie.

Ich nehme den Lappen, den sie mir hinhält, und betrachte schaudernd den festen Belag aus Bestandteilen, die ich besser nicht genau analysiere. Die Rosinen in meiner Küche waren nichts gegen das hier. Schon kommt Lilli angesprungen.

»Mama sauber machen?«, ruft sie ungläubig.

Ich gebe ja zu, dass das eine Beschäftigung ist, bei der Lilli mich nicht allzu oft antrifft. Die Routine ist nicht mein Ding, ich bin eher so etwas wie mein eigener Notdienst.

Renate grummelt etwas aus der Windelecke, was sich wie ein Fäkalausdruck anhört. Welch fröhliches Treiben engagierter Mütter. Inge-Gundula werkelt in der Kuschelecke. Komisch, für alles gibt es hier Ecken. Die Windelecke, die Kuschelecke, die Essecke, die Bastelecke. Ecken ohne Ende. Aber wo ist die Raucherecke?

Sonja schreitet mit roten Backen durch die Putzkolonne.

»Da, zwischen den Matratzen sind noch Essensreste«, wirft sie schon mal ein, oder: »Holla, unter dem Stuhl klebt ein Kaugummi.« Doch nicht nur sie genießt den Putztag, auch die Kinder. Leander setzt sich glucksend in den Wassereimer, Sofia lutscht an der Kokosölseife und Lilli, meine Lilli, verreibt Spucke auf dem Wandspiegel.

»Kuckma, sauber!«, ruft sie stolz.

Kurz vor sechs werde ich unruhig.

»Tut mir wahnsinnig leid, Sonja, aber ich muss jetzt zu einer Besprechung.«

»Dann nimm wenigstens die Gardinen mit, ja? 30 Grad, Schonwaschgang.«

Schonwaschgang. Klar, was sonst? Soft, so soft wie Sonja.

Im Rückspiegel betrachte ich fassungslos das Gesicht, das mich neugierig mustert. Oh Gott. Wer ist das denn nun wieder? Zerzaust und verdreckt wie ich bin, bräuchte ich Stunden, um mich einigermaßen wieder herzurichten. Wo ist die Fee? Wo ist der Zauberstab? Ich kann doch nicht schon wieder in die Wanne, sonst sehe ich noch aus wie die Zombies aus meinen Horrorfilmen.

»Komm mein Häschen, wir gehen jetzt erstmal unter die Dusche«, verkünde ich und öffne mit Schwung die Wohnungstür. Und vorher ein schönes Mineralwas...

»Oh.«

Die Küche ist voll. Sehr voll. Und sie ist nicht nur überfüllt, weil sich eine Menge Menschen in ihr aufhalten, sondern vielmehr, weil eine unerträgliche Spannung in der Luft liegt. Tim ist da. Robert ist da. Der andere Robert ist auch da. Alle drei sehen mich an. Erwartungsvoll. Vorwurfsvoll. Entnervt.

»Äh – hallo.« Wenn ich nicht schon so hoffnungslos verschwitzt wäre, würde mir jetzt auf der Stelle der Schweiß ausbrechen. Das Schweigen klebt auf den Gesichtern.

Blitzschnell rollt das Szenario des Schreckens vor meinen Augen ab. Tim hat natürlich nicht Pause gemacht, sondern nach zwei einigermaßen lukrativen Stunden seine Arbeit beendet. Der Fliegende Robert wollte mich überraschen, um mich abzuholen. Der andere Robert war vor lauter Aufregung zu früh.

Da sitzen sie also. Die drei von der Tankstelle. Sie sehen aus, als ob sie einander tief und abgründig hassen. Wo war noch die Fee? Zu allem Überfluss springt nun Lilli auf den Babysitter-Robert zu. »Malen, malen«, schreit sie übermütig und zerrt an Roberts Hand. Tim starrt mich an.

Die Fee heißt Katharina. Sie klingelt Sturm.

»Du, Katharina, da sitzen ein paar Männer in der Küche, koch doch mal Kaffee oder Tee oder irgendwas, ich muss mal unter die Dusche springen!«, rufe ich ihr zu.

Kurze Zeit später klopft Katharina an die Duschwand.

»Hör mal zu, irgendwie sind dir da ein paar Dates

durcheinandergeraten«, sagt sie aufgeregt. »Tim und der eine Robert behaupten, dass sie heute Abend mit dir ins Kino gehen. Wenn ich mich recht erinnere, hattest du MIR den tollen Abend versprochen.«

Das ist ja wohl die Höhe. Ich ziehe irgendetwas an und versuche gar nicht erst, meinem Spiegelbild etwas abzugewinnen. Na gut, ein bisschen Wimperntusche. Und die Haare, eine Katastrophe. Ich fange an, den Fön zu suchen. Eine halbe Stunde später schleiche ich zur Küche und spähe vorsichtig um die Ecke. Auf dem Tisch stehen mehrere Bierflaschen. Ich kann es nicht glauben. Robert und Tim und Robert spielen Karten. Lilli und Anna-Maria baden ihre Barbiepuppen in der Spüle. Und Katharina kocht Spaghetti. Eine wunderbare Großfamilie.

Leise schließe ich die Wohnungstür.

*

»Und bitte!«

Ich versuche zu lächeln, aber der Puder auf meinem Gesicht gibt mir das dumme Gefühl, dass augenblicklich alles bröckeln wird, wenn ich auch nur eine Miene verziehe.

»Guten Abend, hier ist das Kino-Quartett. Heute geht es um ...«

»Stop!«, ruft ein Mann im olivfarbenen Overall. »Kein Ton!«

»Was ist denn da los? So eine Saubande«, schreit eine Stimme aus dem Studiolautsprecher. Das ist Werner. Der Regisseur.

Ein paar Typen laufen hin und her, aufgeregtes

Gemurmel, dann meldet sich wieder der Lautsprecher, der seinem Namen alle Ehre macht.

»Alles auf Anfang. Und – bitte!«

»Guten ...«

»Halt, stop! Was ist denn nun mit dem Licht passiert? Sind hier denn nur Idioten am Werk?«

Ich suche in dem Gewirr von Kabeln und Kameras nach dem Fliegenden Robert, der sich gerade mit einer zierlichen jungen Dame unterhält. Sie trägt einen Kopfhörer um den Hals und hat ein Walkie-Talkie in der Hand. Robert hat mich nur kühl begrüßt und mich dann keines weiteren Blickes gewürdigt. Ich weiß ja, es war nicht gerade fair, einfach so zu verschwinden letzte Woche, aber immerhin war's doch noch ein ganz lustiger Abend, wie mir Katharina am nächsten Tag berichtete. Nur vermutlich etwas anders, als prince charming sich das ausgemalt hatte. Tim ist seitdem äußerst einsilbig und die beiden Roberts haben von weiteren Anrufen Abstand genommen. Stattdessen rief gestern Roberts Sekretärin an und informierte mich, dass heute ein Casting stattfinde. Und als ich fragte, warum sie mir nicht eher Bescheid gegeben hätte, kam nur ein schnippisches: »Also entweder Sie kommen oder Sie kommen nicht.«

Yvonne hat mich mit der Yves-Saint-Laurent-Kopie ausgestattet. Allerdings habe ich das Decolleté mit einem T-Shirt entschärft. Ist schließlich nicht mein Ding, mit einer Sicherheitsnadel über'm Busen herumzulaufen.

»Können wir?«, bellt es aus dem Lautsprecher. Susie, die wunderschöne Maskenbildnerin, kommt zu mir gehuscht.

»Eine Sekunde, Werner!«, ruft sie und pudert mir zum zehnten Mal die Nase. Es ist eigentlich nur eine Frage der Zeit, wann ich anfange zu niesen. Da. Ha – ha – hatsch –

»Frau Knospe, sind wir denn mal soweit?«, quäkt es ungeduldig aus den Boxen.

»Sofort!« Ich schnäuze mich. Sofort huscht das Mädel wieder herbei.

»Oh lala, der Lippenstift ist verschmiert. Bitte Vorsicht mit dem Taschentuch, ja?«

»Ist schon okay«, flüstere ich.

»Alles gesund? Und bitte – die Anfangsmusik, dann fährt Kamera Eins auf Frau Knospe zu!«

Dideldideldudel – und los.

»Guten Abend, willkommen beim Kino ...«

»Aus, stop, Frau Knospe, nicht so traurig kucken, das hier ist ein Casting und keine Beerdigung.«

»Alles klar!«

Nur nicht die Nerven verlieren. Werner ist ein Wichtigheimer. So einer, der in Anglerwesten herumläuft, mit tausend aufgenähten Taschen voller Zettel und anderem Krempel.

»Und – Moment, was ist denn das? Was sind denn das für Geräusche? Träume ich, oder sind hier KINDER im Studio?«

Der Lautsprecher platzt fast. Ich auch. Statt »Kinder« hätte er ebenso gut »Giftschlangen« oder »Massenmörder« sagen können, soviel Abscheu lag in seiner Stimme.

»Das ist MEIN Kind.« Meine Stimme zittert ein bisschen. Jawohl, Lilli ist hier. Ich hatte keine andere Wahl. Tim brauchte ich gar nicht erst zu fragen, der ist ja noch verschnupft, Katharina ist samt Kind zu ihrer Mutter gefahren, Frau Korn ist in Urlaub und Robert ... ach Robert.

»Sind Sie wahnsinnig? Ist heute Muttertag oder was? Das ist hier kein Kindergarten, Frau Knospe!«

Die Maskenbildnerin fängt an zu kichern. Die hat bestimmt keine Kinder, die blöde Kuh. Allmählich werde ich wütend, richtig wütend.

»Wissen Sie was, Herr Obersturmbannführer? Wenn es keine Kinder gäbe, dann wären Sie bald arbeitslos, dann stirbt Ihnen nämlich die Quote weg, und Sie müssen zu Hause Ihre Frau anschreien, statt unbescholtene Leute zusammenzupfeifen. Dann können Sie Ihren Privatkindergarten hier zumachen. Aus die Maus!«

So. Das Casting ist gelaufen. Es ist totenstill im Studio. Alle starren mich an. Ich stehe auf.

»War nett, Sie kennen zu lernen. Viel Spaß noch. Lilli-Schatz, wir gehen.«

Es ist einer dieser traumwandlerisch wunderbaren Momente, in denen Lilli tatsächlich tut, was ich ihr sage. Sie befreit sich aus dem Arm des Regieassistenten, der sie die ganze Zeit entnervt herumgetragen hat, und fliegt in meine Arme.

»Stop!«, schreit es plötzlich aus dem Lautsprecher. »Das war gut! Das war sensationell! Versuchen Sie das zu halten! Genau so!«

Was?

»Mensch, Lulu, die Wut halten, ja? Alles auf Anfang, aber dalli! Und bitte!«

Ich habe gar keine Zeit zu protestieren. Und Lilli? Die bleibt, wo sie ist. Keiner wagt, sie mir wegzunehmen. Das sollte auch mal einer versuchen. Ich setze mich und nehme mein Kind auf den Schoß.

Dideldideldudel.

»Wenn Sie wirklich nichts Besseres vorhaben, dann gönnen Sie sich mal das unwürdige Schauspiel, wie sich erwachsene Leute ausgerechnet um Filme streiten. Und das auch noch vor den Kindern. Also stellen Sie die Chips beiseite, sonst verschlucken Sie sich noch. Ich habe Sie gewarnt ...«

Ich rede wie in Trance. Ich denke gar nicht weiter nach. Ich verreiße den angesagten Independentfilm in Grund und Boden, obwohl man mir eingeschärft hat, mich als Moderatorin mit meiner Meinung zurückzuhalten. Ich lobe die neuesten Horrorfilme und schwärme von den trashigen Gruselschockern. Da kenne ich mich schließlich aus. Zwischendurch drücke ich Lilli einen Kuss aufs Haar, pelle ihr eine Banane, gebe ihr das Glas Wasser, das auf einem albernen Plexiglastischchen steht. Eine Frau mit einem Kind auf dem Schoß. Nichts Besonderes. Ganz normal. Nur nicht hier. Aber das interessiert mich nicht das kleinste bisschen.

Als die Luft raus ist aus der Runde, gucke ich in eine der Kameras und sage: »So, das war's. Und nächstes Mal gehen Sie gefälligst ins Kino, statt sich reinzuzieh'n, was völlig unwichtige Leute über mittelmäßige Filme zu sagen haben. Und nicht vergessen: Kinder sind das Größte!«

Dann ist es wieder still. Sehr still.

Ich lehne mich zurück und zupfe mir das Mikro von der Jacke.

Dann fängt der erste an zu klatschen. Andere fallen

ein. Schließlich johlt die ganze Bude. Durch die Kameras hindurch kommt Werner angelaufen.

»Nicht schlecht, Lulu, nicht schlecht.«

Er wendet sich an Robert, der grinsend auf mich zukommt.

»Wo haben Sie denn dieses Naturtalent aufgegabelt? Hat sie vielleicht auch noch einen Hund? Ich sag's ja immer: Kinder und Hunde. Da bleiben die Leute dran.«

Robert streckt mir die Hand hin.

»Kult«, sagt er knapp. »Das Ding wird Kult.«

»Aber nur unter einer Bedingung«, sage ich streng. »Nicht ohne meine Tochter!«

»Jaaa!«, schreit Lilli.

*

Ich schlage unseren Italiener vor, das »Opus Deli«. Heimspiel für Lilli und das Essen ist auch nicht schlecht. Während Lilli hinter dem Tresen abtaucht und von den Kellnern mit Keksen gefüttert wird, hält Robert sein Glas in die Höhe.

»Auf Sie. Wahnsinn! Da ist ja jede Menge Potenzial in Ihnen drin. Oder darf ich sagen – in dir?«

Na gut. Geschenkt.

»Lange nicht geflogen, was?«, sage ich und lasse mein Glas an das seine klirren. Er grinst unsicher.

»Also gut, ich heiße Lulu!«

»Ist mir nicht entgangen«, flüstert Robert und stößt noch einmal sein Glas an das meine.

»Mama Prost? Mama Spielzeug?« Lilli klettert zu mir auf die Bank und sieht Robert fragend an. Ich fische ein gelbes Plastikei aus meiner Handtasche und halte es Robert hin.

»Was ist denn das?«

»Überraschung! So eine Art Bewährungsprobe für den Prinzen, der die Prinzessin bekommen möchte«, sage ich.

Zweifelnd dreht Robert das Ding zwischen seinen Fingern hin und her.

»Ist ein bisschen viel Gedränge vor dem Schloss, für meinen Geschmack.«

»Was ist gegen den edlen Wettstreit einzuwenden?«, frage ich.

»Ist die Prinzessin es denn wert?«, fragt er zurück.

»Wer so eine Frage stellt, ist schon so gut wie aus dem Rennen«, antworte ich und ziehe Lilli auf meinen Schoß. Beschütz mich, mein Kleines. Irgendwas wächst mir gerade über den Kopf. Ich denke an Tim, wie er in seinem Bayern-München-T-Shirt auf dem Küchensofa sitzt. Ich denke an Robert Zwo, wie er den Schlitz meines Kleides mustert. Ein Kind im Haus ersetzt das Vorhängeschloss. Also Vorhang zu und alle Fragen offen. Und versäumen Sie nicht das nächste Kinoquartett.

»So, mein Prinz, dann bastel mal schön, die Damen ziehen sich jetzt zurück.« Erschrecktes Blinzeln.

»Schönheitsschlaf«, ergänze ich.

Robert kann fast so enttäuscht gucken wie Sonja. Er hat nussbraune Augen.

»Was, jetzt schon?«

»War ein harter Tag«, sage ich und grusele mich selber vor diesem Klischeesatz.

Heute nicht, Schatz. Migräne. Ich spüre eine große

Müdigkeit. Deshalb bemerke ich auch zu spät, dass Lilli gerade die Yves-Saint-Laurent-Kopie mit Spaghettisauce aufpeppt.

Ich ziehe die Jacke aus und reiche sie Manfredo, unserem Lieblingskellner, der ein Genie der Fleckentfernung ist. Manfredo hat vier Kinder. Ein Held des Alltags.

»Was macht der denn jetzt damit?« Robert sieht erst der Jacke nach, die in Richtung Tresen entschwindet, dann betrachtet er interessiert mein äußerst knapp sitzendes T-Shirt. Bisher war verborgen geblieben, dass eine Entenfamilie darauf herumturnt. Ein Geschenk meiner Mutter. Für Lilli ist das T-Shirt noch ein bisschen zu groß. Und für mich ist es entschieden zu eng. Aber wer konnte denn auch ahnen, dass ich in aller Öffentlichkeit die Jacke ausziehen muss?

Vor meinem geistigen Ohr höre ich Yvonne kichern: ›Doktor Fleckmanns Beckensalz schafft sie alle‹. Aber das ist sicherlich ein bisschen mehr, als Robert im Moment verträgt.

»Altes italienisches Geheimrezept, weißt duuuu ...« Schade. Robert kann darüber nicht lachen.

»Wir müssen darüber reden, wie es weitergeht.« Aha.

»Mit der Sendung.« Ach so.

»Nächsten Monat könnte es losgehen.« Also?

»Aye, aye, Sir!«

»Kannst du auch mal ernst sein?« Ich AUCH MAL ERNST? Als Lachnummer habe ich mich bisher eigentlich nie betrachtet.

»Nein, Lilli, Espresso ist nichts für Kinder ...«, ich balanciere die Tasse ins Aus und wende mich wieder meinem Gegenüber zu.

»Es hat Spaß gemacht, Robert. Ich werde es probieren. Aber wir sollten nichts überstürzen ...«

Robert hat jetzt den Bausatz aus der gelben Hülse gefingert und fängt wie ferngesteuert an zu basteln.

»Lass dir Zeit, Lulu. Aber du solltest wissen, dass ich reges Interesse habe. Auch wenn ich vielleicht kein Prinz bin.« Er sieht jetzt auf von seiner Plastik-Baustelle und direkt in meine Augen. Hey, ich bin ziemlich verwundbar. Bitte nicht so gucken. Bitte nicht. Er guckt trotzdem.

»Bösemann?«, fragt Lilli.

»Nein, Gutemann«, antworte ich.

»Kuckmal«, sagt der Gutemann stolz zu Lilli.

Das ist wirklich etwas Besonderes. An einem Miniaturbaum hängt ein kleines Männchen, darunter kauert ein Löwe. Ein winziger Magnet lässt den Löwen nach dem Männchen schnappen, wenn man die beiden anstupst. Und das Ganze in Rekordzeit zusammenmontiert. Alle Achtung.

»Ob der Löwe das Männchen verschlingen wird?«, frage ich.

»Klar, zum Frühstück«, sagt Robert und greift nach meiner Hand.

Ich stelle erstaunt fest, dass diese Berührung mich in tiefe Verwirrung stürzt.

»Löwe, Löwe!«, ruft Lilli. »Rrrrrnr!«

»Wenn du zum Löwen gehst, vergiss die Peitsche nicht«, versuche ich zu witzeln, aber mir ist flau. Du steckst mittendrin im Schlamassel, Lulu Knospe. Wie war das noch? Bloß nicht verlieben! Wähle eiskalt aus, und denke nur an dich!

»Ich esse noch ein Eis«, flüstere ich.

»Zitronengrassorbet?« fragt Robert und denkt gar nicht daran, meine Hand loszulassen.

»Bitte sehre, hiere iste eine gelato für la piccola signorina Lilli!«, strahlt Manfredo und versteinert ein wenig, als er meine Hand sieht, die Robert fest im Griff hat. Tim würde so was niemals machen. Deshalb nennt man auch mich hier Signorina, was ich als Kompliment betrachte.

Manfredo stellt ein buntes Rieseneis auf Lillis Platz und streift Robert mit einem Blick, an dem ein Sonnenstrahl abbrechen würde. Manfredo ist Sizilianer. Ich ziehe meine Hand zurück.

»Wir möchten bitte auch ein Eis«, sage ich.

Manfredo lächelt mich kurz an und wendet sich mit tänzerischen Bewegungen ab.

»Noch ein Prinz?« Robert versucht, seiner Stimme einen amüsierten Klang zu geben, aber er wirkt irgendwie verspannt.

»Lillispatzi, bittebitte das Eis mit dem Löffel essen, ja?«

Lilli hat die Waffel ins Eis gebröselt und arrangiert die Nachspeise mit allen zehn Fingern um.

»Wir gehören hier zur Familie, Robert.«

Muss ich das wirklich erklären? Muss ich jetzt erzählen, dass Manfredo und Carlo eine Woche lang jeden Mittag mit Spaghetti vor der Tür standen, als Lilli und ich die Grippe hatten? Muss ich erzählen, wie Gino wortlos eine Flasche Champagner auf meinen Tisch stellte, damals, als Lillis Vater mich verließ und ich heulend in der Ecke saß? Muss ich erwähnen, dass es diskrete Freundschaften gibt, herzenswarm und ohne falsche Vertraulichkeiten, die wichtiger sind als ein bisschen Händchenhalten?

Manfredo erscheint mit meiner Jacke und kehrt gleich wieder um, als er Lillis eisverschmierte Fingerchen sieht. Carlo bringt uns Zitronensorbet.

»Alles klare, Signorina?«, fragt er besorgt.

»Va bene così«, antworte ich und lecke Lillis Finger ab. Carlo bringt einen dicken Strohhalm. Lilli gluckst vor Freude.

Ich beobachte Robert aus dem Augenwinkel. Das ist nicht seine Welt. Kinder und Kellner und tausend andere Dinge, die mich ablenken. Von ihm. Ich kann ihn ja verstehen. Aber ...

»Robert, es war wirklich ein harter Tag. In drei Minuten falle ich tot um. Wär doch schade, oder? Wir haben doch noch soo viel vor ...«

Das versöhnt ihn. Er bezahlt. Ich ertappe mich bei dem Gedanken, ob er wohl zu viel oder zu wenig Trinkgeld gegeben hat. Was ist eigentlich los? Er gefällt mir doch, oder? Als wir das Lokal verlassen, drehen sich ein paar Frauen nach ihm um. Ein Frauentyp. Aber bin ich eine Frau für Frauentypen? Diese Frage ist entschieden zu anstrengend zu dieser Stunde. Ich sinke mit Lilli aufs Kinderbett.

»Liieb«, flüstere ich Lilli ins Ohr. Wie wunderbar einfach ist es, ein Kind zu lieben. Ohne Wenn und Aber.

*

Ich habe mir früher nie Gedanken über den Schlaf gemacht. Abgesehen davon, dass ich als Kind heftig schlafwandelte und mit offenen Augen durch das Haus gespensterte, habe ich immer wunderbar geschlafen. Und spätestens seit der Pubertät bin ich ein unverbesserlicher Nachtmensch, der stets dermaßen übermüdet ins Bett fällt, dass man eher von einer besonders tiefen Ohnmacht als von Schlaf sprechen kann.

Doch seit Lilli auf der Welt ist, ist alles anders. Ich bin eine Schlafspezialistin geworden. Schon allein deshalb, weil ich ausgesprochen sprunghaft schlafe, nach einem Rhythmus, den meine Tochter mir vorgibt. Dabei wundere ich mich selber, wie perfekt es funktioniert, selbst im allertiefsten Tiefschlaf. Ein Mucks aus dem Babyfon und ich sitze im Bett. Ein zweiter Mucks und ich stehe an der Kinderzimmertür. Spätestens beim dritten Mucks halte ich mein Kind im Arm und murmele die mütterlichen Beschwörungsformeln und schlaffördernden Rosenkränze: »Ja, mein Spatzischatzi, Mama ist da, nicht weinen, ist ja alles gut ...«

Und ganz zu schweigen vom Zubettgehen. Ein Fest seltsamer Rituale. Gardine zu. Das Kitschbild aus Venedig anknipsen. Barbie rechts, Teddy links. Lilli liegt in meinem Arm. Noch wandert ihr Blick durchs Zimmer, dann wird der Lidschlag träger, der Atem wird ruhig, ein Zucken geht durch den kleinen Körper, ein erster Traum oder ein letzter Widerstand, dann liegen die Wimpern fest auf, und sie atmet tief.

Seitdem sehe ich auch Tim beim Einschlafen zu. Erwachsene, soweit man Tim als Erwachsenen bezeichnen kann, Erwachsene schlafen vorsätzlicher ein. Für Kinder ist Schlaf Kapitulation vor der Müdigkeit oder vor der mütterlichen Anweisung, jetzt sei es Schlafenszeit, Erwachsene aber nehmen lieb gewonnene Schlafstellungen ein und lächeln sogar manchmal aus purer Vorfreude.

Tim atmet regelmäßig. Im Kinderzimmer ist alles

ruhig. Nur ich, ich kann nicht schlafen. Im Kühlschrank ist es noch hell, und während ich einen Becher mit Buttermilch öffne, setzen sich ein paar Herren zu mir an den Küchentisch. Tim. Robert. Robert. Sogar Werner ist da und verzichtet angesichts der nächtlichen Stunde aufs Brüllen. Mein Leben ist ganz schön durcheinander. Und ich auch. Ich schaue in die Runde. Wer sagt eigentlich, dass ich mich entscheiden muss? Bisher lief doch alles ganz prima. Im Kühlschrank ist es immer noch hell. Ein angebissener Apfel, ein Rest Käseauflauf. Von Herrentorte keine Spur.

»Kerle machen nur Ärger«, höre ich Katharina sagen. Wo kommt die denn plötzlich her?

»Kerle machen Spaß«, widerspricht Yvonne, die es sich auf dem Küchensofa gemütlich gemacht hat.

»Kerle sind kompliziert«, sage ich.

»Oh nein, oh nein!«, widersprechen die Herren im Chor. Hoffentlich fangen die nicht auch noch an zu singen.

»Ich will keine Schokolade, ich will endlich einen Mann!«, sagt Yvonne.

»Von Schokolade bekommt man allenfalls Figurprobleme. Aber was sind schon ein paar Speckröllchen gegen die Probleme, die man mit Männern hat?«, ereifert sich Katharina.

»Bitte nicht so laut«, flüstere ich, »Lilli schläft!«

»Wieso'n, was'n los?«, murmelt Tim verschlafen, dann dreht er sich um und seufzt in sein Kopfkissen.

Wie, bitteschön, bin ich denn plötzlich im Bett gelandet?

*

»Hallo, ich bin die Mama von Alexander.«

»Und ich bin die Mama von Laura.«

Mütter sind namenlos. Sie stellen sich vor, indem sie die Namen ihrer Kinder nennen. Ich hatte dem Kaffeeklatsch bei Katharina schon mit einigem Grausen entgegengesehen, aber Lilli findet es natürlich toll, woanders zu spielen.

»Ich heiße Lulu«, versuche ich gegenzusteuern, aber das nützt nichts.

»Ach so, dann bist du sicher die Mama von Lilli, gell?«

Und schon ist die Welt wieder in Ordnung.

Melanie kommt später. Und sie hat auch einen Grund.

»Sophia hat eben Kacka in drei verschiedenen Töpfchen gemacht«, ruft sie statt einer Begrüßung.

»Das ist die Mama von Sophia«, erkläre ich matt. Das Ensemble der Mütter ist komplett.

»Sophia ist schon fast trocken!«, verkündet Melanie stolz und betrachtet herablassend die sich üppig abzeichnenden Windelpopos der anderen Kinder. Und mein Kind kann schon aus der Tasse trinken. Und mein Kind kann schon selbst die Schuhe anziehen. Und mein Kind kann schon das Puzzle für Dreijährige legen, obwohl es doch erst zwei ist.

Mütter sind Dauerteilnehmer an einer olympischen Disziplin, die »Mein Kind kann schon ...« heißt. Welches Kind das hübscheste, niedlichste, liebreizendste ist, darüber hat jede Mutter eine ganz eigene Meinung. Selbstverständlich ist es das eigene. Dumm nur, dass andere Mütter das nicht genauso sehen. Aber zum Glück gibt es ja ein Wettrennen, bei dem alles so schön messbar ist: Wer geht zuerst aufs Töpfchen? Wer hantiert als erstes perfekt mit Messer und Gabel?

Sophia stürzt erst einmal auf Lilli zu und haut meinem Schatz einen Schuh über den Kopf.

»Kuckmal, Sophia hat sich den Schuh ganz allein ausgezogen«, triumphiert Melanie.

»Wie schön, dass sie auch schon ganz allein andere Kinder hauen kann«, füge ich hinzu und nehme die schluchzende Lilli auf den Schoß.

»Ich lese gerade ein Buch, in dem steht, dass man überhaupt nicht eingreifen soll, wenn Kinder aggressiv sind«, verteidigt Melanie ihre Tochter.

»Warum auch? Zahlt ja alles die Krankenkasse«, sage ich und drücke Lilli an mich.

Melanie greift wortlos zum Bananenkuchen, während ihr Hund interessiert an den Windelpopos schnuppert.

»Aus, Zambo! Ich war ja gut vorbereitet auf die Kindererziehung durch meinen Hund«, erläutert sie. »Im Grunde ist es genau das Gleiche: Eindeutige Befehle und positive Feedbacks.«

»Bekommt Sophia jedes Mal einen Hundekuchen, wenn sie eines ihrer zahlreichen Kackas ins Töpfchen setzt?«

Katharina sieht mich vorwurfsvoll an. Ist ja gut. Ich habe nicht vor, die Runde zu sprengen.

»Der grüne Tee ist vorzüglich«, breche ich artig das Schweigen.

»Nimm sie nicht so ernst, sie ist jetzt beim Fernseh'!«, sagt Anja und schiebt Melanie den Teller mit Vollkornkeksen rüber.

Aha. Beim Fernseh', weißt schon, völlig plem-

plem. Die Mütter starren mich an. So was tut man nicht. Muttersein ist ein völlig unterbewerteter Beruf, den kann man gesellschaftlich nur aufwerten, indem man nichts, aber auch gar nichts anderes tut als Mutter zu sein. Alles klar? Verräterinnen an der Sache der Mütter kann hier keiner gebrauchen. Und dann noch beim Fernsehen. Woher weiß Anja das eigentlich?

»Isch abe gar keine Fernseh-e«, sagt Biggie.

»Fernsehen ist wirklich das Letzte«, sagt Melanie.

»Lulu fährt voll drauf ab. Und sie nimmt sogar Lilli mit.«

Anja betrachtet mich mit einem Blick, den man durchaus als bohrend bezeichnen könnte.

»Das ist gar nicht erlaubt!«, entrüstet sich Melanie.

»Nö, im Ökoland natürlich nicht. Aber was soll ich machen? Lilli ist ein Naturtalent. Ein echtes Kameratier!«

Schon wieder ist es still. Dann ertönt ein Wahnsinnsgeheul aus dem Kinderzimmer. Anna-Maria kommt angerannt, verfolgt von Sophia, die noch im Laufen versucht, die blonde Barbiepuppe aus Anna-Marias Händen zu reißen. Das gute Stück trägt einen knappen pinkfarbenen Badeanzug und eine winzige Perlenkette.

»Igitt! Das ist ja widerlich!«, ruft Melanie mit Blick auf die Puppe.

Sophia zieht mit einem energischen Ruck an dem armen, lächelnden Ding und reißt Barbie ein Bein aus. Anna-Maria weint, Sophia schreit.

Nun kommt auch Lilli an den Schauplatz des Geschehens. Sie streichelt Anna-Maria und sagt: »Ei, ei, besser?«, während Sophia wütend mit den Füßen aufstampft.

»Also, Katharina, dieser Müll in deinem Kinderzimmer erstaunt mich wirklich!«, lenkt Melanie ab.

»Ein Geschenk von Lulu«, erklärt Katharina.

Ich hatte mal eine Freundin.

»Barbie ist eine ausgesprochene Bereicherung«, fährt Katharina fort. »Sie ist aus unserem Leben einfach nicht mehr wegzudenken.«

Ich habe wieder eine Freundin.

»BAAABIIEEE!«, schreit Sophia und sticht mit Barbies spitzen Pumps auf Anna-Maria ein, die die Reste der Puppe an sich gedrückt hat.

»Woher hat Sophia eigentlich diese regressive Wut? Und die Vorliebe für trashiges Spielzeug?«, werfe ich ein.

»Also, was du sicherlich gar nicht weißt, ist die Tatsache, dass man Wut auf keinen Fall unterbinden darf. Die muss raus. Sonst bilden sich Kletten im Emotionalkörper.«

»Wie bitte?«

»Ja – wusstest du das denn gar nicht?«

Ich scheine völlig ahnungslos zu sein. Kletten im Emotionalkörper. Ich fasse es einfach nicht.

»Emotionen sind Gradnadeln der Selbstreflexion«, doziert Melanie weiter. »Und deshalb ...«, aber ich halte es nicht mehr aus.

»Also ich finde, dass Sophia mit dieser Persönlichkeitsstruktur mal in eine Gruppentherapie müsste. So encountermäßig.«

Melanie überlegt kurz, dann sagt sie tapfer: »Wir machen schon eine Familientherapie. Mit der Oma.«

Ich habe plötzlich das dringende Bedürfnis, Sophia in den Arm zu nehmen und einfach mal zu trösten. Arme kleine Sophia. Warum gibt es keinen Kinderführerschein für Eltern? Warum darf jeder, aber auch wirklich jeder Kinder bekommen? Einfach so, egal, ob er zum Elternsein Talent hat oder nicht? Aber wer würde die Prüfung schon bestehen? Ich vielleicht?

»Komm mal her, Sophia«, sage ich und breite meine Arme aus.

Zambo knurrt, Melanie sieht mich feindselig an.

»War ja nur so eine Idee«, murmele ich und ziehe die zitternde Sophia auf meinen Schoß. »Alles klar, kleines Mädchen?«

Sophia nickt. In ihren Augen stehen Tränen.

»Fia aua?«, fragt Lilli teilnahmsvoll.

»Ja, aua. Mach mal ei!«

Die Geläufigkeit, mit der ich die Kindersprache beherrsche, erschreckt mich manchmal doch ein wenig. Wenn das nun bleibt, bis ins hohe Alter?

»Meine Güte, werden wir jemals wieder normal reden können?«, frage ich in die Runde, die auf der Stelle vereist.

Nur Katharina lacht.

»Eigentlich bräuchte man Bewährungshelfer für Mütter, wenn die Kinder aus dem Haus sind«, sagt sie. »So Seminare, wie man richtig spricht und wie man eine Mahlzeit einnimmt, ohne dauernd kleine Bissen abzusäbeln und sie in offene Münder zu stopfen.«

»Halt mir einen Platz frei, sei so gut, ja?«, sage ich.

»Und was machst du da, im Fernsehen?«, fragt Biggie.

»Sie macht sich einen Schlitz ins Kleid«, gluckst Katharina.

»Ich mache den Unterhaltungsheimer, was sonst?«, antworte ich.

Das alles ist so weit weg. Millionen Kilometer.

Melanie kommt von der Toilette zurück. »Ich bring' dir nächstes Mal ein Schild mit, weißt du, so eins, wo drauf steht, dass Männer nur im Sitzen pinkeln dürfen«, sagt sie und blickt Katharina vorwurfsvoll an. »Das braucht man einfach. Ich habe das schon seit Jahren im Klo.«

»Hoffentlich kommt auch mal wieder ein Mann vorbei«, sage ich leichthin.

Melanies Wimpern flattern ein wenig.

Katharina sieht mich an, als ob ich gerade die Sache der Frau in der Kloschüssel versenkt hätte.

»Schon passiert«, sagt Biggie knapp.

»Wieso?« Was weiß ich mal wieder nicht, was die anderen wissen?

Katharina fixiert mich kurz, dann verkündet sie mit mütterlichem Feuchtblick: »Melanie ist wieder schwanger.«

»Toll, Glückwunsch. Wie heißt er denn?«, rufe ich betont herzlich.

»Wieso er?«, fragt Melanie schniefend zurück. »Ich weiß doch noch gar nicht, was es wird.«

»Na, ich meine doch, den neuen Prinzen, den, na, den Erzeuger, den ...«

Betretenes Schweigen.

»Melanie wird allein erziehend bleiben«, sagt Katharina resolut. »Du solltest doch am allerbesten wissen, dass man nicht den ersten Besten nimmt, nur weil er sich als fruchtbar erwiesen hat.«

Aha. Aber man nimmt den ersten Besten und springt

mit ihm in die Kiste. Ohne Radiergummi, versteht sich.

Melanie hat sich unterdessen erholt.

»Weißt duuuu, es gibt noch andere Dinge als Fernseh' und so was. Ich nehme mein Muttersein ernst. Und die Solidarität der Frauen. Aber das ist für dich vermutlich ein Fremdwort.«

Oha. Krieg. Der Krieg der Knöpfe. Der Krieg der Tröpfe. Ohne mich.

»Lass mal besser einen Test machen, ob es auch bestimmt ein Mädchen wird. Mit einem männlichen Baby lässt man dich schließlich nicht in die Frauenkneipe rein. Wäre doch fatal oder? Also, ich muss los, die Kameras warten. Ich hole Lilli dann später ab, ja?«

An der Tür pralle ich auf einen Dufflecoat. Ich hasse Dufflecoats. Einen Moment später finde ich Dufflecoats so schlimm nun auch wieder nicht. Denn drin steckt Robert, der Kinder-Entertainer.

»Hallo.« Meine Güte, wie bin ich wieder originell. Ein echtes Konversationstalent.

»Hallo.« Na, wenigstens habe ich einen adäquaten Gesprächspartner gefunden. Einen Moment lang betrachten wir einander mit Wohlgefallen. Reiß dich zusammen, Lulu Knospe. Der Feind lauert im Rücken und trinkt grünen Tee, und von vorn rückt die Versuchung im Dufflecoat an. Ob ich es mal mit Kaltduschen probiere?

»Ich bin etwas früh dran ...«, sagt Robert.

»Ich bin etwas spät dran ...«, antworte ich. Und jetzt? Im Film würden wir uns jetzt küssen. Aber wir sind nicht im Film, wir stehen auf Katharinas Sisalteppich neben dem selbstgetöpferten Schirmständer, die Wohnung vibriert von Kindergeschrei und Müttergeplauder, es riecht nach Ökokuchen und Windeleimer, und dann küsst Robert mich, er küsst mich, oh Gott, er küsst mich wirklich, erst sanft, dann drängend, dann umarmt er mich, soweit das mit einem Dufflecoat geht, denn ein Dufflecoat ist bekanntlich ein Kleidungsstück, das aus einem brettartigen Material herausgesägt wird, in Heimarbeit, in Tausenden von Hobbykellern, während nebenan die kleinen Knebel geschnitzt werden, Robert umarmt mich also, ich sinke in seine Arme, er küsst wunderbar, er malt die Mitte, er ist kein Elefant, Madame, ich spüre seinen Palmenstamm, und dann schreit Anna-Maria: »Mamaaa!«, und dann schreit Katharina »Luluuuu!«, und dann schreie ich »Liliiie«, und dann verlasse ich mit meiner Tochter die Teeparty.

*

»Den kriege ich nich wech!«, sagt das viel zu hübsche Mädchen. Sorgenvoll beugt sie sich über mein Kinn.

»Mit einem schönen Gruß vom Hormonhaushalt – sorry, ich habe meine Tage!«, lächle ich zurück.

Mich kann nichts erschüttern. Mein Herz ist frei und leicht. Küsse müsste es auf Krankenschein geben. Dreimal täglich. Es gibt einfach nichts Besseres.

Susie legt noch mal Puder nach. Du liebes bisschen. Aus dem Pickelchen ist ein stattlicher Hügel geworden.

»So geht's, Lulu!«, sagt Susie zufrieden und dreht mir die Wickler aus dem Haar. Ich starre fassungslos in den Spiegel. Wer, um Gottes willen ist das denn? Weinroter Bademantel, Wasserwelle, Lidstrich, lila Rouge, Kirschmund, Hilfe!

Susie scheint überhaupt nicht erstaunt zu sein über die wildfremde Person, die sich da in meine Garderobe geschlichen hat. Sie tritt einen Schritt zurück und stemmt die Hände in ihre zierlichen Hüften. Unsere Blicke treffen sich im Spiegel.

»Na?«, fragt sie stolz. Sie fragt nur »Na?«, aber dieses »Na?«, bedeutet: »Ist es nicht unfassbar, dass ich aus dir, diesem unscheinbaren Geschöpf, das hart an der Grenze zur Hässlichkeit vorbeischrammt und das völlig dominiert wird von einem spätpubertären Akneausbruch, ist es nicht unfassbar, dass ich es tatsächlich geschafft habe, einen Menschen aus dir zu machen, einen ansehnlichen, einen sympathischen Menschen, ist es nicht eine hohe Kunst, dass ich in der Lage bin, dir ein Gesicht zu schenken, ein Gesicht, das die Kameras lieben werden, ein Gesicht, das Millionen von Menschen lieben werden?«

Während ich Susie bei ihrem stummen Monolog betrachte, geht die Tür auf. Der Fliegende Robert segelt ein. Meine Augen flehen ihn an. Sag doch auch mal was. Sag, dass es nicht wahr ist.

»Hallo.« Kommt mir irgendwie bekannt vor.

»Hallo Robert.« Eigentlich ganz praktisch, wenn alle Männer gleich heißen. Man kann sich wenigstens nicht verplappern. Zum Anbeißen sieht er aus, dieser Robert. Aber so, wie ich aussehe, ist mir nicht gerade nach Flirten zumute.

»Was soll das denn heißen? Was soll diese madammige Aufmachung? Wo ist das Polaroid vom Casting? Wir verkaufen hier kein Waschpulver, Susie-Mäuschen. Also: Ab unter die Dusche und dann noch mal von vorn.«

Spricht's und segelt davon.

Susie schmollt. Wieder treffen sich unsere Blicke im Spiegel. Doch diesmal hebe ich an zum stummen Monolog. Und der geht ungefähr so: »Ist es nicht unfassbar, dass manche Menschen auch noch dafür bezahlt werden, eine arglose junge Frau zur Schnepfe umzubrezeln?«

»Also alles auf Anfang«, sagt Susie freudlos, und ich erhebe mich zur Generalreinigung.

»Hast du mal Kokosölseife?«, frage ich. »Oder Zigarrenasche mit Olivenöl?«

Susie wirft nervös Smarties ein. Ausgerechnet. Smarties, Smarties, immer wieder Smarties.

Ich stehe bereits in Wäsche da, als Werner, der Feldwebel, unangemeldet zur Tür hereinstapft.

»Also, Lulu ...«, beginnt er und wirft sich auf das abgewetzte Sofa in der Ecke. Aus der Anglerweste lugt ein Walkie-Talkie, das unternehmungslustig summt.

Langsam hebe ich meinen Mittelfinger zu einer wenig damenhaften Geste.

»Sehr geehrter Herr Regisseur«, sage ich artig. »Ist Ihnen denn bekannt, wofür man gemeinhin diesen Finger benutzt?«

Werner starrt mich an.

»Zum Anklopfen!«, rufe ich aufgeräumt und strebe zur Dusche. Im Hinausgehen höre ich noch, wie Susie mit typisch weiblicher Solidarität sagt: »Voll menströs heute, das Fräulein Moderatorin.«

Vier Minuten später bin ich tropfnass, als es an der

Dusche klopft. Keine Frage, Werner hat gelernt. Was für ein Gentleman.

»Wie wär's mit ein bisschen Sozialdistanz?«, schreie ich zwischen zwei fein verteilten Litern Wasser.

»Lulu, wir hängen! Das ist hier kein Beauty Spa!« Du liebe Güte, das ist Robert. Der Fliegende. Das geht ja zu wie bei Ludwig dem Vierzehnten. Mein Hofstaat lässt aber auch gar nichts aus. Einer sieht beim Ausziehen zu, der nächste beim Duschen.

»Wir fahren eine Live-Sendung, schon vergessen? Also ein bisschen dalli!«

»Wenn du gehst, komm' ich raus!«, rufe ich zurück.

»Schade.«

Hoppla.

Susie betrachtet mich gelangweilt. Ich strahle sie an.

»Ist doch kleidsam, so ein Handtuch-Turban, oder?«, versuche ich zu scherzen. Soll noch mal einer sagen, die Lulu sei zickig. Oder nachtragend.

»Toll. Geh doch gleich so vor die Kamera.«

Schon wieder Krieg. Das ist mein Tag, keine Frage.

»Weißt du was, Susie? Das ist eine hervorragende Idee. Los, ein bisschen Puder für die Nase und ein Pflästerchen für's Kinn und auf geht's.«

Susie kichert hektisch.

»Ich meine es ernst. Und den Lippenstift passend zum Bademantel bitte.«

Susie wird blass.

»Du kannst doch nicht ...«

»Warum nicht? Tausende sitzen genau so vorm Fernseher. Die können sich dann wenigstens mal wiedererkennen in der Kiste.«

Ich greife mir einen Lippenstift in sattem Burgunderrot und renne los.

*

»Was'n das?«

Jetzt redet Robert schon wie Tim. Scheint ansteckend zu sein.

»Mein neues Styling. Sozio-kulturelles Abgleichen mit dem Zuschauer.«

Ich setze mich vorsichtig auf meinen Moderatorensessel. Gegen diesen Bademantel war mein Schlitz im Kleid ein Kinderspiel. Robert wirkt ziemlich nervös.

»Du bist total verrückt geworden.«

»Richtig. Kommt gut rüber, versprochen.«

Im Lautsprecher knistert es. Ich zucke vorsichtshalber schon mal zusammen. Gleich wird Werner losschreien, das ist sicher. Aber seine Stimme klingt sanft.

»Toll, Lulu. Das wird ein super Auftritt, Schätzchen.«

Na, wenigstens einer, der zu mir hält. Grinsend nestelt mir der Toningenieur das Mikro an den Bademantel.

»Trägst du auch was drunter?«, fragt er leise.

»Nur einen Tampon«, flüstere ich zurück.

Das ganze Studio brüllt. Au weia, ich bin ja schon verkabelt.

Die Gäste erscheinen. Frau Dr. Wehmeier vom Internationalen Filminstitut mustert mich kurz, hebt eine Augenbraue und fragt Robert: »Wer ist denn das?«

Robert holt tief Luft.

»Ach, keine Sorge, ich bin nur der Dummy zum Einleuchten, das Fräulein Moderatorin hat sich verspätet«, antworte ich.

»Ach so«, sagt die Dame spitz und zupft an ihrer grauen Designerbluse.

Professor Straubing, langjähriger Inhaber eines Lehrstuhls für Filmästhetik, betrachtet mich zerstreut und gibt mir dann einen Handkuss.

Der Lautsprecher im Studio knistert wieder.

»Wo ist das Kind?«, schreit Werner.

»Kommt gleich mit Timmi«, rufe ich zurück.

Herrjemineh, Tim ist natürlich zu spät dran. Murrend und knurrend hatte er eingewilligt, mit Lilli später nachzukommen, aber vermutlich hat er mal wieder vergessen zu tanken und steht mit Warnblinklichtern am Straßenrand herum, oder er war trotz Pommesverbots mit Lilli im Restaurant mit dem großen gelben M, oder ...

»Wir machen dann schon mal die Tonprobe, Lulu hat das ja schon hinter sich, also jetzt Frau Dr. Wehmeier. Sagen Sie mal was.«

Frau Dr. Wehmeier räuspert sich.

»Also, ich hätte da mal eine Frage ...«, beginnt sie, während ihr Blick sich an meinen Bademantel festheftet, doch Werner schneidet ihr das Wort ab.

»Dankeschön, das reicht, jetzt bitte Herr Professor Straubing!«

»Eins, zwei, drei ...«, leiert der Herr Professor professionell in das Dunkel des Studios hinein.

»Wo ist der dritte Gast?«, bellt es aus dem Lautsprecher.

Auftritt Sam Sanders, international gefeierter Regiestar. Schwarzer Anzug, schwarzes Hemd, schwarze Brille.

»Oh – hallo«, sagt er leise und geht auf Frau Dr. Wehmeier zu. »Danke für die Einladung, ich gehe ja eigentlich nicht in Talk-Shows, aber ...«

»Ich bin hier nur Gast«, sagt Frau Doktor kalt und schickt mir einen nadelfeinen Blick herüber.

»Los, setzen, wir hängen!« Werner, der diplomierte Fachmann für's Fingerspitzengefühl, hat offenbar den richtigen Ton getroffen. Verstört, aber prompt hockt sich Sam Sanders auf den einzigen noch freien Stuhl. Der Toningenieur huscht auf ihn zu und clipt dem cineastischen Meister ein Mikro an den Anzug.

»Vorsicht! Der ist von Armani!«, ruft Herr Sanders.

»Könnten wir denn mal einen Satz von Ihnen hören?« Werner klingt mühsam beherrscht.

»Mamiiieee!«

»Lillilein!«

Da ist mein Goldschatz. Lilli fliegt in meine Arme.

»Ummibäh?«, fragt sie.

»Requisite, die Gummibärchen, aber bitte mal plötzlich!«, schreit Werner los. Er wird mir langsam richtig sympathisch.

»Und nun, Herr Sanders, einen Satz.«

»Also, ich weiß nicht, ob das hier das Richtige für mich ...«

»Dankeschön, MAZ mit dem Vorspann ab, noch zehn Sekunden, noch neun, noch acht, sieben ...«

Ich drücke Lilli an mich. Sie duftet nach Babycreme und Pommes und ... oh nein. Genau. Timmi hat natürlich vergessen, ein paar frische Windeln zum Wechseln mitzunehmen. Pardautz, das Kacka hat es in sich.

Was hat sie denn bloß wieder gegessen in der Villa Kunterbunt?

Meine Gäste rümpfen empört die Nase.

»Das ist doch ... das riecht aber ... das ist ...«

»... drei, zwei, eins, und bitte.«

»Willkommen beim Kino-Quartett, es gibt eine Menge schlechter Filme zu besprechen, aber vorher eine Frage an Herrn Sanders: Wann kommt denn endlich das Duft-Kino für alle? Ich meine, wir sind doch umgeben von einer Welt unterschiedlichster Düfte und Gerüche ...«

Professor Straubing hüstelt, Frau Dr. Wehmeier zieht hörbar die Luft durch die Nase ein, und Sam Sanders greift zu einem dunkelgrauen Stofftaschentuch, mit dem er demonstrativ herumwedelt, bevor er ein Stäubchen von seinem Revers wischt. Genau da, wo das Mikro sitzt. Ich stelle mir vor, wie sie jetzt in der Regie schreien, weil er damit das schönste Knattern und Rauschen im Ton verursacht.

»... und deshalb liegt es doch nahe, das Gesamtkunstwerk Kino durch die Ebene des Duftes zu krönen, oder?«, beende ich meinen Satz.

»Also, so kann man die Frage nicht stellen«, antwortet Sam Sanders und nimmt zerquält seine Brille ab, »es geht mir ja mehr um Verweigerung von Sinnlichkeit, und Sie wissen ja, ich gehe nie in Talk-Shows, das ist eine systemische Perversion eines Mediums, das sich naturgemäß in schale, wenngleich abstoßend erfolgreiche Konkurrenz zum Kino begibt und deshalb ...«

»Mann aua?«, fragt Lilli und blickt teilnahmsvoll zu Sam Sanders.

»Ja, der hat viel Aua und macht einen Film nach dem anderen daraus.«

»Fernseh aua?« Oh Lilli, du empathetisches Genie.

»Vom Leidensdruck zum Lustverzicht also«, höre ich mich reden. »Frau Dr. Wehmeier, dieser Gedanke scheint Ihnen so fremd nicht zu sein.«

»Äh – wie war noch die Frage?«

»Schon gut. Sie haben einen Filmausschnitt mitgebracht. Darin geht es um die urbane Melancholie juveniler Aussteiger, oder wie würden Sie das formulieren?«

Frau Dr. Wehmeier zuckt mit der Augenbraue. Das waren mindestens zwei Fremdwörter zu viel für eine Frau im Bademantel, die obendrein noch ein Kind auf dem Schoß hat. Na gut. Versuchen wir es mal anders.

»Aki Kaurismäki hat einmal gesagt, es gebe Millionen glücklicher Menschen die noch nie einen Film gesehen hätten, und das sei gut so, denn das Leben sei wichtig, nicht das Kino. Können Sie mit diesem Satz etwas anfangen?«

Der Herr Professor fängt an zu kichern.

»Ach so«, ruft er mit roten Backen, »das ist hier die ›Versteckte Kamera‹, tolle Idee eigentlich, wirklich, hihi ...«

Der Mann ist kaum zu bremsen.

»Die Kameras hier sind alles andere als versteckt. Man könnte sogar sagen, dass sie eigentlich nicht zu übersehen sind. Übrigens: Wann waren Sie denn zuletzt im Kino?«, frage ich ihn.

»Das war, warten Sie mal ...«

»Und wann waren Sie zuletzt im Leben?«

Um den Professor ist es geschehen. Unwillkürlich

denke ich darüber nach, ob wohl ein Sanitäter im Studio ist. Die Regieassistentin hält ein Schild hoch, auf dem mit dickem roten Filzstift »Filmausschnitt!!!«, geschrieben steht.

»Grau ist alle Theorie, bunt sind die Bilder!«, sage ich. »Also sehen wir doch mal einen kleinen Filmausschnitt an.«

Auf den Monitoren im Studio läuft eine Szene, in der ein junger Mann in einer Peep-Show sitzt. Es ist mucksmäuschenstill. Nur Lilli gluckst.

»Rote Ummibäh!«, befiehlt sie.

Plötzlich sehe ich ihn. Ihn. Direkt neben Kamera zwei. Er trägt immer noch den Dufflecoat und Lillis Anorak über dem Arm und winkt mir mit der kaffeebraunen Barbie zu. Er lächelt. Er lächelt mich an. Ein Gefühl, als ob hundertzwanzig Tausendfüßler unter meinem Bademantel ein Familientreffen abhalten würden. Dann wird er von der Regieassistentin abgeführt. Nicht nur auf den Studiomonitoren, auch in meinem Kopf läuft jetzt ein Film ab. Tim unpässlich. Notruf an Robert, das Kindertalent. Vorfahrt mit quietschenden Reifen. Was hat Tim denn nur wieder? Klar, er ist der Typ Mann, der tagelang keinen Bissen runterkriegt, weil er ein Bläschen auf der Zunge hat. Vom Anlecken einer Briefmarke. Wenn seine Nase läuft, dann ist das kein vulgärer Schnupfen, sondern eine hochkomplizierte Allergie, weil er aus Versehen meine Bodylotion benutzt hat. Ach, Tim. Der König der Hypochonder.

Die Monitore sind wieder dunkel. Kamera eins zeigt mir ein aufmunterndes Rotlicht.

»Warum denn ausgerechnet eine Peep-Show?«, wende ich mich an Sam Sanders.

»Das ist keine Peep-Show, das ist eine Metapher«, raunt Herr Sanders.

»Genau«, pflichtet Frau Dr. Wehmeier ihm bei. »Das Prinzip des Voyeuristischen wird im neuerlichen Vorzeigen neutralisiert und als Moment des filmischen Diskurses gebrochen.«

»Herr Professor, sind Sie mit dieser Interpretation einverstanden?«

»Doll, einfach, doll, hat Ihnen der Loriot diese Texte geschrieben?«, sagt der Angesprochene und prustet wieder los. »Ich hätte da übrigens noch meinen Hund, den ich auf den Schoß nehmen könnte, meine Frau wartet drüben in der Maske mit unserem Pumperl, wär' doch 'ne dolle Sache oder?«

»Mama, Büx machen«, wirft Lilli ein.

»Gleich, mein Schatz.«

Robert, mein Robert, hat sich wieder an die Front gekämpft und winkt neben Kamera drei mit einer Windel, bevor er erneut ins Dunkel zurückgezerrt wird.

»Kunst und Leben stehen heute in keinerlei Widerspruch«, versuche ich es nun. »Das Prinzip des Wechsels diktiert die Dramaturgie beider Sphären«, und mit diesen Worten entlasse ich Lilli in Roberts Richtung.

Fröhlich springt Lilli davon, nicht ohne den Gürtel meines Bademantels mitzunehmen.

*

»Gib's zu, du willst partout berühmt werden«, brummt Robert, der Überflieger, und in seiner Stimme mischen sich Unwillen und Anerkennung. Er trinkt Kaffee aus einem Pappbecher und wirkt etwas angeschlagen.

»Ach, das war nur so eine Eingebung, die Sache mit dem Bademantel«, sage ich ermattet. Der Schminktisch ist übersät mit Faxen, die Telefonzentrale hat sich immer noch nicht erholt vom Ansturm der Anrufer, und im Waschbecken drängen sich mindestens zehn Blumensträuße. Soll ich die alle mit nach Hause nehmen? So viele Vasen habe ich doch gar nicht. Bisher hatte ich es nicht so mit Rosenkavalieren.

Robert wühlt wahllos in den Faxen herum.

»Hier, zwei Heiratsanträge sind auch dabei. Und das ist vermutlich nur der Anfang.« Mittlerweile klingt er ehrlich aufgebracht. Irgendwie eifersüchtig. Ich bin seine Erfindung. Da darf ich natürlich nicht zu viele eigene Ideen haben. Und nicht zu viel Zuspruch. Ich bin sein Eigentum, klar.

»Das Mädel war oberste Sahne, nun gib hier mal nicht den Spielverderber«, ruft Werner, der mit einer Currywurst auf dem Sofa herumlümmelt. »Und wenn morgen die Quoten rauskommen, dann können wir ein Fass aufmachen. Denk an meine Worte. Dabei hatten wir nicht mal eine klassische Quotenschlampe dabei.«

»Wie man's nimmt«, grummelt Robert.

»Eine – was?«, frage ich.

»Na, eine Quotenschlampe«, erklärt Werner fröhlich. »Lange Haare, kurzer Rock und –« Er formt seine Hände zu einer Geste, die mir bekannt vorkommt. Sonja. Den Raum formen und halten. Cup C. Mindestens.

Robert starrt gedankenverloren auf meinen immer noch gürtellosen Bademantel. Den hatte ich für den

Rest der Sendung anmutig zuhalten müssen. Wie war das noch? Eine Lady erkennt man auch im Bademantel. Oder so ähnlich.

»Bist du etwa eifersüchtig?«, entfährt es mir, und im selben Moment wird mir bewusst, dass die Frage ziemlich doppeldeutig ist. Zwei Roberts sind einer zu viel im Studio, soviel ist klar. Man soll von Männern nicht zu viel verlangen.

»Wie wär's denn mit Versöhnungspasta?«, lenkt Robert ein. »Der Babysitter könnte doch schon mal mit Lilli ...«

Der Babysitter. Ach so, du Schlaumeier. Tja, wenn das Leben so einfach wäre, wie es sich gerade in deinem Kopf darstellt, dann wäre die Liebe ein Malefizspiel. Oder sagen wir mal besser, Schiffeversenken.

»R2 – Treffer, versenkt«, murmele ich versonnen vor mich hin.

»Kann ich daraus schließen, dass du meine Einladung annimmst?«, fragt Robert erleichtert.

Werner betrachtet uns beide mit einem amüsierten Blick. Ganz gegen seine Gewohnheit sagt er mal gar nichts. Es ist plötzlich sehr still. Man hört nur eiliges Laufen auf dem Flur, fernes Telefonklingeln und den tropfenden Wasserhahn, der meine Blumensträuße wässert.

Es klopft. Tataaa. R2 betritt mit federnden Schritten meine Garderobe, eine strahlende Lilli auf dem Arm.

»Mama!«, ruft sie freudig und reckt mir die Arme entgegen.

»Voilà, darf ich Ihnen ein frisch gewickeltes Kind überreichen?«, sagt Robert lachend und deutet eine Verbeugung an.

»Obi, Obi«, ruft Lilli und zeigt auf ihren talentierten Betreuer.

Die Luft in meiner Gerdarobe ist plötzlich zum Schneiden dick. An Lilli liegt das nicht. Die duftet nur nach Nivea und sonst gar nichts.

»Was ist? Habe ich nicht ein bisschen Lob verdient? Schließlich habe ich soeben eine Windel gewechselt! Voll ins Menschenleben gegriffen! Fäkalien entsorgt! Und alles wieder abgedichtet!«

Robert, der Babysitter guckt stolz in die Runde.

Robert, der Besitzer guckt säuerlich.

»Schon gut. Sie sind schließlich dafür zuständig«, sagt er schließlich herablassend.

Langsam werde ich wütend.

»Ohne Robert hätte es heute keine Sendung gegeben. Punkt. Und er hat sich nicht nur ein Lob verdient, sondern Pasta bis zum Platzen und jede Menge erlesener Getränke. Wie ist es, wer kommt mit?«

»Ich bin dabei«, sagt Werner und grient von einem Ohr zum anderen. »Und wie steht's mit dem Herrn Redakteur?«

Auf dem Flur findet offenbar irgendein Tumult statt, dann fliegt die Tür auf, und Yvonne marschiert ein.

»Party, Party, Partiiee!«, ruft sie in die Runde. »Lulu, ich hab' mich sofort in ein Taxi geworfen, das war ja Praline allererster Güte, die wollten mich hier nicht reinlassen, aber Yvonnchen lässt man nicht im Regen stehen, du liebe Zeit, ist diese Besenkammer etwa deine Garderobe, und ist das immer so voll hier?«

Aller Augen ruhen auf Yvonne. Messerscharf sieht

sie aus in dem kleinen Pepitakostüm. Für diesen Aufzug bräuchte sie eigentlich einen Waffenschein.

»Ich habe hier so eine Art Nachtasyl für Gestrandete«, erkläre ich.

»Na, dann zieh dich mal warm an, Süße, Waltherchen spendiert eine Kiste Champagner, wo bleibt er bloß, und ich habe Chips mitgebracht und Pizza und ...«

Auftritt Waltherchen. Schwer atmend stellt er eine Kiste ab, auf der er einen Stapel Pizzakartons balanciert hat.

»Und jetzt: Musik!«, ruft Yvonne und zieht aus ihrem knallroten Lederbeutel ein Miniradio. Discooo!

»Auf welchem Stern leben denn solche Klassefrauen?«, fragt Werner begeistert.

Im Nu ist meine Garderobe Schauplatz eines ausgelassenen Festes. Wir gießen den Champagner in Pappbecher und essen die bestellte Pizza direkt aus den Karton. Nur einer steht leise auf und geht.

Vorher beugt er sich zu mir und sagt: »Ich würde gern mal mit dir spazieren gehen. Oder frühstücken. Ein Vieraugengespräch. Wenn deine ausgiebigen sozialen Verpflichtungen das zulassen.«

»Ich sehe mal im Terminkalender nach«, murmele ich kauend.

*

»Frau Knospe, welches Shampoo benutzen Sie? Haben Sie Stylingtipps für die moderne berufstätige Frau?«

»Kommen nach den Pyjamaparties jetzt die Bademantelparties?«

»Können Sie uns ein Kochrezept faxen für unsere Seite: ›Promis kochen schnell und lecker‹?«

»Suchen Sie einen Sponsor? Wir sind ein mittelständisches Unternehmen im Oberfränkischen und stellen Bademäntel für den gehobenen Bedarf her.«

»Weiter so! Sie sprechen für die Mütter dieser Welt!«

»Wir möchten Ihre Tochter für einen Werbevertrag. Süßwaren und Spielzeug.«

»Können Sie etwas schreiben für unsere Kolumne ›Jung, ledig, patent‹?«

»Diese Sendung war eine Frechheit.«

»Hätten Sie morgen Zeit für eine Homestory? Wir dachten an den Titel ›Zwischen Kameras und Karottenbrei‹. Oder hätten Sie lieber ›Zwischen Mikro und Micky Maus‹?«

Fassungslos hocke ich vor meinem Anrufbeantworter. Ich muss mir sofort eine neue Telefonnummer besorgen. Eine geheime, versteht sich.

»Stehen Sie als allein erziehende Mutter auf Gruppensex? Bitte faxen Sie umgehend die Antwort.«

»Habe ich dir eigentlich schon gesagt, wie wunderbar du warst? Gestern. Und überhaupt.«

»Wir befragen Medienmütter zum Thema: Nehmen Sie Stoffwindeln oder Wegwerf ...«

Was? Halt, stop. Nochmal zurückspulen.

»... faxen Sie ...«, nein, nicht das.

»... schon gesagt, dass ...«

Das ist er. Er. Der Windelheld. Der Mann, der nicht viel redet, dafür aber umso überzeugender handelt. Robert.

Die Medienmutter zwischen Kamera und Karottenbrei lässt sich aufs Sofa fallen. Mensch, Lulu Knospe, bist du wirklich so naiv? Hast du wirklich nicht geahnt, was du da anstellst? Ganz zu schweigen vom Durcheinander in deinem Emotionalkörper. Ich sehe gedankenverloren dem Aufbrausen der Aspirintablette zu, die lustig durchs Wasserglas krakeelt, bis sie sich schließlich auflöst. Genauso werde ich mich auch auflösen, das ist sicher. Ich werde sprudeln und tanzen und mich interviewen und sponsern und meine Wohnung zu Tode fotografieren lassen und vor laufender Kamera kochen und vor der nächsten Windeln wechseln und dann im Nichts verschwinden, wenn ich jetzt nicht genau aufpasse. Ich steige aus. Ich hab's probiert, es war lustig, es war ein Spaß, aber ich möchte Brötchen holen gehen, ohne dass die Bäckersfrau wie heute Morgen quer durch den Laden schreit: »Da isse ja, und sogar Schuhe hatse an, ich dacht' schon, die kommt heute in Badelatschen!«

Im Kühlschrank suche ich nach Essbarem. Drei kleine Cocktailwürstchen, eine Milchschnitte, ein Stück Käse und ein Fruchtzwerg fallen mir in die Hände und werden schnöde vernascht. Das wär' doch was für die Kolumne ›Promis kochen schnell und lecker‹.

Das Telefon klingelt.

»Lulu? Bist du da?«

Robert, der Verfechter der Leibeigenschaft. Passt ja prima. Da kann ich ihm gleich meinen Entschluss mitteilen.

»Ich bin da. Und ich habe dir etwas Wichtiges mitzuteilen: Ich ...

»Sag mir das doch bitte persönlich. Nicht am Telefon, bitte.«

Seine Stimme klingt weich.

»Also gut.«

»Wie wär's mit Frühstück? Bei mir?«

Ich sehe auf die Uhr. In zwei Stunden hole ich Lilli ab.

»Stell schon mal den Kaffee kalt«, sage ich und lege auf.

Wieder klingelt das Telefon.

»Lulu?«

»Ja, was denn noch?«

»Du weißt doch gar nicht, wo ich wohne.«

Stimmt.

*

»Du Robert, ich wollte ...«

»Ich auch«, sagt er und zieht mich in seine Arme. Irgendwie bin ich zu erschöpft, um zu protestieren. Er riecht so gut. Eine Weile stehen wir da, ineinander verschlungen.

»Aber ich ...«, versuche ich es aufs Neue, aber er sagt nur »pssst« und zieht mich in sein Reich.

Leise perlt Klaviermusik durch die Räume. Robert, der Medienmensch, wohnt ein bisschen wie im Kino. So ein Loft mit handgetuschten Wänden. Auf dem Designertisch stehen Rosen. Rote. Und jede Menge feinster Esswaren.

»Ich glaube, ich muss mich bei dir entschuldigen«, sagt er sanft. »Ich war ein bisschen schroff in der letzten Zeit, du musst mir das verzeihen, ich stand dermaßen unter Strom, da habe ich einfach zugemacht.«

Aha, zugemacht. Klappe zu, Affe sehr lebendig.

»Du warst sensationell. Ich habe mir heute Nacht noch dreimal die Sendung angesehen. Alle Achtung, du hast wirklich einen ganz eigenen Stil. Du wirst es weit bringen.«

Er reicht mir ein Glas.

»Oh, bitte keinen Cham ...«

Weiter komme ich nicht. Ich stürze zur ersten besten Tür, pralle zurück, als ich das Wasserbett mit der Leopardendecke sehe, versuche es bei der nächsten Tür und feiere fröhliches Wiedersehen mit drei Cocktailwürstchen, einer Milchschnitte, einem Stück Käse und einem Fruchtzwerg. Allerdings hat sich die Konsistenz dieser Leckereien in unvorteilhafter Weise verändert.

Im Spiegel betrachte ich mein Gesicht. Ach, Susie, wenn man dich mal wirklich braucht, bist du unauffindbar. Ich tue mein Bestes, um mich wieder herzurichten. Im schicken Hightech-Schränkchen finde ich nagelneue Zahnbürsten. Du liebe Güte, dieser Mann scheint des Öfteren Besuch zu haben. In der Höhle des Leoparden. Im Schränkchen liegen auch Pyjamas. Ordentlich gebügelt und gefaltet. Ich zögere nur einen Moment. Ist immer noch besser als mein inzwischen ziemlich verflecktes T-Shirt und die ramponierte Jeans. Wenn ich schon unpässlich bin, dann aber auch richtig. Da bleibt kein Kleidungsstück trocken.

Als ich aus dem Badezimmer herauswanke, kommt mir Robert mit einer Tasse entgegen.

»Steht dir gut, dein neues Styling. Anschlüssig zu gestern, würde ich mal sagen. Hier, Kamillentee. Setz dich erstmal.«

Ich steuere den Tisch an, doch als ich die Käseplatte sehe, mache ich kehrt und lasse mich weit entfernt von der üppig gedeckten Tafel auf einem feuerroten Sofa nieder.

»Entschuldige bitte, Robert, aber ich ...«

»Pssst. Schon gut, entspann dich«, sagt Robert und nimmt zu meinen Füßen Platz.

Warum sagt der eigentlich dauernd »pssst«? Hat der einen geräuschempfindlichen Untermieter?

»Ach, Robert, es war wirklich alles ein bisschen viel, auch für mich ...«, seufze ich und trinke einen Schluck. Scheußlich. Kamillentee habe ich noch nie gemocht.

»Kann ich vielleicht eine Cola haben? Und Salzstangen?«

Robert sieht ein wenig irritiert aus.

»Ist ein altes Hausrezept«, füge ich hinzu und deute mimisch an, dass es jederzeit wieder losgehen könnte. Mein Magen steht auf Sturm.

»Kein Problem«, sagt Robert, der Ritter, und tippt auf seinem Handy herum.

»Hallo, Taxi? Ja, bitte eine Botenfahrt. Holen Sie mal von der Tankstelle in der Hermannstraße einen Sixpack Cola und zwei Tüten Salzstangen, ja?«

Dankbar kuschele ich mich in das Sofa.

»Und weißt du was? Die Quote hat alles übertroffen, was wir erwartet haben. Ich hab's ja gleich gesagt: Das Ding wird Kult! Oh yeah!!«

Robert freut sich wie ein kleiner Junge.

»Toll, wirklich toll ...«, flüstere ich. Wie sag' ich's meinem Knaben? Dass das eine Eintagsfliege war. Dass ich das nicht durchhalte. Dass mein Leben auch ohne Fernsehen schön ist. Viel schöner sogar.

Nur Mut. Er wird's überstehen.

»Ich wollte dir etwas ganz anderes mitteilen, und zwar habe ich mir überlegt ...«

»... ja?«

Nun guck nicht so lieb. Ich bin auch nur ein Mensch.

»Es ist alles ein bisschen zu viel. Es macht Spaß, das gebe ich zu, aber heute Morgen war mein Anrufbeantworter zugemüllt mit lauter Verrückten« – bis auf eine Ausnahme, aber das geht ihn gar nichts an – »außerdem habe ich ein Kind, ein Privatleben, ich habe Angst, dass ...«

»... keine Sorge, ich kann warten. Ich will dich nicht bedrängen. Und den Stress werden wir auch reduzieren. Als erstes bekommst du an den Produktionstagen einen Super-Babysitter. Und eine größere Garderobe, in der Lilli richtig spielen kann. Und einen Fahrer, der euch von zu Hause abholt. Und eine Assistentin, die alle Anfragen für dich sortiert und dich berät. Das Telefon lassen wir auf der Stelle stilllegen, ich habe schon, hier, sieh mal ...«, mit diesen Worten überreicht mir Robert eine längliche Schachtel, »... ich schenke dir ein Handy, da bist du nur für die erreichbar, die du auch wirklich sprechen willst, und wenn du irgendeinen Wunsch hast, dann lass es mich bitte wissen, ja?«

Ich bin ein bisschen sprachlos. Er hat an alles gedacht. Er ist der erste Mann, der sich wirklich um mich kümmert. Ich gestehe es mir ungern ein, aber das ist einfach wunderbar.

»Danke, Robert, du bist wirklich ein Schatz.«

Lulu! Meine innere Stimme klingt ziemlich streng. Du hast es bisher auch ohne Betreuer geschafft! Lass dich nicht einwickeln! Bleib stark! Ich lausche noch der Gardinenpredigt, als sich eine andere Stimme meldet, eine zartere, aber ebenso beredsame. Lulu! Du Glückspilz! Endlich mal kein Softie, der auf Service steht, das hier ist ein Prachtexemplar! Der Mann macht sich Gedanken um dich! Er verwöhnt dich! Hör nicht auf die andere Stimme! Genieße es! Mehr davon!

»Du wirst sehen, wir schaffen das. Du bist nicht allein.«

Ich schließe die Augen. Eigentlich schön. Und verrückt. Ich sitze im Pyjama in irgendeinem Kinoloft, alles wird gut, alle Fragen, alle Probleme schmelzen dahin wie Butter in der Sonne.

Es klingelt.

»Siehst du, da kommt schon die Medizin!«, ruft Robert fröhlich und drückt auf den Türöffner.

Einen Augenblick später steht der Taxifahrer im Loft. In der rechten Hand trägt er einen Sixpack mit Coladosen, in der linken hält er zwei Tüten mit Salzstangen. Er sieht ziemlich entgeistert aus. Es ist Tim. – Vorhang zu, Affe tot.

*

»Du ziehst das aber echt durch mit deinem Schlampenlook«, sagt Melanie.

Ich sehe an mir herab. Eigentlich fand ich den Pyjama ganz dezent. Und mit dem Mantel drüber sieht's doch fast seriös aus.

»Für Geld machst du wohl alles, oder?«

Ich sage mal besser gar nichts. Das einzige, was mich wundert, ist die Tatsache, dass Melanie offenbar einen Fernseher besitzt.

Lilli hüpft um mich herum.

»Mamamamamamama«, singt sie fröhlich in allen bekannten und vielen unbekannten Tonarten. Irgendwie sah ihr Kleidchen heute Morgen noch ganz anders aus.

»Und das Kind ist ja schon vollkommen hysterisch nach dem ganzen Rummel«, legt Melanie nach.

Wie sagte noch meine Tante Else aus dem hohen Norden immer, wenn ihr einer komisch kam? ›Gar nich' ignorieren!‹ Wie klug, wie weise. Ich lasse mich nicht provozieren. Nicht nach diesem ganzen Tohuwabohu.

Ich setze mich auf ein Stühlchen. Ach, wie heil ist doch die Welt in der Villa Kunterbunt, und heute ist es besonders bunt hier.

»Fingerfarben«, sagt Sonja schelmisch und streckt mir ihre vielfarbigen Hände entgegen. »Das ist eine ganz besondere Erfahrung, sie haben mit dem ganzen Körper gemalt! Kinder wollen Farben nicht nur sehen, sie wollen sie begreifen!«

Sonja ist offensichtlich sehr stolz auf dieses Wortspiel. Also ist mal wieder Zeit für Dr. Fleckmanns Beckensalz. Lilli kommt angesprungen. Ich herze mein Kind, mein vielfarbiges glückliches Kind, und mein Mantel ist mir völlig egal. Der Pyjama sowieso. Robert hat mehr als genug davon. Was mir nicht aus dem Kopf geht, ist Tims Blick. Champagnerfrühstück, rote Rosen, Lulu rekelt sich im Pyjama auf einer feuerroten Couch. Eine Situation, die eindeutiger nicht sein konnte. Und das ausgerechnet bei Robert.

»Na, denn noch viel Spaß«, hatte Tim nur gesagt und auf dem Absatz kehrtgemacht, ohne auf sein Geld zu warten.

Und ich, ich hatte wie gelähmt dagesessen.

Und Robert, dem war nichts Besseres eingefallen, als zu sagen: »Halt, das Geld ...«

Dann war ich gegangen. Aller Zauber war dahin gewesen, und die inneren Stimmen schwiegen ratlos.

Ach Lilli, wenn ich dich nicht hätte. Du bist das Zentrum meines Lebens. Egal, was passiert, du bist mein Ein und Alles. Du kleines rätselhaftes Wesen. Du Engelchen. Ich drücke sie an mich.

Wie glasklar hatte alles heute Morgen ausgesehen. Ich war so sicher. Und nun? Ich steige aus? Nichts da. Ich stecke mittendrin. Tiefer als je zuvor.

»Komm, lass uns Kaffee trinken.« Ich blicke auf. Oh Katharina, es gibt viel zu erzählen.

Sei mir eine treue Freundin, und hör dir den Schlamassel an. Und sag am besten gar nichts.

*

Als ich um die Ecke biege, stelle ich fest, dass sich die Parkplatzsituation in meiner Straße dramatisch verschärft hat. Als ich an meiner Wohnung vorbeifahre, weiß ich auch, weshalb. Ein halbes Dutzend Typen lungert da herum, behängt mit Fotoapparaten. Ein Brand? Ein Einbruch? Dann durchfährt es mich heiß.

Die meinen mich! Die wollen mich! Die lauern mir auf!

Ich gebe Gas. Wohin? Wo soll ich jetzt hin? Zurück zu Katharina? Zurück zu Robert? Zurück zu ...?

Lulu Knospe, es ist Zeit, dass du dich vorwärts bewegst, nicht rückwärts! Die inneren Stimmen sind sich ausnahmsweise mal ganz einig und rufen mir die Worte unisono zu. Also gut.

Ich fahre auf die Autobahn. Lilli schläft auf der Stelle ein. Ich habe keine Ahnung, wohin ich fahre, aber ich fühle mich bestens. Im Radio laufen alte Schlager.

»Die Liebe ist ein seltsames Spiel«, trällere ich aus Leibeskräften. Das Leben ist schön. Ich bin gesund, ich habe ein wunderbares Kind, was soll schon passieren?

Ich fahre irgendwo ab und lande in einem kleinen Dorf. Es riecht nach Heu. Dies ist kein Kino. Dies ist das Leben. Das Erwachen heiterer Gefühle bei der Ankunft auf dem Lande. Da, so ein wunderbar altmodischer Modeladen. »Alles für die Dame« steht mit roter Schrift am Schaufenster. Ich steige aus, die schlafende Lilli im Arm.

Die Verkäuferin sieht nicht so aus, als ob sie sich für Kino-Talk-Shows interessiert.

»Suchen Sie was Bestimmtes?«, fragt sie mitfühlend. Ich betrachte mich im Spiegel. Zugegeben, mein Mantel sieht aus wie ein Malerkittel, und die Pyjamabeine, die darunter hervorlugen, machen auch nicht gerade einen Vertrauen erweckenden Eindruck. Würden Sie dieser Frau einen Gebrauchtwagen abkaufen? Aber das steht hier ja zum Glück nicht zur Debatte.

Während Lilli ihren Mittagsschlaf auf einem alten Sessel fortsetzt, entscheide ich mich für ein richtig altbackenes Kleid. Blümchen und Rundhalsausschnitt. Dazu ein rustikaler wattierter Mantel. Ich fühle mich wohl. Richtig wohl.

Eifrig zupft die Verkäuferin an mir herum.

»Sie sehen ganz bezaubernd aus«, sagt sie. Es klingt ehrlich.

»Macht einen schlanken Fuß«, versuche ich es auf lustig, aber sie lächelt nur arglos.

»Und gibt es hier auch einen Gasthof?«, frage ich.

»Die alte Mühle, die ist schön«, fängt sie an zu schwärmen. »Da sind auch Kinder, und Katzen gibt es da und Hühner ... Wissen Sie was? Ich schließe gleich sowieso, wenn Sie mich ein Stückchen mitnehmen, dann zeige ich Ihnen den Weg. Ich heiße übrigens Annerose.«

»Perfekt. Ich heiße Heidemarie. Was für ein nettes Blumenarrangement.«

Irgendetwas klingelt.

»Müssen Sie nicht rangehen?«, frage ich.

»Ich habe hier gar kein Telefon«, erwidert Annerose. »Ich glaube, das Klingeln kommt aus Ihrer Handtasche!«

Verdutzt starre ich meine Tasche an. Das Handy. Ich habe ja jetzt ein Handy. Das heißt, das Fräulein Moderatorin hat ein Handy. Heidemarie Knospe hat so was nicht. Nein, wirklich nicht. Der Klingler gibt auf. Wir müssen unwillkürlich lachen.

»Manche Probleme lösen sich ganz von selbst«, gluckst Annerose. »Abwarten und Tee trinken.«

Ich spüre einen kleinen Stich in der Herzgegend.

Oder war es das Sonnengeflecht? Abwarten und Teetrinken. Ich muss plötzlich an den Elefanten denken und an den Dufflecoat und an ein fröhliches Windelwinken neben Kamera drei.

»Alles in Ordnung?« Annerose betrachtet mich interessiert.

»Nein«, sage ich.

Wieder müssen wir lachen.

Dann essen wir Stachelbeerkuchen in der alten Mühle.

Dann gehen wir mit Lilli die Hühner angucken.

Dann spielen wir mit den Katzen.

Dann sinke ich mit Lilli in ein rotkariertes Federbett.

*

»Mama lieb. Mama aufsteeehn!«

Ich schaukele wie bei Windstärke zehn. Lilli hat entdeckt, dass man auf dem Bett wunderbar hopsen kann. Die Sonne scheint wie verrückt, der Hahn kräht auf dem Mist, und ich kann das alles noch gar nicht glauben.

»Mama auch!«

Ja doch, Moment.

Ich hopse und hopse, und dann purzeln wir erschöpft in die Kissen zurück. Ich bin keinen Tag älter als fünfeinhalb. Ich bin glücklich. Ich habe Hunger für drei.

In der rotkarierten Gaststube duftet es derart heftig nach Kaffee, dass ich am liebsten aus der Kanne trinken würde.

»Ein weiches Ei?«, fragt Gerda, die Wirtin. Oh bitte keine Weicheier, die hatte ich mehr als genug in letzter Zeit.

»Sieben Minuten«, antworte ich knapp. »Mindestens.«

Dann machen Lilli und ich uns über das Frühstück her.

»Und Ihr Mann konnte sich nicht freimachen? Wir haben hier auch Appartements, gerade richtig für einen schönen Urlaub auf dem Land«, sagt Gerda. Ja, welchen hätten Sie denn gern? Den Softie, den Smartie oder den Dufflecoat? Oder soll ich sagen, dass ich überzeugte Alleinerzieherin bin?

»Tja, der Job, der frisst die Männer auf«, erkläre ich, und die Wirtin nickt zufrieden.

»Mein Mann hat seit zehn Jahren keinen Urlaub mehr gemacht. Aber ihm gefällt's so, was soll man machen?«, sagt sie und versucht, ein wenig Verzweiflung zu spielen. Aber es klingt so, als ob sie es völlig in Ordnung findet.

Lilli hat derweil einen Bierdeckel in meinen Kaffee gekrümelt, ins Müsli gepustet und den Inhalt der Blumenvase auf meinen Teller geleert.

»Oh, Lilli ...«

Eine halbe Stunde später ist Lilli quasi adoptiert. Die Wirtin hat vier Kinder zwischen zwei und elf. So geht's zu, wenn man keinen Urlaub hat. Und ich? Ich sitze draußen auf einer Bank in der Sonne und zähle die Autos, die vorbeifahren. Es sind zwei in der ersten Stunde und eins in der zweiten. Ein bisschen zu still, wenn die inneren Stimmen loslegen. Recht so, sagt so eine gemütliche, häng mal ein bisschen ab, das tut dir gut. Du bist nur weggelaufen, sagt eine andere, ziemlich perfide Stimme. Denk mal nach, wer dich jetzt vermisst, und schick wenigstens mal eine Flaschenpost los, sagt eine dritte Stimme. Und die klingt ehrlich besorgt.

Also gut. Ein Fluss ist nicht in Sicht, geschweige denn ein Meer. Aber wozu habe ich schließlich dieses schicke Handy?

Ich hole die Schachtel aus meiner Tasche und studiere die Gebrauchsanweisung. Sie liest sich wie ein Sachbuch über die Grundlagen der Telekommunikation. Ich gebe auf.

»Kann man hier mal telefonieren?«, frage ich kleinlaut die Wirtin.

»Aber sicher. Der Herr Gemahl macht sich bestimmt schon Sorgen.«

Musik. Ella Fitzgerald. Mmmhhh. »Do I love you« tönt es sehnsüchtig aus dem Hörer. Dann die Ansage. »Wo bist du?« Das ist vollkommen irre. Robert hat tatsächlich seinen Text auf dem Anrufbeantworter für mich und nur für mich geändert. Ich fühle mich umarmt.

»Wer bist du?« Wie bitte? Die kalte Dusche trifft mich mitten ins Herz. »Was kann ich für dich tun? Das alles und noch viel mehr nach dem Pfeifton.«

Ich bin platt. Schnell lege ich die Hand auf die Telefongabel.

Wer ist eigentlich dieser Robert? Nein, nicht der Loftinsasse, ich meine den Babysitter mit dem umstrittenen Mantelgeschmack. Ich meine den Mann, der so frech guckt und mich mitten auf der Türschwelle küsst und ins volle Menschenleben greift, wenn Not am Mann ist. Ich meine den Typen, der auf dem Anrufbeantworter die Schwerenöternummer par excellence hinlegt.

Ist er vielleicht ein hochbezahlter Tröster für einsame Witwen? Kam mir gleich komisch vor, dass so ein Mann sich als Babysitter verdingt.

Die Wirtin betrachtet mich neugierig, während sie geschäftig hinter der Theke herumwischt.

»Keiner da?«, fragt sie mit einer unerträglichen Mischung aus Mitgefühl und Triumph. Tja, so sind sie, die Männer, sagt ihr Blick.

Ich wähle die Nummer der Taxizentrale.

»Timmi? Also, der hat heute frei.«

Die Wirtin wird immer interessierter.

»Vielleicht eine Geschäftsreise?«, fragt sie munter.

Noch ein Versuch. Bingo.

»Ja, Lululein, wo steckst du denn, hör mal, Süße, du bist ein Star, die Zeitungen sind voll von dir, lass uns was Verrücktes machen, Waltherchen ist abgedüst, und die Jungs sind wieder da, und ...«

»Ich bin auf dem Lande. Eine kleine Auszeit.«

»Auf dem Land?«

Yvonne klingt geradezu entsetzt. Ich weiß ja, das ist nicht gerade typisch für Lulu Knospe. Natur ist was für Tiere, sage ich immer.

»Lulu, du bist schwer in der Krise, jetzt sag mal Tante Yvonnchen auf der Stelle, wo du dein Kümmerchen aussitzt, und dann werden wir mal ein bisschen Männer sortieren, die schlechten ins Töpfchen und die guten, wo sie hingehören, okey-dokey?«

»Okey-dokey«, sage ich, dann reiche ich den Hörer an Gerda, die Wirtin, weiter.

»Könnten Sie der Dame vielleicht erklären, wo wir hier sind?«

»Der Dame?« Gerda weicht ein wenig zurück.

»Meiner Schwester, genauer gesagt.«

»Ach so. Also ...«

Währenddessen geht die Tür auf. Es ist Annerose. Sie trägt ein Blümchenkleid, so wie ich.

»Ich dachte, ich sehe besser mal nach, wie es Ihnen so geht.«

Unter dem Arm hat sie einen dicken Stapel Zeitungen.

»Hier, habe ich Ihnen mitgebracht«, fügt sie hinzu und strahlt.

*

Ich sitze gerade mit Lilli auf dem Trecker und drehe eine Runde über die Wiese, vorbei an aufgebracht gackernden Hühnern, als es hupt. Ich trete auf die Bremse. Vorsichtshalber. Man kann ja nie wissen, ob gerade der Oberbürgermeister dieser Idylle vorfährt. Den sollte man nicht einfach mit dem Trecker hinmähen. Komisch, ein Oberbürgermeister im silbergrauen Porsche, das passt irgendwie gar nicht.

Kein Wunder.

»Luluuuu!«

Auftritt Yvonne. Sie trägt ein zitronengelbes Kostüm, eine Perlenkette und ein verwegenes Hütchen in pink. Und stapft mit unnachahmlich eleganten Schritten über die Wiese.

»Luluuuuu!«

Entgeistert betrachtet Yvonne meinen Aufzug.

»Ummibäh!«, schreit Lilli und klettert vom Trecker.

»Was ist denn mit deiner Mami passiert?«, schreit Yvonne zurück.

Ich drehe den Zündschlüssel herum. Jetzt ist es still.

»Hast du Lust auf Stachelbeerkuchen?«, frage ich so unbefangen wie möglich.

»Ich glaube, ich brauche erst mal einen Amaretto«, sagt Yvonne nur und stapft zurück zum Gasthof.

Gerda ist begeistert.

»Ihre Frau Schwester ist ja eine echte Erscheinung«, wispert sie ehrfürchtig, als Yvonne sich die Nase pudern geht. »Ist die beim Fernsehen?«

»So gut wie«, sage ich.

Dann kommt Yvonne zurück.

»Ist wirklich niiiedlich hier«, flötet sie. »Lulu,wenn du schon Dummheiten machst, dann aber richtig.«

»Lulu?«, fragt Gerda. »Ich dachte, Sie heißen Heidemarie.«

Yvonne und ich tauschen einen kurzen Blick.

»Ach, das haben wir schon als Kinder so gemacht«, beeile ich mich zu bemerken, »meine Schwester und ich haben uns immer verrückte Namen ausgedacht.«

»Ich glaub', ich brauch' noch einen Amaretto«, sagt Yvonne. »Und eine etwas privatere Atmosphäre.«

»Schon gut, lass uns nach draußen gehen, auf die Bank.«

Einen Moment lang ist es still. Die Bienen summen, und die Hühner gackern, und Yvonne zieht sich die Lippen nach. Dann nimmt sie meine Hand und streichelt sie sanft. Das hat sie noch nie gemacht.

»Mädel, ich kenn dich«, sagt sie leise. »Du bist voll von der Rolle.«

»Ach Yvonne ...«, mehr kann ich nicht sagen, denn jetzt fließen die Tränen aus mir heraus, als hätte jemand vergessen, den Wasserhahn abzudrehen.

»Schon gut, schon gut«, flüstert Yvonne. »Welcher ist es denn?«

»Wenn ich das wüsste«, schluchze ich.

»Also, ich hatte alle deine Männer auf meinem Anrufbeantworter«, beginnt Yvonne. »Robert und Robert und Timmi.«

Ich schluchze weiter.

»Wenn du meine Meinung hören willst – Blümchenkleider sind zwar die perfekten Liebestöter, aber sie werden nicht verhindern, dass die drei dranbleiben.«

»Warum ist das Leben so kompliziert?«, frage ich, immer noch schluchzend.

»Das Leben ist nicht kompliziert, das Leben ist ein Abenteuer. Du kannst natürlich weglaufen, du kannst auch nach Timbuktu fliegen und Kamele züchten, aber wenn du meine Meinung hören willst –«

»Ja. Möchte ich.«

»– dann denk einfach mal darüber nach, bei welchem du am meisten zu lachen hast.«

»Wie bitte?«

»Hör auf eine, die sich mit so was auskennt. Das Leben ist hart genug. Was zählt, ist Spaß. Ehrlich. Für kurz oder für lang. Egal.«

»Und was ist mit eiskalt auswählen?«

Yvonne betrachtet mich mitfühlend.

»Dafür ist es schon viel zu spät.«

Gerda bringt den Amaretto und mustert uns mit Anteilnahme.

»Das kommt schon wieder in Ordnung«, sagt sie. »Der kommt schon wieder zurück von seiner dämlichen Geschäftsreise.«

Dann setzt sie sich zu uns auf die Bank.

»Soll ich vielleicht mal Bratkartoffeln machen?«

*

»Mmmmhhhmehr!«, ruft Lilli.

Wir sitzen an einem großen runden Tisch. Fünf Kinder, Gerda, Yvonne, Annerose und ich. Die Bratkartoffeln sind wunderbar. Nur Yvonne hat gleich nach der ersten Portion ihren Teller von sich geschoben und eine Zigarettenpause eingelegt.

»Tja, die Linie!«, ruft Gerda fröhlich. »Ihr beim Fernsehen müsst natürlich auf so was achten!«

»Sind Sie auch beim Fernsehen?«, fragte Annerose verblüfft und sieht Yvonne prüfend an.

»Wieso AUCH?« Gerda fixiert mich ein wenig beleidigt, denn alle anderen scheinen mehr zu wissen als sie.

»Ich ... ich bin nur für die Schminke zuständig. Ich male den Leuten ein Fernsehgesicht, wissen Sie. Da kommen manchmal Typen, also wirklich, echte Problemfälle, da muss man erst mal spachteln, bevor man malen kann!«, beruhige ich sie.

»Ach so.« Gerda steht auf und holt Nachschub aus der Küche.

»Kinderchen, das Leben ist schön«, seufzt Yvonne und nimmt ihr Hütchen ab.

»Los, Blinde Kuh!«, ruft Andreas, Gerdas Ältester. Und im Nu sind alle Kinder verschwunden.

»Eine blinde Kuh, genau das bin ich«, schniefe ich vor mich hin. »Was mache ich nun bloß?«

Annerose sieht mit großen Augen von mir zu Yvonne und wieder zu mir.

»Kann ich irgendwie helfen?«, fragt sie.

»Hm, ist ein schwerer Fall«, sagt Yvonne fachmännisch.

»Männer?«, fachsimpelt Annerose zurück.

Ja, Männer. Und nicht nur einer. Viel zu viele!«

»Herrje«, erschrocken blickte Annerose mich an. Das verheulte Hascherl im Blümchenkleid sieht sicher nicht gerade aus wie eine stadtbekannte Nymphomanin, aber dennoch werde ich ihr langsam unheimlich, keine Frage.

»Wir werden schon den Richtigen finden!«, ruft Yvonne unternehmungslustig.

»Aber wie?« Annerose schaut ratlos aus dem Fenster, ganz so, als ob Mr. Right jeden Moment um die Ecke biegen könnte.

Mir reicht's.

»Ist das hier eine Talk-Show zum Thema Lulu Knospe in Not, oder was?«, frage ich entnervt.

Yvonne öffnet ungerührt einen Piccolo.

»Immer noch besser als einfach abtauchen. Willst du hier Trübsal blasen, bis du so aussiehst wie dein Blümchenkleid?«

Annerose hüstelt indigniert.

»Mädchen, die das Tuten hassen ...«, beginne ich.

»... sollten auch das Blasen lassen!!«, ergänzt Yvonne.

Dann lachen wir uns scheckig, bis wir keine Luft mehr bekommen.

»Also, ich muss in den Laden«, verabschiedet sich Annerose hastig. »Wenn ihr Lust habt, kommt doch später auf einen Kaffee vorbei.«

Dann ist es erst einmal wieder still.

»Kommen wir zum Knackpunkt der Angelegenheit«, doziert Yvonne. »Timmi ist süß, aber nicht gerade eine Herausforderung.«

Stimmt.

»Der Fliegende Robert hat was, ist ein attraktiver Kerl, wenn du mich fragst, eine echte Versuchung, aber er will dich in die Vitrine mit indirekter Beleuchtung stellen – neben seine anderen Trophäen.«

Stimmt.

»Und dann ist da noch dieser schnuckelige Babysitter.«

Stimmt. Und nun?

»Hast du ihn mal angerufen?«

»Ach, Yvonne, das ist es ja. Der hat so einen Text auf seinem Anrufbeantworter, da wird einem ganz schummerig.«

»Ist doch große Klasse.«

»Nein, eben nicht. Der verteilt seine Gunst offenbar mit der ganz großen Gießkanne.«

Yvonnes Augen werden schmal.

»Süße, den sehe ich mir mal genauer an«, sagt sie unternehmungslustig.

»Oh, bitte nein!«, rufe ich ein bisschen zu laut.

»Was ist los, hast du Angst?«

»Ehrlich gesagt, ja.«

»Meine Güte Lulu, ich kenne dich. Sweety, du schlingerst herum wie ein Schlauchboot auf hoher See. Es bricht mir das Herz. Gut, ich werde mich zurückhalten. Aber wenn dir einer wehtut, dann Vorsicht. Dann werde ich zur Löwin.«

»Kuckma, Mamiiee!«

Das ist Lilli. Sie kommt in die Gaststube gelaufen, mit einer kleinen Katze auf dem Arm. Die Katze trägt ein ehemals pinkfarbenes Hütchen.

»War sowieso aus der letzten Saison«, sagt Yvonne.

*

»Und – bitte.«

Ich lehne mich zurück. Ich bin heute mal zur Abwechslung Gast, nicht die Herbergsmutter für unartige Filmschaffende. Ich nippe artig am Champagner. Mein bodenlanges Kleid hat weder Schlitze noch Gürtel. Jawoll, so seriös kann ich sein. Der Moderator ist ganz in Tweed erschienen und kichert unentwegt.

»Nun sagen Sie mal, Lulu, ich darf doch Lulu sagen, wie haben Sie das verkraftet, diesen Erfolg über Nacht?«

Gar nicht. Mein Leben ist ein Haufen Ungereimtheiten.

»Gar nicht«, sage ich leise.

Im Studiopublikum macht sich Gemurmel breit.

»Äh – ist das zu viel auf einmal, die Mutterrolle und dann die Welt des Fernsehens?«

Ach so. Die Nummer.

»Die Mutterrolle unterscheidet sich nicht wesentlich von der Zitronenrolle und noch weniger von der Rolle rückwärts«, erkläre ich geduldig und schaue alle ernst an. »Die Zitronenrolle ist butterweich und erzeugt augenblicklich den hartnäckigsten Kummerspeck, während die Rolle rückwärts der Rolle der Frau im Allgemeinen adäquat ist.«

Der Moderator beginnt zu blinzeln hinter seiner lustigen Nickelbrille.

»Sie meinen also ...«

»Ich meine, dass Frauen in der Öffentlichkeit wenig verloren haben, wenn diese Öffentlichkeit über die Präsenz auf Spielplätzen und Parkbänken hinausgeht. Verstehen Sie? Wie kalt und fremd ist doch die Öffentlichkeit, und wie warm und freundlich ist's am Herd.«

»Das trifft sich gut«, pflichtet der Moderator mir eilfertig bei. »Ich lade Sie gern mal in meine Kochshow ein. Was kochen Sie denn so für Ihre Kleine? Oder bekommt sie den ganzen Tag nur Gummibärchen, so wie in Ihrer Sendung?«

Stolz auf seine Pointe lehnt sich der Herr zurück und zwinkert mir aufgekratzt zu.

»Nun haben Sie doch tatsächlich ins Schwarze getroffen«, erwidere ich. »Zum Frühstück gibt es Gummibärmüsli, zum Mittagessen schmeiße ich die Dinger in die Mikrowelle und serviere sie mit Schokoladensauce, abends dann gibts Gummibärchen auf Eis, mit Crème Fraîche eine echte Delikatesse.«

»Wie machen Sie das nur?«, schwärmt der Moderator unbeirrt.

»Ganz einfach, ich habe einen Sklaven für den Einkauf, einen Butler für die Kleidung, einen Bewährungshelfer für gesellschaftliche Auftritte und einen Callboy für den Rest.«

»Sehr interessant«, flötet mein Gastgeber. »Stellen Sie sich mal vor, wir haben heute noch einen Menschen eingeladen, der uns mehr verraten kann über die geheimnisvolle Lulu Knospe. – Herzlich willkommen Robert Sommerauer!«

Oh nein. Nicht das. Wie kommt der denn hierher? Niemals hätte ich in diese Sendung gehen dürfen. Aber Robert, das Mediengenie, hatte mir dringend dazu geraten. Sag ihnen irgendwas, gib ihnen die Story, dann lassen sie dich in Ruhe, hatte er mich beschworen.

Und da kommt er herein, im taubenblauen Zweireiher, lächelnd, siegesgewiss.

Ich spüre, wie mein armes Herzchen sich zusammenkrampft. Ich mag ihn gern. Richtig gern. Sogar mehr als gern. Und wir sind uns in den letzten vierzehn Tagen ganz schön nahe gekommen. Sehr nahe. Jedenfalls näher, als Yvonne mir geraten hatte. Aber ich weiß nie, auf welcher Seite er eigentlich steht.

»Nun sagen Sie mal, Robert ...«

»... ich darf doch Robert sagen«, sekundiere ich.

»Wie haben Sie denn diese tolle Frau gefunden? Auf dem Spielplatz vielleicht?«

»Nein, in der Windelabteilung natürlich«, antworte ich schnell. »Ich war so schrecklich überfordert mit dem Einkauf, wissen Sie, es gibt ja nicht nur Windeln extra für Mädchen und extra für Jungs, was nebenbei gesagt eine tolle Erfindung ist, da ja die Ausscheidungen ...« – der Moderator sieht jetzt ehrlich erschrocken aus – »... weil sie eben anatomisch bedingt an gänzlich verschiedenen Orten austreten, selbstverständlich betrifft dieser Aspekt nur die flüssigen Ausscheidungen, das versteht sich von selbst, nun, und darüber hinaus gibt es sechs verschiedene Größen und dann solche, die mit einer speziellen

Lotion beschichtet sind und solche, die ein Luftkissen haben, damit der Popo auch richtig atmen kann, und dann nicht zu vergessen die, die eher für die Nacht geeignet sind mit dem Spezialnässeschutz, die Matratzen werden es Ihnen danken, und dann noch die Learners, das sind Höschen mit integriertem Windelzusatz, und ...«

»Also, DAS ist ja interessant!«, ruft der Tweedmann ein wenig hysterisch. »Doch nun zu Ihnen, Herr Sommerauer, erzählen Sie mal, das erste Mal, sprang da gleich der Funke über, haben Sie gleich erkannt, was für ein Talent da vor Ihnen saß?«

»Er hat mich schnöde bestochen!«, rufe ich. »Champagner und ein Zwölfgängemenü, dessen Dessert ich nie erlebt habe!«

»Ach«, sagt der Moderator.

Ich trinke mein Glas auf einen Zug leer.

»Ja, und die Casting Couch war feuerrot, und die Pyjamas waren schon angewärmt, und das Wasserbett stand auf Windstärke zehn!«

»Also, DAS ist ja interessant!«, schreit der Moderator. Seine Stimme überschlägt sich ein bisschen.

»Das Leben ist immer wie im Kino«, ergänze ich.

»Lulu ist eine wunderbare Frau«, meldet sich nun Robert zu Wort. Seine Stimme ist völlig ruhig. »Eine ganz und gar wunderbare Frau.«

Alle verstummen atemlos. Das klang wie eine Liebeserklärung. Mir wird ganz schwindelig.

»Lulu ist das Beste, was mir bisher im Leben passiert ist«, fügt Robert hinzu. »Und wenn ich nicht wüsste, dass sie ihre Freiheit liebt, hätte ich schon längst um ihre Hand angehalten.«

Mein Stahlrohrsessel beginnt sich langsam zu drehen. Ich halte mich an den Lehnen fest, doch es nützt nichts. Hätte ich doch bloß nicht diesen Cham...

*

Tatüüütataaa! Schade, dass Lilli nicht dabei ist. Lilli liebt Krankenautos und Feuerwehrautos und Polizeiautos. Hauptsache, sie machen Tatüüütataaa! Ich bin noch nie in so einem Ding gefahren. Wurde also mal Zeit für diese außergewöhnliche Erfahrung. Du liebe Güte, der Fahrer hat es aber eilig! Kann der nicht mal Rücksicht nehmen auf eine von Schwindelanfällen gebeutelte Dame?

»Alles gut, Lulu«. Das ist Roberts Stimme. Ich sehe sein besorgtes Gesicht über mir.

»Sag mal, das ist ja auffällig, mit diesen Übelkeiten. Bist du vielleicht schwanger?«

»Nee«, seufze ich.

»Wirklich nicht?« Robert betrachtet mich interessiert.

»Aber im Studio waren alle fest davon überzeugt, dass du guter Hoffnung bist.«

Ich sehe schon die Schlagzeilen vor mir. Lulu Knospe schwanger. Bademantelqueen wird zum zweiten Mal Mutter. Ohnmacht nach Heiratsantrag. Robert Sommerauer im siebten Himmel. Ist er der Vater?

»Wohin fahren wir?«, flüstere ich matt.

»Superklinik, Spitzenärzte, Einzelzimmer mit Bad, Telefon, Fernseher, Internet!«

Ich richte mich auf. Das heißt, ich versuche es, aber ich bemerke, dass ich festgeschnallt bin.

»Robert, was soll der Quatsch?« Ich bin wirklich

wütend. Ist doch kein Wunder, dass ich umkippe, von dem Tweedsakko konnte einem doch nur schlecht werden. Von den anderen Überraschungen mal ganz abgesehen.

»Ich will zu Lilli«, schluchze ich.

»Kein Problem, die machen auch Rooming-in, mit Kinderschwester und allem Pipapo.«

»Ich will aber kein Pipapo. Und schon gar nicht mit Internet. Sag dem betrunkenen Rennfahrer da vorn, er soll mich nach Hause bringen.«

Robert lächelt milde.

»Lululein ...«

»Sag mal, was ist eigentlich los? Erst schubst du mich in diese komische Talk-Bude, dann machst du mir einen Heiratsantrag, vor laufender Kamera, ganz diskret, ganz intim, und dann entführst du mich auch noch!«

»Du liegst mir eben am Herzen«, entschuldigt sich Robert, doch ich sehe das unsichere Flackern in seinen Augen. »Diese zwei Tage neulich, an denen du einfach verschwunden warst, vom Erdboden oder was auch immer verschluckt, diese beiden Tage waren einfach furchtbar.«

»Diese zwei Tage waren wunderschön. Es gab Stachelbeerkuchen und Hühner und Katzen und ... ach, was red' ich denn, so was kennst du nur vom Hörensagen.«

»Lulu, bin ich denn wirklich so unausstehlich?«

Eben nicht, aber das ist ja das Furchtbare. Und die Zerknirschung steht diesem Schuft wirklich sehr gut.

»Tust du mir einen Gefallen?«, flüstere ich.

»Ja, was denn, Lululein?«

»Schnallst du mich los?«

»Tut mir leid, aber das geht nicht.« Ein Sanitäter beugt sich über mich.

»Ist gegen die Vorschriften, sorry.«

Himmel, dieser Typ im roten Overall hat alles mit angehört. Das steht dann wahrscheinlich übermorgen in der Zeitung.

Plötzlich kippen wir alle nach vorn. Der sensible Fahrer hat gebremst.

Und da stehen sie schon. Ein Gewitter ohne Donner. Fotografen, wohin das Auge blickt.

»Du glaubst doch nicht im Ernst, dass ich mich jetzt durch dieses Gewühl hindurchtragen lasse!«

»Das wird wohl nicht anders gehen.«

»Wenn du das zulässt, siehst du mich nie wieder. Nie.«

Eine Viertelstunde später habe ich Lilli im Arm. Sie schläft tief und fest. Ich küsse ihre Stirn, drücke Frau Korn einen Schein in die Hand und schlendere in die Küche.

»Bist du wirklich okay?«, fragt Robert unsicher. Er hockt auf dem Küchensofa und betrachtet nachdenklich den vor Müsli und Vollkornkeksen und Puppen überquellenden Küchentisch. Tja, in meiner Küche wird nicht designt, hier wird gelebt.

»Ich okay? Aber klar doch. Niedriger Blutdruck. Sorgt für bühnenreife Szenen, verspricht aber eine hohe Lebenserwartung. Sagt jedenfalls mein Hausarzt. In diesem ganzen Trubel vergesse ich manchmal einfach zu essen, und dann passiert's eben. Nun mach nicht so ein Gesicht, ja? Ich brauche weder Aufbauspritzen noch einen Herzschrittmacher. Weißt du was?

Ich rufe im »Opus Deli« an und ordere Spaghetti Carbonara bei Manfredo. Das hilft immer. Versprochen.«

Manfredo ist ganz Gentleman.

»Signorina, iste alles Ordnung?«, fragt er leise und streift Robert mit einem angriffslustigen Blick. Keine falsche Bewegung!, sagt dieser Blick. Und das Duell wird mit Messer und Gabel ausgetragen!

Drüben im Lokal haben sie alles im kleinen Fernseher über dem Tresen verfolgt, das ist sicher. Aber kein Wort über die Sendung, kein Wort über den Skandal, die Spekulationen, den Klatsch. Ach, Manfredo.

»Essen Sie Pasta, kommte alle wieder gut.«

»Danke, Manfredo. Und grüßen Sie die Jungs.«

Manfredo deutet eine Verbeugung an, dann schließt er leise die Tür.

In der Küche hat sich Robert inzwischen über ein Überraschungsei hergemacht. Schokolade kauend liest er die Bastelanleitung.

»Was ist es denn?«, frage ich mechanisch.

»Eine Insel. Kuckmal, eine einsame Insel mit Wasser davor und einem Fisch darin, der springt immer aus dem Meer, wenn man hier klickt.«

Robert sieht so stolz aus. Sein Werk scheint ihm mehr Freude zu machen als die allerbeste Quote. Das Kind im Manne steht ihm ganz allerliebst.

»Da würde ich gern mit dir hinfliegen. Die Füße im Indischen Ozean, den Kopf im heißen Wind, dich im Arm ... du hast wirklich ein paar Tage Urlaub nötig. Lass uns einfach Tickets bestellen und los. Lilli nehmen wir natürlich mit. Was ist? Wenn wir morgen fliegen, haben wir genau zwei Wochen bis zur nächsten Sendung. Die machen das schon ohne uns. Das Ding läuft. Gäste finden wir immer, und du, du brauchst keine besondere Vorbereitung, du machst das so aus dem Effeff!«

Beim »Effeff« steht Robert auf, tanzt auf mich zu und zieht mich in seine Arme. Da ist er wieder, dieser betörende Duft. Aber kann man sich in einen Duft verlieben?

»Außerdem bin ich ein guter Herzschrittmacher«, flüstert Robert.

Oh ja, oh ja. Wir tanzen ein paar Schritte zu einer unhörbaren Melodie. Einen Moment lang muss ich an den Dufflecoat denken. Warum meldet er sich nicht? War das denn alles nur ... Doch meine inneren Stimmen rufen mich zur Ordnung. Hier spielt die Musik! Genieße es! Dieser Robert ist der Verwöhner, der Ritter, der Prinz! Lass dich fallen! Also gut. Oder war da noch irgendeine Gegenstimme? So eine klitzekleine, zarte Gegenstimme ...

»Woran denkst du?«

Für diesen Satz müssten man alle Verliebten dieser Welt auf der Stelle verhaften.

»An dich.«

Und für diese Antwort müsste ich mit allen anderen Flunkerern dieser Welt direkt ins Kittchen marschieren.

Stattdessen tanzen wir stumm. Zwei Herzen im Dreivierteltakt. Durchaus nicht unangenehm. Erst jetzt spüre ich, wie verwaist ich mich fühle, wie allein. Ich schmiege mich an ihn.

Dann küsst er mich. Ich weiß nicht, ob ich das will, ich weiß nicht, was ich will, aber es ist, als ob der Indische Ozean und der heiße Wind mich streicheln.

»Wir fliegen, ja?«, raunt er mir ins Ohr.

Oh ja, wir fliegen. Nur fliegen ist schöner als das hier.

»Ach, Robert«, raune ich zurück. »Nächste Woche hat Lilli Geburtstag. Ihr zweijähriges Bestehen möchte sie mit ihren Freunden feiern. Mit allen. Selbstverständlich auch mit dir.«

*

»Wow – wow – wow!«

Yvonne ist sowieso schon ein Knaller, aber heute dreht sich absolut jeder nach ihr um. Nie saß ihr Hütchen kecker auf den braunen Locken, nie war ihr Gang kapriziöser, nie war das Kostüm enger als heute. Und dann ihr Lachen. Du lieber Himmel, nicht auszudenken, wie arm die Welt wäre, wenn es Yvonne nicht gäbe. In der linken Hand hält sie ein schwarzes Lacktäschchen, und mit der rechten schwenkt sie eine weiße Schachtel.

»Also, da war so ein Typ aus Colorado, der wollte mir den Ken doch glatt abjagen, aber da hatte er sich geschnitten, wenn Yvonne was will, dann kriegt sie es auch, nun guck doch mal, ist er nicht herzzerreißend, der erste Ken, von 1967, ach Gott, damals wusste man noch gar nicht, dass er schwul ist, das kam ja erst Anfang der Neunziger heraus, als er plötzlich den Penisring um den Hals hatte ...«

»Auch Penisring haben!«, ruft Lilli.

Es ist irgendwie still geworden im Lokal.

»Schon gut, später ...«, sage ich schnell.

»Manfredo, etwas Bizzliges bitte, sei so gut, ja?«, ruft

Yvonne und nimmt strahlend ihren Prosecco entgegen.

»Das war eine Super-Barbie-Convention, die hatten sogar ein Original-Display von 62, Barbie am Strand, mit Sonnenhut, Strandtasche, Liegestuhl, Wahnsinn!«, frohlockt sie und kann sich kaum setzen vor Aufregung.

Lilli und ich starren in die Schachtel. Wie in einem Sarg liegt er da, immer noch in Zellophan verpackt, unbespielt eine Kostbarkeit für Barbiefans. Ken. Barbies Freund. Ihr Dauerverlobter, für den sie sich ein Brautkleid nach dem anderen schneidern lässt.

»Gute Mann?«, fragt Lilli.

»Der Beste!«, antwortet Yvonne. »Sieht gut aus, ist stumm wie ein Fisch und macht keinen Ärger.«

»Und wann heiraten die beiden?«, frage ich.

»Nie nicht«, lacht Yvonne. »Wäre doch auch schade, wenn die Brautkleid-Kollektion ein so schmähliches Ende nehmen würde!«

Lilli findet Ken nicht sonderlich attraktiv. Stattdessen knabbert sie die Weichteile aus der Brotscheibe und streift sich die Rinde als Schmuck über den Arm.

»Kuckma!«, ruft sie stolz.

»Lilli, du bist begabt!«, ruft Yvonne begeistert.

Finde ich auch.

»Und – was gibt's Neues aus dem Herrenclub?«

Ich druckse ein bisschen herum. Ich fühle mich wie ein Schulmädchen mit meinen unausgegorenen Liebschaften. Kaum zu glauben, dass man mit vierzig immer noch soviel Unsinn anstellen kann.

Zum Glück kommt Carlo mit der Karte.

»Allora, Signorina, come sta?«

Wenn ich das bloß wüsste. Aber hier fühle ich mich wohl, keine Frage.

Wie immer bestellen wir mehr, als wir jemals essen können. Nie verlassen wir das Lokal ohne ein dickes Doggy Bag. Und für Lilli bestelle ich das ultimative Lieblingsessen, eine Spezialerfindung des »Opus Deli« für den kulinarischen Nachwuchs: Popcorn mit Rucola in einem leichten Dressing aus Olivenöl.

Yvonne starrt nachdenklich auf Lillis Teller, dann bestellt sie dasselbe, als Beilage sozusagen.

»Sieht zwar aus, als hätte das schon jemand gegessen, aber es scheint taillenfreundlich zu sein«, seufzt sie.

»Also los, sag schon, was gibt's von der Front zu berichten?«

»Gezielte Angriffe auf die Weichteile der Seele.«

»Oh lala. Lilli, deine Frau Mama spricht in Rätseln. Hört sich ganz so an, als ob nicht nur die Seele getroffen wurde.«

Wohl war.

»Hast du Hunger?« Yvonne betrachtet mich mit einem Blick, gegen den die spanische Inquisition ein Spaziergang gewesen sein muss.

»Och, geht so.«

»Dann bist du verliebt«, sagt Yvonne sachkundig.

Wirklich? Bin ich das? Mit Haut und Haar? Oder bohren da nicht tausend Wenns und Abers in mir?

»Weißt du was, am liebsten würde ich dich heiraten«, sage ich.

»Wie bitte?« Yvonne fällt fast das Vitello Tonnato von der Gabel.

»Na ja, du hast doch gesagt, ich soll mir mal überlegen, mit wem ich am meisten Spaß habe. Und da fällt die Wahl ganz eindeutig auf dich.«

»Na schön. Fräulein Knospe will nicht blühen. Auch gut. Aber irgendwie nehme ich dir das nicht ab.« Yvonne malt nachdenklich mit dem Messer Kreise in die Sauce. Lilli malt auch mit Sauce. Auf dem Tischtuch.

»Weißt du was, Yvonne?«

»Ja, was denn, Schätzchen?«

»Könnten wir das Thema Männer heute mal weglassen? Einfach weglassen, so, als ob es sie gar nicht gäbe?«

»Eine glänzende Idee«, antwortet meine wunderbare Freundin.

*

»Paaatiii!«, juchzt Lilli. Kindergeburtstag.

Wir tragen bunte Hütchen. Lilli hat das Käferhütchen und ich das Tigerhütchen, und beim Topfschlagen fallen wir fast hin vor Lachen.

Alle sind sie da: Die Mama von Anna-Maria, die Mama von Sophia, die Mama von Alexander, die Mama von Leander, die Mama ... und natürlich die Kinder.

»Ju-hu-hu, ich will so sein wie du-hu-hu«, singt Katharina und steppt über den Teppich. Das Dschungelbuch. Diese Musik ist einfach unschlagbar. Wir kugeln durchs Wohnzimmer.

»Ich will so geh'n wie du, steh'n wie du, ju-hu-hu ...«

Es klingelt. Anna-Maria rennt zur Tür. Mein Herz beginnt zu rasen. Welcher ist es bloß? Ich habe sie alle eingeladen: Robert und Timmi und Robert.

Es ist Yvonne. Und Waltherchen. Yvonne hat sich zur Feier des Tages in ein nachgeschneidertes Barbie-Outfit gewandet, alles original von der Pillbox bis zu den pinkfarbenen Pumps.

»Guck doch nur, Schätzchen – Waltherchen hat eine Puppe mitgebracht, die Pipi macht, das ist doch der ultimative Heuler, oder?«

»Pipi, Pipi, Pipi!«, echot es aus allen Ecken.

Also gut, ich hole ein Töpfchen. Und Wasser.

»Aber bitte aufpassen, ja?«

Meine Warnung war völlig unnötig, denn die erste Entleerung der Puppenblase findet selbstverständlich auf dem Teppich statt.

»Nochmaaa, nochmaaa«, rufen die Kinder begeistert.

»Geht das auch mit Cola?«, fragt Leo interessiert. Leo ist schon fünf und langweilt sich zu Tode zwischen all den kleinen Windelmonstern.

»Wenn das geht, dann gehst auch du-hu-hu!«, singt Yvonne zuckersüß.

»Ist doch auch schon egal!«, rufe ich beschwichtigend. »Eines Tages signiere ich den Teppich und lasse ihn in einer Galerie ausstellen!«

»Würde mich nicht wundern«, mault Melanie.

»Fehlt nur noch ein Kacka von Sophia, so als Akzent«, gebe ich zurück.

Das war das Stichwort. Auf der Stelle präsentiert Sophia die dramatische Erweiterung ihres Wortschatzes.

»Kacka, Pipi, Scheiße, Kacka, Pipi ...«

»Alle Achtung, Melanie, Sophia ist ihren Altersgenossen mal wieder um Lichtjahre voraus!«

Es klingelt. Mein Herz rutscht in die Hose. Einen Augenblick später steht Robert, der Smartie, im Wohnzimmer. Alle Mütter starren ihn an. Alle haben sie sich an Männer in selbst gestrickten Pullovern und Naturledergesundheitsschuhen gewöhnt, Robert aber hat auch heute nicht auf das perfekte Outfit verzichtet, irgendeine sagenhafte italienische Kreation in Anthrazit. Ein Mann vom anderen Stern. Ein Abgesandter aus einer fernen Welt. Aus einer verführerischen, aber sehr fernen Welt.

»... Scheiße«, sagt Sophia und verziert Roberts Hosenbein mit grünem Wackelpudding.

»Nimm sie nicht zu ernst, sie übt noch, das nächste Mal trifft sie die Krawatte, ganz bestimmt«, rufe ich vergnügt, aber mir ist nicht entgangen, dass Robert auf der Stelle flüchten möchte.

»Hallo Lulu«, sagt er etwas entkräftet und stellt ein unförmiges Paket ab.

Sofort fangen die Kinder an, am Papier herumzureißen. Drei Sekunden später ist Lilli komplett aus dem Häuschen.

»Banana!«, kreischt sie.

In der Tat. Es ist eine überdimensionale Banane, die einen blauweiß gestreiften Schlafanzug anhat.

»Um Gottes willen!«, schreit Melanie. »Was ist denn DAS?«

»Eine riesige Bildungslücke«, antworte ich. »Nun sag bloß, du kennst die Bananas in Pyjamas nicht?«

»Die – was?«

»Lillis Lieblingsserie«, erwidert Robert stolz. Oh ja, er weiß, was meinem Schatz gefällt, und sonnt sich in seinem Insiderwissen.

»Also, das sind zwei Bananen in Schlafanzügen, die wohnen in der Knuffel-Allee und ärgern immer drei außerordentlich liebenswerte Teddys, und dann ist da noch Rätty mit dem Käppi, der fährt ein feuerrotes Rättymobil, und dann backen sie alle immer knabbertolle Honigkuchen ...«

Je mehr ich erzähle, desto angewiderter hört Melanie zu. Schließlich verkümmert ihr ohnehin dünnlippiger Mund in Sekundenschnelle zu einem kleinen nadelfeinen Strich.

»Sophia, wir gehen!«, sagt sie streng.

Während Sophia die Kletten ihres Emotionalkörpers in einem fulminanten Wutanfall entsorgt, klingelt es wieder.

Timmi sieht aus, als hätte er die Kinderparty schon hinter sich. Seit wann trägt er das Bayern-München-T-Shirt auch tagsüber? Und seit wann isst er Tomatensauce mit den Fingern? Egal, er sieht hinreißend aus. So wunderbar verknautscht. Sofort klettert Lilli auf seinen Arm.

»Timmitimmitimmi«, jauchzt sie.

»Da, habe ich dir mitgebracht«, nuschelt Tim und überreicht Lilli ein Überraschungsei. Fassungslos muss Robert mit ansehen, dass Lilli sich über diese vergleichsweise bescheidene Gabe nicht weniger freut als über sein Riesengeschenk.

Ich beschließe den kurzzeitigen Rückzug in die Küche und hole eine Flasche Prosecco aus dem Kühlschrank.

Wieder klingelt es. Das muss er sein. ER! Ich habe sogar auf seinen schleimbeutlerischen Anrufbeantworter gesprochen, entgegen Yvonnes Warnungen.

Lass ihn langsam kommen, hatte sie mich beschworen, unternimm nichts, lauf ihm nicht hinterher! Aber ich halte diese Pose der Unnahbaren nun mal nicht aus. Er hatte mit einer Ansichtskarte geantwortet. Auf der Vorderseite das Matterhorn, auf der Rückseite der Satz: Ich freue mich aufs Gipfeltreffen, Robert. Wie witzig. Ob er ahnt, dass alle seine Mitstreiter anwesend sind?

Mit der Flasche unterm Arm schleiche ich mich zur Wohnzimmertür und spähe um die Ecke. Yvonne hat den Fliegenden Robert auf die Couch gezogen und befindet sich in einem äußerst angeregten Gespräch. Fast ein bisschen ZU angeregt, finde ich. Waltherchen steht in der Ecke und telefoniert, Timmi beißt mit den anderen Kindern Cocktailwürstchen von einer Wäscheleine und ... Und? Dann ist da zwischen all den Müttern und Kindern noch dieser komische Elefant, ein grauer Riese, auf dem Lilli fröhlich kreischend durch das Zimmer reitet. Du liebe Güte, das ist Robert. Mein Robert. Das graue Überraschungsei de luxe. Was für ein toller Einfall. Auf so was konnte nur er kommen. Der Elefant marschiert auf mich zu.

»Ich komme dirrrekt aus Afrrrika und bin furrrchtbar durstig«, grunzt er.

»Soll ich einen Eimer holen, oder trinken Elefanten lieber aus der Flasche?«, frage ich mit tierliebendem Einfühlungsvermögen.

»An meinem Lieblingswasserloch gibt's immerrr Gläserrr«, grunzt der Elefant zurück.

Ich hocke mich neben das graue Riesen-Stofftier und raune: »Du bist einsame Klasse, Robert. Dein Anrufbeantworter ist eine Katastrophe, deine Rückruffrequenz ist ein Skandal, aber das hier macht alles, alles wieder gut.«

Der Elefant hebt den Rüssel, und einen Moment später erscheint das schwitzende Gesicht von Werner.

»Sag mal, Lulu, kann es sein, dass du mich mit irgendwem verwechselst?«

Ach, du liebes bisschen. Werner, der Feldwebel aus Studio B. Wie kommt der denn hierher?

»Nun guck nicht so konsterniert, war 'ne Idee von Robert, wir haben doch so einen tollen Fundus, und da ...«

»Ummibäh?«, fragt Lilli arglos.

Dann fängt es an zu gewittern. Zack und blitz und zong.

Ich habe es gar nicht klingeln hören, aber nun ist es zu spät.

»Könnten Sie sich noch einmal neben den Elefanten stellen? So, sehr schön. Und jetzt noch einmal das Kind auf den Arm, und dann ...«

Ich starre den fremden Mann an, der gerade im Begriff ist, mein Privatleben auszuplündern. Und zwar ratzfatz.

»Wie sind Sie denn hier hereingekommen?«, zische ich.

»Och, da war so eine Frau mit einem schreienden Kind, die sagte: Immer nur hereinspaziert!«

Danke, Melanie. In Gedanken streiche ich sie für alle Ewigkeit von der Gästeliste.

»Was für eine hübsche Kamera«, flöte ich. »Darf ich mal sehen?«

Geschmeichelt nimmt der Reporter seine Kamera vom Hals und hält sie mir hin. Gib deine Waffe nie dem Feind. Alte Indianerweisheit. Ich habe keine Ahnung, wie so ein Profi-Ding funktioniert, doch ich finde ohne Probleme den Knopf, mit dem man sie öffnet. Strahlend hole ich den Film heraus, lasse ihn auf den Teppich ausrollen wie eine Korkenzieherlocke aus Plastik und sage: »Danke vielmals, das ist eine unvergessliche Erinnerung für mich und meine Tochter. Was ist, möchten Sie noch ein Glas Prosecco, bevor Sie gehen?«

»Nnnn-nein«, stammelt der junge Mann. Er sieht ziemlich durcheinander aus. Hilfesuchend blickt er in die Runde und steuert dann erleichtert das Sofa an. Ach so. Robert, mein PR-Agent hatte diese sensible Idee. Mit einem Sprung bin ich bei ihm.

»Robert, das war wirklich sehr freundlich, eine zauberhafte Überraschung. Doch ich glaube, der Herr von den geschätzten Printmedien hat da etwas verwechselt.«

Robert fängt an zu schwitzen in seinem schicken Anzug.

»Nun stell ihm schon Yvonne vor! Bitte sehr, der Herr, das ist die neue Entdeckung von Robert Sommerauer. Frau Yvonne Paret, der Star von übermorgen!«

Wie ferngesteuert legt der Reporter einen neuen Film in seine Kamera und beginnt zu knipsen.

Yvonne bleibt ihm nichts schuldig. Sie lacht und schlägt die Beine übereinander und prostet in die Kamera und schmiegt sich an den verdutzten Robert.

»Das Interview vielleicht in der Küche?«, schlage ich vor. »Oder im Schlafzimmer?«

»Kein Problem!«, ruft Yvonne und zwinkert mir zu.

Yvonnchen ist einfach nicht zu toppen. Ich würde sie am liebsten umarmen. Doch sie verschwindet mit Kerl und Kamera in die hinteren Gemächer.

»Ju-hu-hu, ich will nicht sein wie du-hu-hu«, summe ich vor mich hin, während Robert betreten auf den Teppich starrt.

»Was hast du denn noch so vor? Vielleicht weihst du mich besser ein, bevor ich das Opfer weiterer medienkompatibler Überraschungen werde«, sage ich beiläufig und lasse mich aufs Sofa fallen.

»Ich habe es nur gut gemeint«, flüstert er.

»Hör auf mich, Augen zu, vertrauuuu mir!«, singt die Schlange Kaa vom Band.

»Also, wenn das hier nicht Lillis Geburtstagsparty wäre, dann würdest du jetzt auf der Stelle erfahren, wie es sich anfühlt, wenn ich es soo gut mit dir meine, aber in Anbetracht der delikaten Situation schlage ich vor, dass du dich jetzt diskret zurückziehst.« Robert sieht mich entsetzt an. Mit großen braunen Jungsaugen. Das ganze Gesicht ein Fragezeichen. Nein, Robert, das zieht jetzt nicht. Gimmie a break, Robert.

Ich betrachte Lilli, die den Elefanten mit Schokoladenkuchen füttert, während die anderen Kinder abwechselnd auf Werner herumklettern. Lilli ist glücklich. Und das ist das Wichtigste. Ich lasse Robert in seinem Ungemach sitzen und hocke mich neben meine süße Tochter. Sie ist die Wunderbarste und Schönste und Liebste, und sie ist schon zwei Jahre alt! Gerührt streichle ich ihren kleinen Rücken.

»Sei nicht so strrreng mit ihm!«, grunzt der Elefant.

»Und warrrum nicht?«, grunze ich zurück.

»Weil errr hoffnungslos verrrliebt ist in dich. Derrr weiß nicht mehr, wo oben und unten ist!«

»Aha! Und damit bin ich zum Abschuss freigegeben?«

»Peng! Peng«, schreit Leo und zielt mit einem Fön auf Werner. Was hat Leo eigentlich in meinem Badezimmer zu suchen?

»Elefanten stehen unter Naturschutz!«, schreie ich.

»Du bist jetzt eine öffentliche Perrrson!«, schnarrt der Elefant.

»Alles, was mir zu ›öffentlich‹ einfällt, sind öffentliche Toiletten. Da siehst du's. Nicht gerade das, wovon man träumt, oder?«

»Probier's mal – mit Gemütlichkeit!«, singt jetzt der Bär. Wie auf ein geheimes Signal hin sind alle auf den Füßen und singen mit. Das Dschungelbuch. Der perfekte Titel für meine Autobiographie.

Und während sich Leander hinter dem Sofa erbricht und Yvonne mit dem Reporter Rock 'n' Roll tanzt und Inge-Gundula ihre Thermoskanne mit Roibuschtee auf dem Teppich auskippt und Anna-Maria Kekse in den Videorecorder stopft, schlendert der Matterhornbezwinger herein. Einfach so. Robert. Nummer zwei.

»Obi, Ooobiii!«, ruft Lilli.

Ich fange an zu schlingern. Das Schlauchboot auf hoher See. Gleich werde ich kentern.

»Was soll ich woanders, wo's mir nicht gefällt, ich gehe nicht fort von hier, auch nicht für Geld!«, singt der Witwentröster und drückt mich an sich. Einfach so. Zum Glück tanzen alle dermaßen ausgelassen, dass es gar nicht weiter auffällt. Oder? Huch, mit einem Ruck zieht er mich wieder an sich.

»Die Bienen summen in der Luft, erfüllen sie mit Honigduft!«, singt er.

»Und schaust du unter den Stein, dann findest du Ameisen, das ist doch fein«, singe ich.

Ich will nicht daran denken, wer oder was dieser Typ ist, ich will nicht daran denken, ob das nun für jetzt oder für immer ist, ich will nicht daran denken, dass ich mich möglicherweise irgendwann für irgendwen entscheiden muss, aber er macht mich glücklich, weil er irgendeinen kleinen dummen Song singen kann und genau das tut, was jetzt das Richtige ist, und weil er jetzt auch noch Lilli auf die Schultern nimmt und wild herumtanzt und ausgelassen ist und mich zum Lachen bringt.

*

»Au weia.«

Wie konnte ich mich bloß dazu hinreißen lassen, ausgerechnet ein Kartoffelgratin anzufertigen? Nun habe ich mich schon zum dritten Mal geschnitten. Wenn ich so in die nächste Sendung gehe, dann starren alle nur auf meine Hände und mutmaßen, ich hätte einen Selbstverstümmelungstick.

»Ein simples Pflaster oder lieber gleich die Ambulanz?«, fragt Katharina.

»Fausthandschuhe«, sage ich finster. »Alles haben die erfunden, Raketen und Computer und Tischstaubsauger, aber Kartoffeln müssen wir immer noch freilegen wie unsere Schwestern in der Steinzeit!«

»Ist doch nicht so schwer – immer dem Daumen nach und dunkle Stellen weiträumig umfahren!«

Wir stehen in den überaus malerischen Ruinen meiner Küche und kochen einen Kaffee nach dem anderen. Lillis Geburtstagsfeier hat Spuren hinterlassen. Nicht nur in der Küche.

»Und?«, fragt Katharina.

»Was – und?«

»Wer lag heute Nacht in deinem Bett?«

»Abgesehen davon, dass du hoffnungslos indiskret bist, ist die Frage sehr einfach zu beantworten: Es war Lilli!«

Listig lächelnd klebt Katharina ein Pflaster auf meinen blutenden Zeigefinger. Ein Pflaster mit einem lustigen kleinen Dinosaurier darauf.

»Bitte sehr, mit einem schönen Gruß aus der Steinzeit!«

Dann beginnt sie, die Schokoladeneisreste vom Kühlschrank zu kratzen.

»In der Steinzeit waren die Dinger längst mausetot«, sage ich überflüssigerweise, und die Strafe folgt auf dem Fuße. Aua! Ich geb's auf. Ich koche nun schon monatelang brav für die Kleinen, ich habe kiloweise Zucchini in Herzform geschnitzt, ganze Eimer nährstofftechnisch einwandfreie Möhrensuppen püriert und Hunderte Gemüseburger gebraten, aber heute brauche ich eine Auszeit.

Carlo nimmt meine Bestellung gelassen entgegen.

»Zehnmale Pizza Margherita, iste Ordnung. Und wohin? Villa wie?«

»Kunterbunt!«, rufe ich mit Blick auf mein Küchenchaos in den Hörer. »Und viele Grüße an Signorina Sonja!«

Carlo und Manfredo und Gino waren auch noch

gekommen, gestern, samt Riesen-Geburtstags-Tiramisu, mit Wunderkerzen und Fähnchen und allem drum und dran.

»Heirate doch Carlo oder Manfredo«, schlägt Katharina vor. »Dann bist du wenigstens EINE Sorge los!«

»Das geht ja hier zu wie auf einem Teekränzchen für späte Mädchen!«, sage ich aufgebracht. »Die Frage ist ja wohl weniger, wen ich heiraten soll, als die, ob ich überhaupt heiraten will. Wie heißt es noch so schön: Es geht auch anders, aber so geht es auch! Und überhaupt – du als Erfinderin der Ein-Kind-Monogamie solltest dich mit solch unsittlichen Vorschlägen schon lange zurückhalten!«

»Tja, der Heiratsantrag in der Talk-Show war nicht von schlechten Eltern, doch ich habe irgendwie das Gefühl, dass unser männliches Kindermädchen ganz vorn im Rennen liegt.«

Gedankenverloren spielt Katharina mit dem Gerät, das man gemeinhin den Küchenfreund nennt. Ich gebe es auf, mein Intimleben vor ihren bohrenden Fragen zu schützen. Schließlich hat Katharina eben jenes immer mit Rat und Tat begleitet. Na ja, eher mit Rat.

»Also gut«, sage ich munter, »gibt's irgendwelche Einwände gegen den Herrn? Denn wer jetzt nicht redet, der schweige für immer!«

Ich sehe ihn vor mir, wie er tanzt, ausgelassen, fröhlich, übermütig.

Katharina hüstelt verlegen herum.

»Du Luluuu ...«, beginnt sie, dann kratzt sie wieder wie wild am Kühlschrank herum.

Ich horche auf. Was ist denn nun wieder los?

»Spuck's aus, Katharina, was ist mit Robert?«

»Ich wollte es dir eigentlich nicht erzählen, aber ...«

Ich drohe Katharina mit dem Kartoffelmesser. Das hilft.

»... aber ich habe ihn vor ein paar Tagen gesehen.«

»Und?« Irgendetwas kribbelt in meinem Sonnengeflecht. Wo ist die Mitte?

»Er hatte ein Kind an der Hand und ...«

»UND?« Ich schreie fast.

»Und eine Frau dabei.«

Jetzt ist es raus. Ich muss mich erst einmal setzen. Robert Vater? Robert verheiratet? Oh nein, bitte nicht. Nicht das.

»Wie sah sie aus?« Mehr fällt mir jetzt nicht ein.

»Normal«, sagt Katharina mit schmalen Lippen.

»Komm, die Schonzeit ist vorbei. Beschreib sie!«

»Normal eben, nichts besonders. Irgendeine Frau. Irgendein Kind. Eine nette kleine Familie wie tausend andere auch.«

Das war's also. Byebye, baby. Deshalb hat er sich nie gemeldet. Aber irgendwie passt das alles nicht zusammen, das spüre ich. Ein Familienvater mit Heiratsschwindler-Ansage. Ein Familienvater als Babysitter. Küsse im Dufflecoat. Ich komme langsam nicht mehr mit.

»Alt oder jung?«, frage ich mit letzter Kraft.

»Jung«, sagt Katharina leise. »ziemlich jung.«

Auch das noch. Einen Moment lang überlege ich, ob ich mich auf die Lauer legen soll vor seiner Wohnung, damit ich die nette Kleinfamilie mal begutachten kann. Samt junger hübscher Hausfrau. Doch im selben Moment verwerfe ich diese Schnapsidee. Ist doch unwürdig. Ein Familienvater auf Abwegen, das reicht schon. Aber Lulu Knospe als Sherlock-Holmes-Verschnitt, das ist entschieden zu viel.

»Tut mir leid«, sagt Katharina und legt einen Arm um mich.

»R2 – Treffer, versenkt«, schluchze ich.

*

»Verzeih mir, bitte!«

»Dann sag mir doch mal freundlicherweise, wer jetzt gerade mit mir spricht: Robert, der Redakteur, der seine Moderatorin coacht, oder Robert der private, wenn es den denn gibt.«

Robert balanciert anmutig ein Maki Sushi auf seinen polierten Ebenholzstäbchen, tunkt das Meisterwerk japanischer Kleinkunst in die Sojasoße und verkündet frohgemut: »Klar gibt's den! Oder siehst du hier irgendwo eine Kamera?«

Er schnappt neckisch nach den fernöstlichen Preziosen und kaut ausgiebig. Zeit gewinnen, Zeit gewinnen, steht ihm auf der hübschen Stirn geschrieben. Aus den Designerboxen zirpt es asiatisch-dezent, das ganze Loft ist in Kerzenschein getaucht. Ich greife zum Sake-Becherchen. Uaah. Schmeckt wie eingeschlafene Füße. Ein Schluck Pflaumenwein. Hm. Schmeckt süß und muffig wie das Eingemachte von Tante Edeltraut. Ich löffle Reis in meine Sojasauce und rühre gedankenverloren in dem Zeug herum.

»Und warum hat sich Roberto privatissimo zu Hause versteckt, als der andere zu Lillis Geburtstagsparty ging?«

»Nun mach aber mal ’nen Punkt, Lulu. Dir gefällt es doch, das Scheinwerferlicht, du bist ein richtiges Kameratalent, du beherrschst doch die Mediennummer aus dem Effeff und toppst dich selber von Sendung zu Sendung. Was erwartest du? Eine Existenz im Verborgenen? Du bist wie der Bär, der baden will, ohne nass zu werden!«

»Bären haben ein dickes Fell ...«

»... und du hast eine dünne Haut, ich weiß. Aber das ist es ja, worauf die Leute abfahren, die spüren genau das, und das macht dich so besonders.«

Na toll. Eine dünne Haut zu Markte zu tragen, ist aber nicht gerade ein Spaziergang.

Seufzend angele ich mir ein papierdünnes Stückchen Ingwer.

»Ich gebe ja zu ...«, Robert lutscht gekonnt drei orangefarbene Körnchen Kaviar vom Stäbchen, »... dass die Idee mit dem Reporter bei Lillis Geburtstag ...«

»... Schrott war«, ergänze ich.

»Aber denk mal nach, Lulu. Es war deine Idee, Lilli mit in die Sendung zu nehmen.«

Meine Idee? Meine Notlösung. Eine Notlösung mit Folgen allerdings. Robert nippt genießerisch am Sake.

»Ich bin eben kopflos, wenn es um dich geht.«

Kopflos? Herzlos! Wie niedlich das klingt: kopflos. Gleich sagt er bestimmt: Weißt duuu ...

»Komm schon, ein Versöhnungsschluck, ja? Und dann ist alles wieder gut.«

»Gibt es noch irgendwelche anderen asiatischen Getränkevarianten?«, frage ich ermattet.

»Original japanisches Bier! Moment! Wird sofort serviert!«

Ich lehne mich vorsichtig zurück, man weiß ja nie, was solche Stahlrohrsessel aushalten und was nicht. Zuhause ist Timmi sicherlich inzwischen auf Seite zweihundertunddrei angelangt. Er liest Lilli zum Einschlafen immer aus »Zen oder die Kunst ein Motorrad zu warten« vor. Sie versteht es noch nicht, aber ihr Unterbewusstsein nimmt es tief in sich auf, behauptet er immer. Ach, Tim.

»Ich gehe mal kurz für kleine Jungs«, rufe ich in Richtung Küche.

Auf der Toilette wähle ich die Nummer von zu Hause. Für irgendetwas muss dieses blöde Handy schließlich gut sein.

»Hallo?«, flüstere ich in den Hörer.

»Lulu? Bist du das? Warum flüsterst du denn so komisch?«

Weil es niemanden etwas angeht, wenn ich mal kurz mit meinem Dauer-Ex-Lover sprechen will. Ich muss kichern, weil es schon ziemlich absurd ist: Da hocke ich jetzt auf einer schicken Loft-Toilette und tätige einen konspirativen Anruf. Ich fühle mich wie eine Ehefrau beim Seitensprung, die heimlich ihren Mann anruft.

»Bin im Kino«, wispere ich. »Ist alles klar mit Lilli?«

»Aber sicher«, flüstert Tim zurück.

»Also, bis später.«

Mit roten Wangen kehre ich an den Tisch zurück.

»Und bitte sehr!«

Roberti Sushi stellt ein zweifellos mundgeblasenes Bierglas vor mich hin, in dem es vertrauenerweckend schäumt.

»Holsten knallt am dollsten«, sage ich und erhebe mein Glas.

»Frieden?«, fragt er mit sanfter Stimme.

Ich trinke das japanische Brauerzeugnis auf einen Zug aus. Ex. Das passt. Gleich fällt mir Timmi wieder ein.

»Frieden!«, antworte ich und unterdrücke damenhaft den dicken Blubbs, den die Japaner in meinem Magen verursachen.

»Du Lulu, weißt duuu ...«

Aha.

»Ich habe da eine Immobilie in Augenschein genommen ...«

Eine was?

»... Top-Objekt, Top-Lage, Top-Preis, eine echte Gelegenheit.«

»Verbindlichsten Dank, aber solange du meine Gage nicht erhöhst, brauche ich das Geld für Miete, Auto und Pampers.«

»Nee, Lululein, ich meine doch keine Geldanlage, ich spreche von einem Haus. Von einem Zuhause.«

»Ich habe ein Zuhause.«

»Du hast eine Wohnung. Und die ist – schön, wirklich, putzig, gemütlich, hübsch und alles, aber ich habe da eine Villa gesehen, nun guck doch mal!«

Robert reicht mir feierlich einen Stoß Baupläne über das Sushi-Arrangement hinweg.

»Das hier ist das Wohnzimmer, und da gibt es ein riesiges Kinderzimmer mit Balkon, die Terrasse geht nach Süden, unterm Dach gibt es eine Einliegerwohnung für den Hausmeister, im Souterrain könnte das Au-pair-Mädchen wohnen, im Gartenhaus richten wir ein Büro ein, und hier –« Robert errötet ein wenig, du liebe Güte, es ist unübersehbar, trotz des milden Kerzenscheins, »hier ist das Schlafzimmer, nach Osten, damit wir immer im Sonnenschein aufwachen können.«

Dong. Das saß. So also hat er sich das weitere Leben vorgestellt.

»Das – kommt alles ein bisschen plötzlich«, sage ich lahm.

Es hat lange genug gedauert, bis ich gelernt habe, allein zurechtzukommen. Ich kann inzwischen einen Nagel in die Wand hauen, einen Dauerauftrag basteln, allein ein Kino betreten, einen Urlaub buchen. Das war nicht immer so. Und nun? Die nette Kleinfamilie? Sofort fällt mir der andere Robert ein. Mit Frau und Kind.

»Nun wein nicht gleich«, sagt Robert. »Ich weiß ja, das wirkt überwältigend.«

Ein zufriedenes Lächeln umspielt seine Mundwinkel. Jawoll, er hat das Heft in die Hand genommen, der fliegende Robert setzt zur Landung an. »Follow me«, blinkt es in seinen Augen. Noch immer bringe ich keinen Ton heraus.

»Sieh doch mal«, Robert greift nach dem kleinen schwarzglänzenden Holzstückchen, die japanische Variante des guten alten Messerbänkchens, erdacht, um die Stäbchen beim stilechten Mahl abzulegen, »sieh dir doch mal diese Schrift an, weißt du, was das bedeutet?«

Wie durch einen Schleier hindurch betrachte ich die goldenen kalligraphischen Schnörkel. »Das bedeutet: Ein langes, glückliches Leben!« Ich lege mein Stäbchenhalterchen dazu. »Auf ein langes glückliches Doppel-Leben«, sage ich mit letzter Kraft.

*

»Mama, schubsen!«

Lilli schaukelt mit Begeisterung, aber sie besteht nach wie vor auf der mütterlichen Hand, um in Schwung zu kommen. Wir sind heute ganz in Gummi, Lilli in blau, ich in rot. Wir sehen aus wie Wichtelzwerge im Fetisch-Look, so trotzen wir dem Nieselregen – der ausgezeichnet zu meiner Stimmung passt ... Zu allem Überfluss hat Lilli auch noch eine dieser Tretminen erwischt, die überall herumliegen. Die größten natürlich auf dem Kinderspielplatz. Ich habe inzwischen ausgefeilte Rachephantasien entwickelt, was Hundehalter betrifft, doch leider blieben alle diese Phantasien bisher graue Theorie. Das einzige, wozu ich mich einst aufgerafft hatte, war die Teilnahme an einer konzertierten Aktion geplagter Mütter. An einem Sonntagnachmittag hatten wir neben jedem Hundehaufen im Park eine gut gefüllte Windel deponiert. Das fanden wir mutig und blieb völlig folgenlos. Nicht einmal im Lokalteil der Zeitung hatte diese Fäkal-Demo Erwähnung gefunden. Also ziehe ich weiter mit einer alten Zahnbürste und Papiertüchern durch die Gegend und befleißige mich des fröhlichen Rubbelns geriffelter Sohlen.

»Meiner kann's schon alleine«, frohlockt eine Mutter neben mir, die regenbeschirmt und stolz ihrem Sohnemann zusieht, der tapfer mit den Gesetzen der Schwerkraft kämpft. Schaukel hin, Schaukel her.

»Lilli ist motorisch stark unterentwickelt«, gestehe ich schuldbewusst und ernte einen dankbaren Blick der Mutter.

»Dafür kann sie schon lesen und schreiben«, füge ich lässig hinzu.

Feindselig starrt die Dame Lilli an.

Dann starre ich fassungslos an ihr vorbei.

Der Mann, der da an einer Wippe steht und einem kleinen Mädchen den Schal umbindet, das ist Robert. Der versenkte Treffer. Noch hat er mich nicht entdeckt. Lulu! rufe ich mich zur Ordnung. Jetzt bloß keinen Schwächeanfall! Aber was soll ich denn um Himmels willen tun? Flüchten? Aber in welche Richtung? Flucht nach vorn? Oder nach hinten? Ratlos spähe ich in das triefende Gebüsch hinter der Schaukel.

Lilli nimmt mir die Entscheidung ab.

»Obi!«, ruft sie und versucht zu winken, was ihr prompt eine unsanfte Landung im nassen Sand beschert. Robert reagiert sofort. Er nimmt sein Kind auf den Arm und kommt auf uns zu gelaufen. Auch er trägt eine Gummijacke. In Grün. Stark sein, Lulu Knospe! Lass dir nicht wehtun! Wenn doch wenigstens Yvonne in der Nähe wäre! Aber die weigert sich rundheraus, auf Spielplätze zu gehen. Das ruiniert die Schuhe und das Gemüt gleich mit, sagt sie immer. Sand in den Pumps, Sand im Getriebe.

Lilli rennt arglos auf Robert zu. Ich stehe einfach da und hoffe, dass ein finaler Regenguss uns alle fortspült.

»Hallo, Lilli! Hallo, Lulu!« Donnerwetter, der Mann tut tatsächlich so, als ob nichts wäre. Ist er nun ein besonders guter Schauspieler oder ein besonders abgefeimter Hochstapler?

»Willst du mir die junge Dame nicht mal vorstellen?«, sage ich so cool wie irgend möglich. Aber meine Stimme zittert. Sieht ihm gar nicht ähnlich, die Kleine, wispert irgend so ein armseliger Rest einer ehemals kräftigen Stimme in mir, die so tut, als gebe es noch Hoffnung.

»Aber sicher«, lächelt Robert. »Das ist Friederike!«

»Ach sooo«, sage ich im Tonfall gespielten Verstehens, »das ist Friederike, sag das doch gleich, ich dachte schon sonstwas!«

»Wie – sonstwas?« Robert blinzelt mich erstaunt an.

»Na ja, dass du die Kleine gekidnappt hast oder dass sie zu deiner netten Kleinfamilie gehört, oder noch was Schlimmeres!«

»Schon gut, Lulu, ich bin dir wirklich eine Erklärung schuldig. Also: Das ist Friederike, mein erstes und einziges Enkelkind!«

Ich kippe fast aus meinen feuerroten Gummistiefeln. Noch nie in meinem Leben habe ich mich so verschaukelt gefühlt.

»Oho!«, gebe ich von mir und kann nicht verhindern, dass meine Stimme sich grauenvollerweise überschlägt. »Also, wenn du Friederikes Großvater bist, dann bin ich des Teufels Großmutter! Weißt du was, Robert? So eine miese Nummer habe ich noch nie erlebt. Und ich habe schon einiges erlebt in den letzten vierzig Jahren!«

Ratlos wandert Lillis Blick zwischen Robert und mir hin und her.

»Obi böse Mann?«, fragt sie unsicher. Mir ist zum Heulen. Ach, Lilli, wie soll ich dir das jetzt erklären?

Wie soll ich dir diese blöde, schmutzige, gemeine Welt erklären?

»Lulu, es ist wirklich wahr! Glaubst du mir nicht?«

»Du hast's erraten! Ich glaube dir nicht! Nicht ein Wort! Was machst du eigentlich, wenn gleich deine Frau vorbeikommt? Sagst du dann, gestatten, das ist meine Tante? Oder der Vetter aus Dingsda?«

Ich spüre, wie sich die Regentropfen auf meinem Gesicht mit Tränen vermischen.

»Lulu, bitte wein doch nicht. Und woher weißt du, dass ich ... aber ist ja auch schon egal. Also, wenn du's ganz genau wissen willst: Ja, ich war mal verheiratet, aber ich bin schon seit zehn Jahren geschieden!«

Das wird ja immer besser.

»Und die Zeugung der reizenden Friederike fand Jahre nach der Scheidung im Reagenzglas statt, völlig logisch. Hast du die Spermien einfrieren lassen, oder hast du wenigstens frisch geliefert?«, schreie ich.

»Ich glaube, ich gehe jetzt besser«, sagt Robert traurig.

»Wo bist du? Wer bist du? Was kann ich für dich tun?«, schluchze ich mit einem letzten Rest Sarkasmus.

»Die Kinder suchen«, sagt Robert knapp.

»Wie bitte?«

Panisch checke ich mit den Augen den Spielplatz ab. Keine Spur von Lilli. Keine Spur von Friederike.

»Du läufst da entlang, ich laufe zum Ententeich!«, ruft Robert und spurtet los. Ich starre ihm mit offenem Mund und verheultem Gesicht nach, dann renne auch ich los.

»Lilli! Lilli!!«, schreie ich immer wieder über die regennasse Wiese. Ich frage wildfremde Leute, ob sie ein kleines Mädchen in einer blauen Gummijacke ... nein? Oder doch, warten Sie mal, nee, ich glaub', das war eine rote Gummijacke ... Konzentrieren Sie sich, schreie ich, blind vor Tränen, ein kleines Mädchen, blonde Locken, mein Engel, bitte ... bitte, lieber Gott, lass das nicht wahr sein, nimm sie mir nicht weg, bitte ...

*

»Mama liieb!«, sagt Lilli immer wieder.

Wir sitzen im Bett, und ich halte mein Kind fest, ganz fest. Ich werde sie nie wieder loslassen, das steht fest. Ich zittere noch immer. Von Zeit zu Zeit nehme ich einen Schluck heiße Milch.

Enten hatten sie gefüttert, Lilli und Friederike. Mit den Kekskrümeln, die Lilli immer in den Taschen ihrer Gummijacke hortet.

»Rieke auch liieb!«, sagt Lilli jetzt.

Das hätte der Beginn einer wunderbaren Kinderfreundschaft werden können, keine Frage. Friederike muss in Lillis Alter sein.

»Obi auch lieb?«, fragt Lilli und schaut mich so bittend an, dass ich nicht anders kann, als zu sagen: »Obi auch lieb.«

Wir hatten wortlos unsere Kinder genommen und waren auseinander gelaufen, verbittert, aufgewühlt, stumm.

Da sitze ich nun, mit meiner Rudimentärfamilie. Mir ist so elend zumute, dass ich keinen klaren Gedanken fassen kann. Nur eines weiß ich: Nie wieder lasse ich mich von einem Mann so durcheinanderwürfeln, dass ich meine Lilli vergesse.

»Ente, naat, naat!«, ruft Lilli fröhlich.

»Wir gehen wieder hin zu den Enten, ganz bestimmt«, verspreche ich.

Dingdong. Das ist sicher der Fahrer. Heute ist wieder Fernsehen. Aber ich denke gar nicht daran, heute den Unterhaltungsheimer zu machen. Und schon gar nicht mit Lilli. Das Kind braucht Ruhe. Lulu Knospe ist nach Diktat verreist. Basta.

Jetzt läutet das Telefon. Das mit der supergeheimen Nummer. Der Anrufbeantworter piept. Und bitte.

»Lulu? Bist du da? Nun geh schon dran!«

Das ist Robert. Der Fliegende. Ich muss es ihm wenigstens erklären. Entschlossen greife ich zum Hörer.

»Hallo, Robert. Ja, ich bin da. Das heißt, eigentlich bin ich nicht da, es ist ganz viel passiert, ich bin total durcheinander, ich brauche Ruhe, Ruhe, Ruhe. Und Lilli auch.«

»Lulu, bitte, wir warten auf dich. Wir haben tolle Gäste. Wir haben eine Live-Sendung. Lass uns nicht hängen.«

Ich seufze.

»Lulu-Schatz!«

Das ist Werner.

»Ich habe keine Ahnung, was los ist, aber ich gebe dir mein großes Elefanten-Ehrenwort, dass wir dich heute auf Händen tragen werden. Und Lilli natürlich auch.«

Dingdong.

»Lulu?«

»Du meinst wirklich – ohne Geschrei, ohne Stress, ohne Kommandoton?«

»Versprochen.«

Dingdong, dingdong.

Ich lege auf und führe noch zwei Telefonate, bevor ich Lilli in eine große, weiche Decke wickele.

*

»Wo ist das Kind?«

»Lilli spielt mit Timmi in der Garderobe.«

»Und?«

»Da bleibt sie auch!«

»Das heißt ...«

»Das heißt, dass ich heute ohne Lilli vor die Kamera gehe.«

»Schade. Sie wird mir fehlen. Ehrlich.«

Ach Werner, irgendwo in deiner Anglerweste schlägt ein richtiges großes Herz. Er hatte mich umarmt, als ich ins Studio kam. Ohne große Worte.

»Also heute moderierst du ganz allein.«

»So würde ich das nicht sagen.«

Alle starren mich an.

»Wie denn nun?«

Robert lässt den Rosenstrauß sinken, den er mir die ganze Zeit entgegengestreckt hat.

»Ich brauche heute ein bisschen Unterstützung. Und da meine Tochter aus verschiedenen Gründen äußerst ruhebedürftig ist, habe ich eine Co-Moderatorin mitgebracht.«

»Eine Co ...« Nett sieht er aus, dieser Robert, wenn er mal verblüfft ist. Außerdem kann man gegen ihn sagen, was man will – in seinem schicken Loft lauert keine Kleinfamilie, das ist sicher.

»Was hast du vor?«

»Ich lasse mich ein bisschen stylen, dann werdet ihr schon sehen.«

In meiner Garderobe ist der Teufel los. Es ist eine funkelnagelneue Garderobe mit schicken Designer-Sofas und Designer-Sesseln und einer tollen Spielecke, randvoll mit Spielzeug, und mit einem Kühlschrank, in dem neben Mineralwasser und Champagner sogar Milch und Karottensaft stehen.

»Juhuuuu!«, ruft Lilli. Sie sitzt auf einem allerliebsten Schaukelpferd und bewirft ein schüchternes Schulmädchen mit kleinen Gummibällen. Das muss der Super-Babysitter sein. Tim hat sich soeben ein Bier aus dem Kühlschrank genommen, und auf dem Schminktisch hockt Susie und sieht Yvonne beim Schminken zu.

»Also, Zuckermäuschen, nun zeige ich dir mal ein paar Tricks, echte Profisachen, nicht diese Sonntagsmalerei«, ruft Yvonne und zieht eine weiße Linie um ihre kirschroten Lippen.

»Sooo sieht ein Kussmund aus, alles klar?«

Susie nickt säuerlich.

»Ins Gesicht gehören ein paar Highlights, denn graue Mäuse gibt's doch mehr als genug!«, doziert Yvonne weiter und tupft sich ein silberglänzendes Gel auf die Wangenknochen und unter die Augenbrauen.

»So. Fein. Und nun die künstlichen Wimpern! Kuck doch mal, die sind aus dem Schnurrbarthaar von Kaschmirziegen gemacht, ein Traum!«

»Mä-ä-ähhh!«, ruft Lilli.

»Und die Puderpinsel natürlich nur aus Baby-Dachshaar, mit deinen Anstreicherbürsten kommen wir doch nicht weiter«, fügt Yvonne hinzu.

Willkommen zu Hause. Ich fühle mich augenblicklich wohl. Die ganze Familie ist beisammen.

Yvonne hat an alles gedacht.

»Lululiebling«, ruft sie lachend, »heute geben wir alles!«

Sie umarmt mich vorsichtig, um das Kunstwerk ihres Gesichts nicht zu zerstören.

Dann geht sie mit federnden Schritten zu einem Kleiderständer.

»Na? Ist das nicht ein Knaller?«

Das ist ein Knaller. Und was für einer. Yvonne trägt einen schwarzen paillettenbesetzten Smoking, dessen Décolleté an einer unaussprechlichen Stelle endet und dessen Hose knapp den Popo bedeckt. Das Kleid aber, das sie jetzt vom Bügel nimmt, ist einfach ...

»Unglaublich«, murmele ich.

»Das hat Guy Laroche für Barbie designt«, flüstert Yvonne andächtig.

Es ist aus weißem Satin. Es hat ein spitzenbesetztes Mieder mit einem perlenbestickten Rand. Es hat einen schmetterlingsartigen Rock, der nie irgendein Knie bedecken wird. Es hat einen Tüllschleier, mindestens drei Meter lang, in dem tausend Strasssteine blitzen. Es ist ein Brautkleid.

»1983«, flüstert Yvonne. »Die ganze Convention war verrückt danach.«

Kein Wunder.

»Und du meinst, ich soll es wirklich ...«, versuche ich es zaghaft, aber ein vielstimmiges »Jaaa!« bricht mit einer Lautstärke los, die jeden Widerstand zwecklos macht. Sogar Timmi hat »Ja!« gerufen. Willkommen beim ›Spiel ohne Grenzen‹. Ein Kind auf dem Schoß war für diesen Zirkus offensichtlich noch lange nicht die schrillste Variante. Lulu, was machst du eigentlich? Vom Bademantel zum Brautkleid. Ist das nicht alles etwas zu durchgeknallt?

Gedankenverloren spiele ich mit dem kleinen weißen Satintäschchen, das mit schneeweißem Reis gefüllt ist.

»Weißt du noch, neulich, als du sagtest, dass du mich heiraten willst ...«, gluckst Yvonne.

Susie fällt fast vom Schminktisch.

*

»Und – bitte!«

So muss es sich angehört haben, als der Wolf einst Kreide gefressen hatte. Werner gibt sich wirklich Mühe.

»Einen Moment noch«, sage ich.

Susie huscht heran und nestelt den Schleier auf mein Haar. Dann stehen Yvonne und ich auf und nehmen die schwarzen Seiden-Capes von den Schultern.

Nie war es stiller im Studio.

In den Lautsprechern ist außer einem dezenten Knistern nichts weiter zu hören als schweres Atmen. Holla. Werner ist auch nicht mehr der Jüngste. Vielleicht ist das mehr, als er ...

»Wahnsinn!«, brüllt es plötzlich aus den Boxen. »Waahnsinn!!«

Das ganze Studio tobt. Sogar die Kameraleute kommen aus dem Dunkel auf uns zugelaufen und applaudieren.

»Rrruhe! Wir hängen!«

Na also, das ist doch Werner, wie wir ihn kennen und lieben. Ohne eine Spur von Kreide.

»Kein Mucks! Wer auch nur hustet, fliegt auf der Stelle raus!«

Wie ich sein Gebrüll liebe.

»... vier, drei, zwei, eins und los!«

»Hi, hallo und willkommen«, spreche ich entspannt in Kamera eins.

»Hey, ihr Süßen, bleibt dran! Wir lieben euch!«, ruft Yvonne.

»Sie wissen ja, Chips wegräumen, und Vorsicht mit alkoholischen Getränken. Es gibt eine Menge schlechter Filme zu besprechen!«, füge ich hinzu.

»Sag mal, wann siehst du eigentlich dieses ganze Zeug?«, fragt Yvonne.

»Nachts im Bett natürlich, das ist der ultimative Test, ob ein Film eine Schlaftablette ist oder ein Aphro – na, du weißt schon, ein Aufbaumittel«, antworte ich.

»Also dieses Dings von der ...« Yvonne zieht einen pinkfarbenen Zettel aus ihrem Décolleté, »... Vera Wunstorf-Meckenheim, das ist doch wohl eher etwas, was man sich unter der Bettdecke ansehen sollte, oder?«

»Nun, das kann uns gewiss Frau Professor Bultmann beantworten, also, gnädige Frau, was hat Sie denn beeindruckt an dem Werk?«

Frau Professor Bultmann setzt die Metallbrille ab und steckt einen Bügel in den Mund.

»Eine wichtige Momentaufnahme«, raunt sie bedeutungsvoll, dann nimmt sie den Brillenbügel wieder heraus, klappt das Ding zusammen und sticht damit in die Luft.

»Ein großer Wurf, ein visueller Essay über die Einsamkeit. Ein Versuch über die Unmöglichkeit der Kommunikation.«

»Ach so«, sagt Yvonne.

»Ach so«, sage ich.

»Und gab es eigentlich ein Happy End?«, will Yvonne wissen.

Frau Professor Bultmann blickt beleidigt in die Runde.

»Happy Ends gehören doch zum Zivilisationsmüll hollywoodesker Ausprägung«, sagt sie schließlich herablassend.

»Ach so«, sage ich.

»Ach so«, sagt Yvonne.

»Und wie ist es bei Ihnen?«, schaltet sich jetzt Wieland Müller-Wacker ein, der bärtige Großkritiker. Unternehmungslustig funkelt er mich durch seine große schwarze Brille hindurch an.

»Bei mir?« Schamhaft ziehe ich den Schmetterlingsrock glatt. »Ich halte es ganz mit Barbie: Ein Brautkleid nach dem anderen aber um Gottes willen keine Hochzeit!«

»Sonst hätten doch die Mode-Designer nichts mehr zu tun«, pflichtet Yvonne mir bei. »Brautkleider für Barbie, das ist doch der Traum für jeden Edelschneider!«

»Außerdem haben wir im Moment ein Definitionsproblem«, erläutere ich. »Schließlich kann ein Happy

End ja auch gerade darin bestehen, dass sich mal zwei Menschen NICHT kriegen!«

FILM-AUSSCHNITT! steht auf einem eilig hingekrakelten Schild, das die Aufnahmeleiterin neben Kamera eins hochhält.

»Stumm ist zuweilen alle Beredsamkeit. Lassen wir die Bilder sprechen«, schlage ich vor.

Während eine elegische Musik durchs Studio klingt und graue Bilder auf dem Monitor flackern, lässt sich Yvonne von Susie die Nase pudern und schäkert dabei mit dem Großkritiker.

»Bin ich auch mal dran?«, mault Jimmie König, der alternative Filmemacher. Ein notorischer Berufsjugendlicher, der eingeladen ist, weil er immer aus der Rolle fällt. Er hat extra fürs Fernsehen einen Hemdknopf zu viel geöffnet und präsentiert seine braune Heldenbrust mit anmutig gekräuseltem Grauhaar. Ich frage mich, was er wohl unter seinem olivgrünen Käppi versteckt. Einen Frosch? Oder nur eine fleischfarbene Badekappe?

»Gleich haben Sie die Chance, für fünf Minuten berühmt zu sein«, ermuntere ich ihn.

»Achtung, MAZ-Ende, und vier, drei, zwei, eins, los!«

Bei »los!«, stürzt Jimmie auf mich zu und kniet vor mir nieder.

»Sehr geehrte Frau Knospe, ich vergöttere Sie, ich lese alle Ihre Kolumnen, ich sehe jeden Gruselschocker, den Sie empfehlen, ich habe in Blut gebadet und mich im Schleim gewälzt, bitte heiraten Sie mich!«

»Moment mal, junger Mann«, meldet sich Yvonne zu Wort, »ich habe hier die älteren Rechte!«

»Wie bitte?« Jimmie wird blass unter seiner Bräune.

»Und außerdem habe ich meinen Brautstrauß nicht dabei«, gebe ich zu bedenken.

Wieder wird ein Schild hochgehalten. Nanu, etwa schon der nächste Film-Ausschnitt? Ich kneife die Augen zusammen, um besser lesen zu können. Aber was da steht, kann ich einfach nicht glauben.

LULU, ICH LIEBE DICH, steht da. Käseloch und Schwartenrand! Das jedenfalls würde Rätty mit dem Käppi jetzt sagen.

»Kennen Sie die Bananas in Pyjamas?«, frage ich Jimmie, der sich schwer atmend erhoben hat und schmollend auf seinen Platz zurückkehrt.

»Nö, muss man die kennen?«

»Aber siescher dat!«, quiekt Yvonne.

»Das sind phallische Symbole, die an orale Gelüste gemahnen«, erkläre ich geduldig.

»Ach so«, sagt Jimmie.

»Genau«, sagt Yvonne.

»Und da gibt es außerdem eine Ratte, die genau die gleiche Mütze trägt wie Sie, ja, wirklich, Rätty mit dem Käppi!«

Jimmie zupft nervös am kleidsamen Brusthaar.

VERZEIH MIR, steht auf einem neuen Schild. Ja, sind denn jetzt alle verrückt geworden?

»Ist die Tristesse der Wunstorf-Meckenheim für Sie ein vertrautes Lebensgefühl?«, versuche ich Frau Professor Bultmann wieder ins Gespräch zu ziehen.

»Ein vertrautes ... nun ...«, Frau Bultmann wischt sich eine unsichtbare Träne aus dem Augenwinkel, während ihr Blick sich an meinem Tüllschleier festsaugt.

»Das kommt schon wieder in Ordnung, Süße, wenn das hier vorbei ist, dann sagst du mal Tante Yvonne dein Kümmerchen, und alles wird gut. Lulu und ich machen das auch immer so.« Teilnahmsvoll beugt sich Yvonne zur Frau Professorin hinüber und tätschelt ihr die Hand.

ICH BIN ALLEIN ERZIEHENDER GROSSVATER steht auf einem weiteren Schild. Dann sehe ich, dass es neben Kamera drei einen kleinen Tumult gibt. Oh je. Der Windelwinker ist wieder da. Wie kommt denn der schon wieder hier herein?

»Mann und Frau, das kennen wir ja bereits. Aber was ist mit Kindern? Mit Vätern? Mit Großvätern? Mit einem Wort: Wo bleibt der Generationenkonflikt in Ihrem neuen Film?«, frage ich Jimmie.

»Äh, der Konflikt ist der, ich habe keine Kinder, tja, leider ...«

»Och, das wird schon«, tröstet Yvonne den Käppimann. »Und wenn's nicht klappt mit der segensreichen Vermehrung, kannst du ja mich adoptieren!«

»Aber vorher sollte Jimmie uns mal erklären, was er sich bei seinem neuen Film gedacht hat«, schlage ich vor.

»Also, da ist eine Singlefrau, so eine vedrahtete und dann ist da ein Mann, der an dieser Beziehung arbeitet und ...«

»Wieso arbeitet?«, fragt Yvonne. »Haben die keinen Spaß?«

»Zur Hölle mit der Spaßkultur«, grummelt der Großkritiker.

»Genau«, pflichtet Frau Professor ihm bei.

»Und die Leidenschaft?«, frage ich empört. »Wenn

ich das schon höre: Beziehung! Du liebes bisschen. Das kommt mir so vor, als sei die Liebe so ein Wellness-Projekt, so nach dem Motto: ›Du tust mir so gut‹. Wo bleibt denn da das Risiko, die Gefahr? Der Abgrund?«

FILM-AUSSCHNITT!!! Aha. R2 ist offenbar in Untersuchungshaft. Wo er nebenbei gesagt auch hingehört. Soll ihm seine allerliebste Frau doch einen Kuchen mit eingebackener Feile mitbringen. Sonntags um Viertel nach drei.

»Abgründe können Sie haben, davon gibt's in meinem Film mehr als genug«, verkündet Jimmie stolz.

»Bestehen Sie darauf, dass wir einen Blick auf Ihr Selbstgemachtes werfen?«, frage ich.

»Nun lass ihn doch auch mal«, wirft Yvonne begütigend ein. »Nach der Sendung nehmen wir ihm sein Käppi weg, stellen ihn unter die Dusche, cremen ihn schön ein, und dann ist er vielleicht gar nicht so übel!«

Klirr, bautz. Zwei erwachsene Menschen bewerfen sich mit minderwertigem Porzellan. Dann ist der Monitor wieder dunkel.

»Ist heute Polterabend?«, gluckst Yvonne.

»Also ich finde, dass wir hier ein grandioses Beispiel für eine elementare Konfliktkultur haben!« Stolz auf diesen Satz, lehnt sich Frau Bultmann zurück. Jetzt ist neben Kamera eins die Hölle los. Ich sehe im schwachen Licht der Publikumsbeleuchtung, wie die beiden Roberts sich wild gestikulierend gegenüberstehen. Du lieber Himmel, gleich werden sie aufeinander losgehen.

Vielleicht ist ja alles nur ein Verteilungsproblem. Ich habe einen ausgeprägten Gerechtigkeitssinn. Einen

Robert für mich, einen Robert für dich, einen fallen lassen.

»Wer weiß, vielleicht heiratet bald mein Verlobter, dann kann mein Geliebter meine Tochter adoptieren und mein Ex-Lover unbehelligt den Hausmann geben. Es sei denn, Yvonne und ich lassen unser exorbitant gutes Verhältnis vorher legalisieren«, sage ich versonnen, öffne das weiße Satintäschchen und bewerfe Yvonne mit Reis. Kein Vollkornreis. Sorry, Melanie.

*

»Bravo! Sie haben viel für unsere Sache getan! Ein tolles Outing! Mit warmen Grüßen vom schwul-lesbischen Bundesverband, Untersektion Oberhessen.«

»Unverschämtheit!«

»Kult!«

»Yvonne, überleg's dir nochmal. Gib mir eine Nacht, und du vergisst Lulu!«

»Ich wäre gern Trauzeuge. Bitte ruft mich an. Ein treuer Fan.«

»Man sollte Ihnen das Kind wegnehmen!«

»Wo bitte gibt's das Brautkleid? Ich heirate nächste Woche!«

»Ich möchte gern von euch adoptiert werden. Mache mich an Tisch und Bett nützlich!«

»Gratulation! Wir bieten lukrativen Sponsorenvertrag! Die Arbeitsgemeinschaft zur Propagierung thailändischer Reissorten.«

Übermütig bewerfen wir uns mit den Faxen, die meine Garderobe zumüllen.

»Mensch Lulu«, sagt Timmi nur und nimmt mich in den Arm. Oh Timmi, die Macht der Worte ist deine Sache nicht, aber du bist mir ans Herz gewachsen.

»Ich trinke auf den Mann, der mir das alles ermöglicht hat!«, rufe ich und drücke Timmi einen tiefroten Kuss auf sein Bayern-München-T-Shirt.

Lilli schläft auf dem schicken Sofa. Gebettet auf drei Meter Brautschleier. Na, sie wird schon keinen Schaden an ihrer Seele nehmen.

»Wo bleibt denn der doppelte Robert?«, fragt Yvonne zwischen zwei Schlückchen Sekt.

»Die müssen sich noch ein bisschen hauen«, vermute ich.

»Will sich irgendwer abschminken?«, fragt Susie zaghaft und reißt ein paar Kleenextücher aus der Box.

»Nun komm mal her, Zuckermäuschen, hast einen harten Tag gehabt«, sagt Yvonne und drückt Susie ein Glas in die Hand.

Es klopft.

»Also, Werner ist das nicht«, kichere ich vergnügt.

Es sind Carlo, Manfredo und Gino. Sie haben das Opus Deli einfach dichtgemacht und bringen Rotwein und jede Menge Pasta mit. Zwischen zwei Tortellini klingelt mein Handy.

»Das ist Hollywood!«, kreischt Yvonne.

»Hollywood kann warten!«, finde ich.

Yvonne angelt sich übermütig mein Handy, findet den richtigen Knopf und raunt »Hallöle, hier ist das wonnige Yvonnchen.« Dann hört sie zu. Ein bisschen zu lange. Schließlich legt sie das Handy auf den Schminktisch.

»Und?«

»Es war Ken.«

»Ken kenn' ich nich«, sagt Timmi.

*

»Vorsicht!«

Fluchend schiebt der Bauarbeiter die Leiter einen Meter nach links.

»Achtung!«

Das ist der Maler. Zu spät. Lilli hat jetzt weiße Schuhe.

Robert ist nicht zu bremsen.

»Ist das nicht ein Traum?«, schwärmt er und tänzelt ausgelassen um uns herum.

»Schicky-dicky«, sagt Yvonne und stöckelt interessiert durch das Chaos aus Bauschutt und Farbeimern.

»Villa Wahnsinn«, sage ich und stolpere auf die Terrasse. Doch, es ist toll, einfach toll.

»Schaukel!«, schreit Lilli und stürmt in den Garten. Ich atme tief durch. Das ist genau das, wovon wohl jeder träumt. Eine Fachwerkvilla mit Giebelchen und Erkerchen und alten Bäumen im Garten und allem, was man sich wünschen kann.

»Ich nehme das Gartenhaus!«, ruft Yvonne unternehmungslustig und strauchelt prompt im Stachelbeergebüsch.

»Hoppla«, ruft Robert und fängt sie auf. Einen Moment lang hängen die beiden zwischen Tag und Traum, lachend, glucksend, erhitzt. Ich betrachte sie versonnen. Ein schönes Paar. Hey! Robert gehört mir! Aber will ich ihn wirklich haben?

Robert richtet sich keuchend auf und kommt zu mir gelaufen.

»Siehst du«, sagt er triumphierend, »Lilli fühlt sich schon wie zu Hause!«

Und Yvonne auch, würde ich am liebsten sagen, aber ich sage mal lieber gar nichts. Ich fühle mich wie eine Debütantin, die zur Anprobe ihres ersten Ballkleides bestellt ist. Ich finde das Kleid wunderschön, hinreißend, unwiderstehlich, aber ich bin nicht so sicher, ob ich überhaupt hineinpasse. Ich bin nicht einmal sicher, ob es wirklich für mich gemacht ist. Vor allem aber weiß ich nicht, ob ich überhaupt auf diesem Ball tanzen will.

Flupps. Der Korken kobolzt über den Rasen. Robert hat an alles gedacht.

»Champagner!«, ruft er übermütig wie ein kleiner Junge, der einfach mehr Bauklötze hat als alle anderen kleinen Jungen.

»Das erste, was ich gekauft habe, war ein Riesenkühlschrank! Ein Familienkühlschrank«, fügt er hinzu und streichelt kurz meine Hand. Mich fröstelt.

Geschäftig gießt er die Gläser voll.

»Und ein Eiswürfelautomat ist auch da drin!«, trumpft er auf.

»Ich will auf der Stelle einen Eiswürfel«, schnurrt Yvonne.

Dann sitzen wir drei auf der alten Holzbank unter der alten Kastanie und trinken Champagner mit Eiswürfeln. Auch ich fühle mich plötzlich sehr alt.

»Und wann zieht Ihr ein?«, fragt Yvonne schließlich.

»Also, fertig ist das Prachtstück in zwei Monaten, wenn alles nach Plan läuft«, antwortet Robert.

Und der Plan, der ist fertig, darauf kann ich mich verlassen. Vor meinem geistigen Auge beginnt eine riesige Uhr zu ticken. Der Countdown läuft. Ticktack. Mich fröstelt schon wieder. Ob er mich wohl abends in den Familienkühlschrank einsortiert? Lulu Knospe, jetzt wird's ernst. Tickiditack. Und warum bitteschön diese Panik? Oder ist das normal? Die Angst des Torwarts vorm Elfmeter. Das Entsetzen des Kaninchens vor der Schlange. Die Braut ziert sich und will nach Hause. Werde ich denn nie erwachsen? Will ich überhaupt erwachsen werden?

Zum Glück kommt jetzt Lilli von ihrer Exkursion zurückgelaufen. Die kurzfristig weißen Schuhe haben abermals ihre Farbe gewechselt und zeigen sich jetzt in modischem Schlammgrau. In der Hand hält Lilli ein ausgerupftes Büschel Stiefmütterchen. Ausgerechnet. Gibt es eigentlich auch Stiefväterchen?

»Es ist das Paradies, Robert«, sage ich leise. Ich spähe hinauf in die Kastanienzweige. Keine Schlange in Sicht. Robert nimmt mich in den Arm, während Yvonne mit Lilli ins Haus zurückstöckelt.

Eine Weile ist es still.

»Meinst du nicht auch«, fragt Robert sanft, »es ist an der Zeit, dass du mich deinen Eltern vorstellst? Also, meine Eltern kennen dich ja schon vom Bildschirm«, er räuspert sich kurz, »und sie haben dich bereits ins Herz geschlossen.«

Was du nicht sagst. Gestatten, ich bin die durchgeknallte Schwiegertochter in spe. Ich bin diese komische Nudel, die mal im Bademantel und mal im Brautkleid auftritt und eine Menge unbotmäßiger Sachen zum Besten gibt. Der Traum jeder Schwiegermutter.

Wer's glaubt, der hält auch den Osterhasen für wissenschaftlich nachgewiesen.

»Also, wann lerne ich deine Eltern kennen?«

Oha. Meine Eltern.

»Mit einem kompletten Satz Eltern kann ich leider nicht dienen. Wir sind in der dritten Generation allein erziehend«, sage ich betont munter.

»Und deine Frau Mutter?«

Huch, meine Frau Mutter. Eine klitzekleine Sekunde lang wünsche ich mir, ich könnte mit einer ehrenvoll beim Bridge ergrauten älteren Dame aufwarten, die im Café den Hut aufbehält und anmutig über Makramé und Philadelphiatorte parlieren kann. So eine gütige Omi im beigefarbenen Kostüm, die ihren Schwiegersohn ans Herz drückt, welches sich selbstverständlich auf dem rechten Fleck befindet. Tja, weit gefehlt.

»Meine Mutter ist auf der Suche nach sich selbst zur Zeit auf Mallorca unterwegs und teilt ihr Leben mit einer spanischen Landesschönheit.«

»Äh – bitte?«

»Sorry Robert, wenn du auf irgendetwas Chaneliges spekulierst, dann liegst du falsch. Meine Mutter ist eine äußerst experimentierfreudige Esoterikerin, die zur Zeit die mediterranen Varianten der Liebe antestet.«

Robert setzt tapfer ein Lächeln auf.

»Das heißt, du meinst ...«

»Sie hat sich vor einiger Zeit eine Finca gekauft, weil ihr das gewaltfreie Töpfern auf Kreta zu langweilig geworden ist. Die Seidenmalerei in der Provence ist auch schon durch, und beim Tai-Chi wollen die Gelenke nicht mehr so mitmachen. Was bleibt einem da noch? So weit ich weiß, sieht sie jetzt den Oliven beim Reifen zu und teilt Bett und Fernsehprogramm mit einem spanischen Lover.«

»Aha.«

Selten habe ich Robert so einsilbig erlebt. Er hatte vermutlich schon ein angeregtes Seniorentreffen im Gartenhaus durchgeplant, mit Windbeuteln und Petits Fours und abgespreizten kleinen Fingern an der Teetasse. Aber meine Mutter ist nun mal nicht so eine aus der Rheumadecken-Abteilung.

»Keine Angst, sie verliert immer ihre Flugtickets, und wenn alle Stricke reißen, dann kommt sie in den Familienkühlschrank«, tröste ich meinen verstummten Verlobten.

*

»Nein, Schatzi, davon bekommst du Bauchschmerzen«, sage ich geduldig.

Lilli hat gleich fünf Tafeln Schokolade erbeutet und gekonnt hinter sich in den Einkaufswagen geworfen. Gelernt ist gelernt.

»Und das schon gar nicht – ein Festival der Farbstoffe!«

Ungerührt wirft Lilli die Riesenrolle Smarties hinterher. Klar, Smarties. Mir bleibt aber auch nichts erspart. Supermärkte sind einem gängigen Missverständnis zufolge zum Einkaufen da, aber die Strategie dieser Läden ist eindeutig: Sie sind ein Eldorado der unmoralischen Angebote. Immer schön in Griffweite der lieben Kleinen, süß, bunt, klebrig.

»Nimm doch eine Lecker-Möhre«, versuche ich abzulenken.

Aus den Tiefen meines Rucksacks ziehe ich die grellbunte Plastikdose mit selbstgeschnitzten Möhrenstückchen. Seit ich Lilli nicht mehr stille, bin ich von der naturbelassenen Minibar zur wandelnden Speisekammer mutiert. Käsewürfel in Alufolie, Apfelstücke im Plastiksäckchen, Zwiebackscheiben, die still vor sich hinbröseln und in meine Lippenstifte kriechen, bis sie hoffnungslos versandet sind. Früher, ja, früher, da eilte ich mit filigranen Gürteltäschchen und winzigen Lederbeutelchen durch die Gegend. Heute geht's nicht unter einem Rucksack, der Luis Trenker alle Ehre gemacht hätte. Prallvoll mit Spielzeug und Windeln und vor allem kindgerechten Leckereien. Tim findet das toll. Er hat eigentlich immer Hunger. Du bist eben noch in der Entwicklung, sage ich dann, wenn er zur Keksdose greift.

Da, was für ein appetitliches Möhrchen, eins a geschält, und mundgerecht portioniert. Lilli sieht mich zweifelnd an, kaut ein bisschen auf meinem vitaminreichen Werk herum und wirft es dann wie gehabt nach hinten.

»Milch – itte!«, quengelt sie.

Entnervt steuere ich den Wurststand an. Etwas Handfestes ist immer noch besser als die Hartbetonversiegelung eines unschuldigen Kindermagens durch Süßigkeiten.

»Eine Scheibe Mortadella mit Gesicht, bitte.«

»Mit Gesicht?«

Na, die Kinderwurst. Und bitte etwas plötzlich. Ich atme tief durch und zähle bis zehn. Geht das nicht etwas schneller? Kinder finden Wutanfälle in Supermärkten einfach unwiderstehlich, das ist doch bekannt. Was wäre schließlich ein theatralischer Auftritt ohne Publikum? Das wissen Kinder schon, bevor sie laufen können. Mit sicherem Gespür. Es ist Freitagnachmittag, es ist knallvoll hier, ein prima Publikum also, und auf der nach oben offenen Cholerikerskala deutet sich ein handfestes Beben an.

Grimmig säbelt die diplomierte Wurstfachverkäuferin eine Scheibe ab und reicht sie mir mit dem Ausdruck größter Geringschätzung über den Tresen. Ich weiß ja, dass ich die Dame unterfordere, aber schließlich muss ich noch den Einkaufswagen füllen. Mit Kind. Und ohne Geschrei.

Lilli sieht sich das lustige Gesicht fachmännisch an, dann wirft sie die Wurst ungerührt nach hinten. Allmählich habe ich das Gefühl, dass Lillis Vater russisches Blut in den Adern haben muss. Ist nur noch eine Frage der Zeit, wann mein Engelchen dasselbe auch mit Milchfläschchen und Saftgläsern macht.

»Also, das ist ja wohl die Höhe!«

Verflixt und zugenäht. Natürlich ist der fettige kleine Wurstlappen mit dem lachenden Gesicht drauf nicht im Einkaufswagen gelandet, sondern auf einer älteren Dame. So eine geländegängige Lady im Trachtenjanker.

»Tschuldigung«, sage ich kleinlaut.

»Also früher ...«, beginnt die Dame und betrachtet den Fettfleck auf ihrer Jacke, »früher ...«

Sie zögert.

»... da hätte so ein Kind einen Klaps bekommen, richtig?«, sage ich aufmunternd.

Die Dame nickt erleichtert. Endlich mal eine Mutter, die einen versteht.

»Oder auch zwei, nicht wahr?«

Die Dame beginnt zu strahlen.

»Und dann und wann eine ordentliche Tracht Prügel, gell?«

Die Dame lächelt verlegen.

»Kuck mal, Lilli«, sage ich und deute mit einem Möhrenstück auf die schuldbewusste Dame, »so sehen Leute aus, die hauen!«

»Hauen ist dooof«, sagt Lilli vorwurfsvoll.

»Oooomi!«, ruft eine helle Kinderstimme.

»Riieeke!«, ruft Lilli.

Mir wird ein wenig schwummrig. Das Kind, das sich da an die schlagkräftige Seniorin schmiegt, ist Friederike. Friederike! Roberts Tochter!

»Haben Sie Robert etwa auch immer gehauen?«, frage ich.

»Wie bitte?«

Der Dame wird es zusehends ungemütlich zumute.

»Lilli!«, ruft Friederike.

»Na, ich meine den Vater der lieben Kleinen. Robert. Ihren Herrn Sohn!«

Die Dame strafft sich unter ihrem Lodenoutfit.

»Erstens heißt mein Sohn Andreas, und zweitens werde ich mir Ihre Unverschämtheiten nicht länger anhören.«

Spricht's und zieht die protestierende Friederike mit sich fort. Wie war das? Andreas? Friederikes Vater heißt doch Robert. Aber vielleicht hat dieser Robert viele Namen. Der Trickbetrüger. Der Schuft! Lilli tobt in ihrem Kindersitz. Rieke, ihre Freundin vom Ententeich! Vom Schicksal in den Supermarkt gebracht und sogleich wieder böswillig abgeführt! Das kann Lilli nicht hinnehmen. Ich versuche sie zu umarmen. Lillis Stimme überspringt mühelos eine Oktave.

»RIIIEKE!«, gellt es durch das Freitagnachmittagsgewühl.

Die ersten Kommentare begleiten unseren Auftritt. Das ganze Sortiment, von »Kuckma, die Rabenmutter« bis »Verzogenes Balg!«

Lilli schreit um ihr Leben. Ich gebe auf. Also gut, heute bleibt die Küche kalt. Kein emsiges Plastiktütenschleppen, kein Wochenendeinkauf. Da bleibt nur noch die Tankstelle meines Vertrauens, wo ich beim missgelaunten Tankwart das Nötigste erwerben kann, während Lilli die Autos in der Waschanlage begutachtet.

Wie ferngesteuert schiebe ich den Einkaufswagen Richtung Ausgang. Und dort sehe ich sie. Die nette Kleinfamilie. Robert hat die weinende Friederike auf dem Arm und lässt einen gestenreichen Redeschwall der lieben Omi über sich ergehen. Und neben ihm ... Meine Knie werden weich. Jung? Jung hat Katharina gesagt? Blutjung ist sie, hübsch wie ein Popstar aus einer Girlieband, über der pups-engen Jeans blinkt ein silberner Ring im allerliebsten Bauchnabel, sie hat schwarze Locken und einen süßen Schmollmund, und ich mache kehrt und schiebe Lilli irgendwohin ins Abseits, wo ich tränenblind so tue, als ob ich mich für Erbseneintopf in Dosen interessiere.

Erst jetzt fällt mir auf, dass Lilli ihren Wutanfall sang- und klanglos abgebrochen hat. Ich drücke sie an mich und wische verstohlen meine Tränen an ihrem T-Shirt ab, wobei ich eine dunkle Wimperntusche-Wolke über Tick, Trick und Track hinterlasse.

»Rieke?«, flüstert Lilli bittend.

»Ja, bald wirst du Rieke wiedersehen, ganz bestimmt«, sage ich und versuche, meiner Stimme einen zuversichtlichen Klang zu geben, aber ich krächze wie ein erkälteter Kakadu.

»Darf ich bei der Auswahl behilflich sein?«

Ich fahre herum.

»Der Pichelsteiner Eintopf ist bedingt empfehlenswert, die Kartoffelsuppe dagegen erfüllt den Tatbestand böswilliger Körperverletzung!«

Mein Gott, Robert. Sofort fangen meine inneren Stimmen an zu lamentieren. Geh bloß weg, befiehlt eine Stimme wutentbrannt, nimm mich in den Arm, sagt eine andere und die dritte, die neunmalkluge, die sagt, Lulu, deine Wimperntusche hängt inzwischen mindestens am Kinn. Die letzte Stimme gibt den Ausschlag. So soll er mich nicht sehen. Lulu verheult, verschmiert, aufgelöst im Supermarkt, ein Häufchen Elend auf Nahrungssuche. Ich wende und schiebe los.

»Vorsicht! Ein Notfall!«, rufe ich in das Gewühl hinein und rase durch die engen Gänge, vorbei an erschrocken ausweichenden Leuten, die mir äußerst unfreundliche Dinge hinterherrufen. Aber Robert bleibt mir auf den Fersen.

»Lulu, bleib doch mal stehen«, ruft er beim Waschpulver.

Ich versuche es mit Hakenschlagen und fahre eine rasante Linkskurve am Tiefkühlregal vorbei.

»Hör mir doch wenigstens zu!«, ruft Robert hinter mir her.

Ich flüchte zum Katzenfutter. Eine Packung fällt zu

Boden. Ich hebe sie flugs auf und werfe sie in den Einkaufswagen. Bloß weiter. Bloß weg.

Es kommt, wie es kommen muss: Ich bin mitten in ein Regal hineingesegelt. Hundertsiebenundzwanzig Nudeltüten gehen zu Boden.

»Soll ich Ihnen mal helfen?«, fragt eine zarte Stimme neben mir. Ich blicke auf. Es ist Roberts niedliche Gefährtin. Eine Sekunde später ist Robert bei uns.

»Ich wusste gar nicht, dass du solche Kamikaze-Qualitäten hast«, grinst er und hebt eine Nudeltüte auf. »Übrigens – darf ich vorstellen? Das ist meine Tochter Gaby!«

*

Ich weiß nicht wie, aber ich muss es aus dem Supermarkt raus und ins Auto geschafft haben. Endstation Autowaschanlage. Ich brauche dringend Ruhe.

»Wassa, Wassa!«, frohlockt Lilli. Ich lehne meinen Kopf ans Lenkrad, während mein Kind die Choreographie der computergesteuerten Bürsten genießt. Das Chaos im Supermarkt scheint sie schon fast vergessen zu haben. Die kindliche Hingabe an den Augenblick. Einfach beneidenswert. Nie hätte ich gedacht, dass ich mal so dankbar sein würde, vor einer Autowaschanlage zu stehen. Also: Erst mal durchatmen und bis hundertunddrei zählen. Bei zweiundzwanzig wird mir schwindelig. Was ist eigentlich los? Hat da ein Blitz in mein Leben eingeschlagen? Ist das ein Test von Außerirdischen, die sich da oben bestens amüsieren, weil sie mich an den Rand des Wahnsinns treiben? Was planen sie als Nächstes? Was haben die vor mit mir? Blinde Kuh auf der Milchstraße?

»Kuck mal, Mama, fertich!«, ruft Lilli.

Ich fahre die fünf Meter bis zum Tankstellenshop. Nur keine unnötigen Anstrengungen. Während ich mechanisch das übliche Set aus Buttermilch und Joghurt zusammenstelle und es noch mit einer Tüte Haribomachtkinderfroh für einsame Nächte abrunde, befehle ich dem Brummkreisel in meinem Kopf, auf der Stelle aufzuhören. Wie hat das eigentlich alles angefangen? Wie bin ich da hineingerutscht? Wann hätte ich Stopp rufen müssen? Es ist zwecklos. Der Brummkreisel ist munter bei der Sache. Robert? Friederike? Gaby? Was soll das heißen, seine Tochter?

Der Tankwart verzichtet heute aufs Granteln. Fast mitfühlend überreicht er mir das Wechselgeld. Es scheint schlimm um mich zu stehen. Am besten schieße ich mich direkt auf den Mond.

*

Zack, bumm, splash. Ich drücke auf die Fernbedienung und rolle die Großaufnahmen im Schnelltempo durch. Wenn ich mir nur die Handlung ansehe, oder besser, den Vorwand dafür, dass literweise rote Farbe den Monitor färbt, dann ist der Film in zehn Minuten erledigt. Seitdem ich im Fernsehen auftrete, hat »weißt duuu-Jürgi« mein Honorar verdreifacht, obwohl er doch immer beteuert hatte, dass absolut kein Geld da sei. Nun drucken sie meine Kolumne schon auf Seite zwei und mein Foto doppelt so groß.

Wo Yvonne nur bleibt? Ich muss mit ihr reden, dringend. Wenn eine Person noch durchblickt in meinem Beziehungslabyrinth, dann Yvonne.

»Ich habe vorher noch ein winziges Date«, hatte sie am Telefon geflötet, »tu nichts ohne mich, und wenn du Dummheiten vorhast, dann nur im Doppelpack, okey-dokey?«

Yvonne und ich sind seit unserer Brautpaarnummer die Titelblattlieblinge der Saison. »Trash-Stars« werden wir genannt, und ausgebrannte Soziologen schreiben lange Artikel darüber, warum wir Kult sind. Bestimmt verhandelt sie gerade mit den Leuten, die einen Werbespot für Spinat mit ihr machen wollen. Ich hatte dankend abgelehnt. Aber vielleicht mache ich bei den Vollkornkeksen mit. Schließlich muss ich doch ein bisschen Vorbild sein für Lilli. Und kann bei der Gelegenheit gleich Melanie ärgern, die sicherlich nur zu gern selber öffentlich über die Vorzüge des vollen Korns plaudern würde.

Vielleicht aber eröffnet Yvonne auch gerade die neue Cocktailbar. Den Vertrag mit einem Versandhaus haben wir schon unterschrieben, für unsere bahnbrechende Modelinie. »Yvonne for fun« haben wir das Label nach viereinhalb Proseccos getauft, und die Versandheimer waren begeistert. Nun brüten wir allabendlich über Skizzen von pinkfarbenen Strapsen und unzüchtigen Hochzeitskleidern.

Ich nehme einen Schluck Tankstellenbuttermilch und lausche in Lillis Zimmer hinein.

Ein kurzes Rauschen im Babyfon, dann ist alles wieder still. Lilli schläft tief und fest. Sie hat tellerweise Nudeln zu sich genommen, davon haben wir jetzt mehr als genug. War eine kleine Wiedergutmachung für den aufgebrachten Filialleiter, der fast aus seinem weißen Kittel gesprungen wäre, als er die Bescherung sah. Nun können wir Spaghetti und Farfalle und Fettucine bis ans Ende unserer Tage essen.

Ratlos hocke ich auf dem Bett. Ich hänge unbehaust zwischen Baum und Borke herum. Was soll ich bloß tun? Der Fliegende Robert ruft dreimal täglich an, ob ich nun hellgrauen oder anthrazithfarbenen Marmor schöner finde fürs Gästebad oder ob ich mir Sisal vorstellen könnte für den Küchenboden, aber auch der handgepresste Korkboden ist cool, also wirklich, zwischendurch schnürt Timmi durch die Wohnung und weiß nicht so recht, ob er hier noch zu Hause ist, und nun ist auch noch der andere Robert rehabilitiert, mit seinem komischen Familienclan samt Tiroler Schwiegermutter ...

Nachdem er mir seine Tochter vorgestellt hatte, kam auch schon die furchterregende Omi mit Friederike angelaufen. Die Feder auf dem Hütchen wippte angriffslustig. Halali! Und während sie mich feindselig anstarrte, hatte Robert meine Hand genommen und gesagt: »Darf ich euch meine zukünftige Frau vorstellen?«

Ein großer Moment, keine Frage. Crash-Mami mit zerlaufener Wimperntusche in Nudeltütentrümmern als Heiratskandidatin. Der zweite Antrag in vier Wochen, Jimmie König nicht mitgerechnet. Nicht schlecht. Der Nächste bitte.

»Muss ich jetzt etwa Mutti zu der da sagen?«, hatte Gaby gefragt.

Und mir war nichts Besseres eingefallen als: »Wie wäre es denn mit Stiefmami?«

Im Film kommt dann immer der Schnitt und der Abspann. Im wirklichen Leben ist die Minute nach dem großen Moment ein einziges gähnendes Vakuum. Verlegen hatten wir dagestanden, umringt von neugierigen Zuschauern.

Ein junger Mann im Jogginganzug hatte schließlich das Schweigen gebrochen.

»Das ist doch die Yvonne aus dem Fernsehn! Kann ich ein Autogramm haben?«

»Nee, dat is nich die Yvonne, dat is die annere, wie heißt die noch ...«

»Könnten Sie mir was auf die Brötchentüte schreiben, so als Erinnerung?«

»Ist das hier die versteckte Kamera?«

»Wir kommen alle ins Fernsehn!«

»Wann wird das gesendet?«

»Sind Sie wirklich lesbisch?«

Dann ging alles ganz schnell. Die Oberförster-Omi befand, dass das Kind jetzt zu Bett müsse. Gaby wollte in ihren Jazzdance-Kurs, Lilli wollte Karottensaft, Robert wollte mich küssen und ich – ja, was wollte ich eigentlich?

»Nach Hause«, hatte ich geflüstert, Lilli aus dem Einkaufswagen befreit und war geflohen.

Und nun?

Ob ich doch schon mal Robert anrufe, den versenkten und wieder aufgetauchten Treffer? Das hätte ich doch auch ohne Yvonnes Unterstützung schon mal machen können. Aber erst einmal musste ich schließlich für Lilli kochen und die Geschichte vorlesen und das Gutenachtlied singen, da kann ich keine zukunftsweisenden Telefonate führen. Ich fühle mich scheußlich. Der arme Robert, schließlich war mein geballtes Misstrauen nicht gerade eine Sympathiebekundung. Und er hat sich sogar mit dem anderen Robert gerauft. Werner hat es mir erzählt. Fast wäre die ganze Sendung geplatzt.

Also los. Ich rufe jetzt auf der Stelle an. Ich habe den Hörer schon in der Hand, als es an der Tür klingelt. Das ist er! Jetzt wird alles, alles gut!

»Überraschung!«, gluckst Yvonne und zieht Robert hinter sich her. Robert, den Villenbesitzer. Aha. Die beiden wirken ziemlich ausgelassen.

Verstohlen blicke ich an mir herab. Abends trage ich gern das, was Yvonne den Trümmerfrauen-Notlook nennt: eine alte Leggins, ein verwaschenes Sweatshirt in XXL, dazu Wollsocken. Mit einem Wort: bequem und gemütlich. Aber nicht gerade das Outfit einer Traumfrau. Doch weder Robert noch Yvonne scheinen groß darauf zu achten.

»Wir haben etwas zu trinken mitgebracht!«, verkündet Yvonne.

»Einen St. Emilion von 1994, mit einer aparten Veilchennote im Abgang«, preist Robert sein Mitbringsel an.

»Ab in die Küche!«, befehle ich. »Das Kind schläft!«

Dann rase ich ins Schlafzimmer. Fernseher aus, Socken aus, Sweatshirt in die Ecke, den Super-Designer-Pullover aus dem Ausverkauf überziehen, die Lippen nachziehen, das Babyfon an den Hosenbund clippen, die Sandaletten übergestreift, ein letzter Blick in den Spiegel – na, so wird's gehen.

In der Küche läuft bereits leise Musik, und Robert gießt Wein in die Gläser.

»Wie läuft's mit dem Spinat?«, frage ich leichthin.

»Yvonne zockt sie alle ab, also so was Schlaues habe ich noch nie erlebt!«, erzählt Robert begeistert. »Sie bekommt einen eigenen Wohnwagen am Set, jeden Tag frische Blumen, einen Chauffeur, Catering vom feinsten ...«

»... und Internet und Pipapo!«, beende ich seinen Satz.

»Ja, so ähnlich«, sagt Robert und sieht mich erstaunt an.

Heiliger Bimbambino, Robert, merkst du denn gar nicht, dass du gerade im Begriff bist, dich ein bisschen zu vergucken in die aberwitzige, die verrückte, die wahnsinnig liebenswerte Yvonne?

»Und wie viele Wochen drehst du an dem Spinat-Spot?«, frage ich.

»Schätzchen, du wirst es nicht glauben, aber Robert und ich, wir fliegen auf die Malediven, da bauen sie mir eine Küche an den Strand, so eine nette Bar aus Chrom, und da stehe ich im grünen Bikini und kühle meine Stirn mit so einem Tiefkühlteil, und dann mache ich Eiswürfel daraus und lasse sie in ein Glas Tomatensaft plumpsen, und dann rühre ich ein bisschen in so einem dösigen Kochtopf herum, und dafür brauchen wir zwei Wochen und ...«

»Wir?«

Robert hüstelt ein bisschen herum.

»Was heißt: Wir fliegen?«, beharre ich auf meiner Frage.

»Ich bin doch jetzt euer Manager, und da muss ich ...«

»... und da musst du ganz dringend mal ganz schnell

auf die Malediven fliegen? Die Füße in den Indischen Ozean und den Kopf in den heißen Wind halten.«

»Sag mal, Süße, läuft da irgendetwas, was ich wissen sollte?«, fragt Yvonne und betrachtet mich entgeistert. Unfassbar. Sollte sie es etwa auch noch nicht gemerkt haben?

Ich leere mein Glas mit dem Veilchenwein auf einen Zug.

»Nö, aber ich dachte, Robert muss sich doch ganz doll um den anthrazithfarbenen Marmor kümmern, damit die Traumvilla keine Albtraumvilla wird oder aus Versehen eine Villa Kunterbunt, wäre doch furchtbar, bunte Farben in der Sinfonie in schwarzweiß, die Handwerker sind doch so furchtbar unzuverlässig und ...«

Ich bin so wütend, dass ich erst allmählich spüre, wie eine große Erleichterung sich in mir breit macht. Aha. Ich gieße mir ein neues Glas Wein ein, während sich Yvonne vom Küchensofa erhebt.

»Also, Spatzi, ich bin schrecklich müde, ich zieh' mich mal besser zurück. Ihr Turteltauben habt ja eine ganze Menge zu besprechen, lass uns morgen früh telefonieren, ja?«

»Aber klaro, Yvonnchen.«

»Ach, Lulu, und könnte ich vielleicht das Saint-Laurent-Teil wiederhaben? Morgen gehe ich mit so einem Werbefuzzi tafeln.«

»Hängt am Kleiderschrank, Yvonne, aber sei bitte leise, Lilli schläft nebenan und die Tür ist offen.«

Yvonne umarmt mich, wirft Robert ein betont kurzes »Ciao« zu und tänzelt aus der Küche. Gedankenverloren betrachte ich mein Glas.

»Schöne Farbe«, sinniere ich, »veilchenblauuuu.«

»Schon gut, ich fliege nicht mit«, sagt Robert kleinlaut.

»Du bist ein freier Mensch.«

»Ich bleibe hier, bei dir, bei Lilli, bei der Villa. Punktum.«

Robert strafft sich unwillkürlich, dann springt er auf.

»Ich sag' Yvonne noch schnell Bescheid, ja?«

Drei Sekunden später fängt das Babyfon an zu rumoren. Mir wird heiß. Die Tür zwischen Kinderzimmer und Schlafzimmer steht offen.

»Hör mal, ich fahre nicht mit«, höre ich Robert wispern.

Lulu, stell sofort das Ding ab, du hast dich doch noch vor kurzem gegen die Sherlock-Holmes-Nummer entschieden! Doch ich kann einfach nicht.

»Ist vielleicht besser so«, höre ich jetzt Yvonne.

Stell das Ding ab, Lulu! Letzte Warnung – Alles zwecklos. Ich sitze da, mit heißen Ohren, und lausche.

»Yvonne, ich werde dich vermissen, ich weiß, es ist nicht richtig, aber ...«

Endlich habe ich die Kraft, den Knopf zu drücken. Nun ist alles still. Kurze Zeit später höre ich die Wohnungstür ins Schloss fallen.

»Hallo, mein Schatz, wir sind allein!«

Robert hat das nette Jungsgesicht aufgesetzt.

»Und was machen wir jetzt mit dem angebrochenen Abend?«, fragt er ein bisschen zu aufgeräumt und versucht mich in seine Arme zu ziehen. Ich winde mich los. Dann fange ich an zu lachen.

»Lass uns auf die Zukunft trinken! Los, die Gläser

voll bis an den Rand. Ich trinke auf Adam und Eva und alle Schlangen dieser Welt und auf das Paradies und auf die Hölle gleich mit und darauf, dass jeder das bekommt, was er sich wirklich wünscht!«

Robert betrachtet mich unsicher von der Seite.

»Alles in Ordnung, Lulu?«

»Mehr als du denkst, Robert!«

*

»Willste was?«

Das Café Kaputt ist immer noch die heißeste Adresse der Stadt. Ich strahle den Typen mit der speckigen Jeans an. Ganz offensichtlich stammt er aus der Baureihe Timmi. Auf seinem T-Shirt lässt sich die gesamte Speisekarte ablesen, und zwar die Variante für Analphabeten.

»Ich nehme das da«, sage ich und tippe auf einen braunen Flecken in Bauchnabelhöhe.

»Wie denn nun?« Der arme Junge ist ganz durcheinander. Sein Humorquotient scheint gegen Null zu tendieren.

»Eine Cola bitte, ohne Eis, ohne Zitrone«, bestelle ich brav.

»Auch ohne Glas?«, grinst der Typ.

Na gut, das mit dem Humorquotienten nehme ich zurück. Ich schiebe einen Bierdeckel unter das Tischbein. Wie schön, dass sich manche Dinge nie ändern. Im Café Kaputt wackeln seit Menschengedenken die Tische, aber dafür sind sie garantiert vom Sperrmüll und haben eine verlässlich klebrige Oberfläche. Hier ist garantiert sushifreie Zone. Die kulinarischen Feinheiten umfassen so anmutige Speisen wie bleischwere Vollkornkuchen und staubige Buchweizenfladen. Zum Glück habe ich die Phase der politisch korrekten Leckereien schon hinter mir und muss mich nicht mehr mit Hustenanfällen und Völlegefühl plagen.

Ich bin ein bisschen aufgeregt. Schließlich habe ich mich noch nie mit Robert, dem Dufflecoat verabredet. Ich meine, so richtig verabredet, ein echtes Date.

Nervös schiebe ich den vollen Aschenbecher von rechts nach links. Lulu, der ewige Backfisch. Zappelt am Haken der eigenen Gefühle. Am Nachbartisch wird heftig gestillt. Eine Anfängerin, das sieht man gleich. Schleppt ein geblümtes Stillkissen mit sich herum und hat so ein scheußliches Stillhütchen auf den Mutterbusen gepappt. Stillhütchen, oh ja. Das sind kleine Silikonkappen, die angeblich unfallfreies Säugen garantieren. Kein Wunder, dass das Baby protestiert. Einen Chateau Lafitte trinkt man schließlich auch nicht aus dem Plastikbecher.

»Die Stillhütchen kannst du getrost entsorgen«, sage ich fachmännisch und nicke der jungen Mutter aufmunternd zu.

»Zurücklehnen, Kind anlächeln und dann einfach locker laufen lassen«, erkläre ich geduldig.

»Aber meine Stillgruppe ...«, sagt das Mädchen unsicher.

»Vergiss die Gruppe, denk an dein Kind«, versuche ich es noch einmal, doch jetzt taucht der junge Vater auf und legt seinen Arm schützend um das Mutterglück.

»Hast du ein Helfersyndrom?«, fragt er drohend und blitzt mich an.

»Nö, ich habe einen Mutterkomplex«, antworte ich und wende mich dezent ab.

Ach, wie lange ist das alles schon her. Die endlosen Diskussionen mit Katharina, ob ich unter Wasser entbinden sollte oder auf dem Gebärhocker oder lieber gleich auf der Schaukel. Bei klassischer Musik oder bei weichgespültem Soul? Oder doch besser eine Hausgeburt bei Kerzenschein? Stilecht am Ort der Zeugung? Ich schlug vor, den Rücksitz eines Taxis in Erwägung zu ziehen. Eine Sturzgeburt bei Tempo hundertzwanzig! Durchtrennung der Nabelschnur im Halteverbot! Und an der Tankstelle ein Eis für die junge Mutter und einen Schnaps für den Taxifahrer.

Aber als es dann tatsächlich losging, früher als gedacht, da landete ich im quälenden Neonlicht eines scheußlich riechenden Krankenhauses. Nebenan sprang ein werdender Vater mit einer Videokamera umher und lobte die gute Ausleuchtung des Motivs, bis die niederkommende Gattin ihn mit Scheidungsdrohungen vom Ort des Geschehens vertrieb. Ach, und dann Lilli, ein erstaunter kleiner Frosch, der mir auf den Bauch gelegt wurde und mich prüfend musterte, der mir tief in die Augen sah, und fast schien es so, als ob Lilli mir damals zugezwinkert hätte, unsentimentale Zeitgenossen hätten das sicherlich auf das grelle Licht zurückgeführt, ich aber wusste, sie hatte mir zugezwinkert, bevor sie dann brav zu schreien begann. Gemeinsam sind wir nicht zu toppen, hatte dieser Blick bedeutet, und so lag sie auf meinem Bauch. Da war Yvonne schon ziemlich beschwipst und schimpfte wie ein Rohrspatz auf den treulosen Erzeuger, der einfach aufgelegt hatte, als sie ihn per

Telefon über den Stand der Wehen hatte informieren wollen. Irgendwann hatte die Hebamme Yvonne samt ihrer lauwarmen Champagnerflasche aus dem Kreißsaal entfernt. Doch beim ersten Schrei von Lilli war Yvonnchen wieder bei mir gewesen und hatte mir ein Glas Champagner mit Strohhalm gereicht, während sie schöne Grüße von Katharina überbrachte, die beim Stillen auf dem Krankenhausflur weggenickt war.

War eigentlich irgendwie schön, damals. Der Mann war weg, das Kind war da. Und während andere Mütter die Augen verdrehten, weil sie nicht mehr mitkamen beim Service »Mutter, Geliebte, Hausfrau«, gab es für mich nur Lilli und sonst gar nichts.

Versonnen nippe ich an der Cola. War eine schöne Zeit.

»Du siehst aus wie siebzehneinhalb!«

Ich blicke auf. Robert. Und was sagen meine inneren Stimmen? Ich lausche in mich hinein. Hallo? Ist da jemand zu Hause? Nichts. Na los, nun beratet mich doch mal. Ist er's oder ist er's nicht? Der, auf den immer alle warten, der eine, der beste, der Prinz. Der Mann fürs Leben.

»Darf ich mich setzen?«

Ich sehe ihn an. Ich betrachte ihn in aller Ruhe. Er hat drei Lachfalten. Er hat ein Pünktchen auf der Stirn. Er hat angewachsene Ohrläppchen. Wenn er lächelt, dann hat er eine ganz und gar unwiderstehliche Art und Weise, die Lippen geschlossen zu halten. Und dann weiß ich es. Ganz genau. Ich war noch nie so sicher.

»Lulu, was ist los? Du lächelst so selig.«

»Tja, ich habe gerade etwas begriffen.«

»Ach so. Schön. Wenn du mich bei passender Gelegenheit an deinem regen Geistesleben teilhaben lassen möchtest, dann schick mir doch einfach ein Fax.«

Robert, mein Robert, ich bin gerade ein ganz klein wenig erwachsen geworden. Ich weiß nämlich jetzt, dass ich keine verzauberte Prinzessin bin, die in Sackleinen auf den Prinzen warten muss, damit alles, alles gut wird. Es ist schon alles fast gut. Ich brauche kein Happy End. Weil nach dem Happy End immer das Ende kommt.

»Weißt du was?«, höre ich mich sprechen. »Ich brauche keinen Mann für's Leben, ich brauche einen Lebemann.«

Robert rückt seinen Stuhl näher zu mir hin und nimmt meine Hand.

»Heißt das, du nimmst meinen Antrag an?«

»Guter Mann, ohne Antragsformular läuft hier gar nichts. Und vergessen Sie nicht den Stempel und die Gebührenmarke.«

Die Cola kommt. Mundgerecht in der Dose serviert.

»Bitte sehr, ohne Eis, ohne Zitrone, ohne Glas«, sagt der Alternativkellner und grinst von einem Ohr zum anderen.

»Für mich das gleiche«, sagt Robert.

»Aber ohne Cola«, ergänze ich.

»Die Gebührenmarke kann bei mir zu Hause in der Briefmarkensammlung begutachtet werden, aber den Stempel habe ich dabei«, sagt Robert und küsst mich sanft.

*

»Dass du dich auch mal wieder blicken lässt«, grantelt Katharina.

»Oh, vielen Dank für den herzwärmenden Empfang«, antworte ich und lege Lilli auf die Couch. »Hast du mal ein Handtuch für den Boxenstopp? Ich muss Lillis Windel wechseln.«

Katharina betrachtet mich mit der Verachtung einer Mutter, die es sich zur neuen Lebensaufgabe gemacht hat, mit einem quietschgrünen Töpfchen hinter ihrer Tochter herzulaufen und jedes auslaufende Tröpfchen abzufangen.

»Ist sie etwa immer noch nicht trocken?«, fragt sie mit gespieltem Mitleid.

»Ach weißt duuu, seit Lilli bei den Anonymen Alkoholikern ist, haben wir die Sache voll im Griff«, strahle ich und nestele an Lillis voller Windel herum.

Ein unglaubliches Aroma zieht durch Katharinas Wohnzimmer. Sofort ist Anna-Maria bei uns.

»Windel haben!«, quengelt sie.

»Nix Windel«, sagt Katharina finster. Neidvoll beobachtet Anna-Maria das Ritual der Öltücher und Feuchttücher und Kleenextücher. Leise pfeifend klette ich die frische Windel an den Kinderpopo.

»Mami, nass!« Anna-Maria fängt an zu weinen. Ihre magentafarbene Leggins färbt sich dunkel.

»Das ist Lillis schlechter Einfluss, ich weiß«, kichere ich, doch Katharina gibt sich zunehmend umwölkt.

»Wieso steht die Couch eigentlich neuerdings wieder hier am Fenster?«, versuche ich abzulenken.

»Feng Shui«, sagt Katharina knapp.

»Aber du hattest das Ding doch gerade erst vor die

Heizung gestellt, weil hier irgendwelche Wasseradern sind, oder?«

Ich erinnere mich noch gut an die Zeremonie des Wünschelrutengängers, der ernsten Blicks durch die Wohnung gestapft war und kopfschüttelnd eine Wasserader nach der anderen dingfest gemacht hatte. Ganz kleinlaut war Katharina damals geworden. Fast hatte man den Eindruck gehabt, sie schäme sich dafür, dass sie quasi auf einem weit verzweigten Flussdelta ertappt worden war. Sogar ein Umzug wurde erwogen, denn Katharina sah sich schon klamm und durchfeuchtet bis ans Ende ihrer Tage. Der Wünschelrutenmann aber war eine ziemliche Dörrpflaume gewesen und hatte sich seine unwirsch versehenen Dienste königlich entlohnen lassen.

»Na ja, das mit den Wasseradern ist die EINE Sache«, beginnt Katharina ihren rhetorischen Spagat, »aber du müsstest den Feng Shui-Meister mal kennen lernen, der hat echt eine Aura!«

Nein danke. Ich hatte schon die ökologische Möbelberaterin und den Experten für kindersichere Wohnungen und habe seither von weiteren Empfehlungen Katharinas Abstand genommen. Verbindlichsten Dank. Und Aura haben wir selber.

»Wie läuft's denn sonst so«, bohrt Katharina ein wenig herum, während sie Anna-Marias nasse Leggins entfernt und ihrem fehlgesteuerten Wunderkind eine pinkfarbene Jeans überstreift. Katharina müsste mal dringend zu einer Farbberaterin, soviel ist sicher.

»Männer ohne Ende«, sage ich knapp. »Brauchst du noch einen?«

»Nicht wirklich. Aber wenigstens hast du deinen Humor nicht verloren. War schon ein starkes Stück, dieser Babysitter-Robert.«

»Och, weißt duuu, letztlich ist er gar nicht so übel.«

»Was?«

Ich spüre, dass ich rot werde. Liebeslust macht Wangenrot, sagt Tante Edeltraut immer.

»Willst du damit sagen, dass du immer noch diesen Schuft triffst?«

Mensch Katharina, deinetwegen hätte ich fast eine Menge verpasst.

»Nun sei doch nicht immer so streng«, schmolle ich. Soll sie ruhig noch ein bisschen zappeln. Strafe muss sein.

»Lulu, bist du völlig verrückt geworden? Ich glaube, diese Fernsehnummer macht deine Birne weich!«

»Falsch: Unser süßer Babysitter beschert mir weiche Knie.«

»Kinder, geht doch mal spielen«, singsangt Katharina in einer Tonlage, die nicht gerade zu ihrem alltäglichen Repertoire gehört. Anna-Maria nimmt Lilli folgsam an die Hand und zerrt sie in Richtung Kinderzimmer.

»Nun aber mal Tacheles«, verhört meine mitfühlende Freundin mich weiter, »du willst also tatsächlich eine Familie zerstören.«

»Ganz im Gegenteil, ich möchte eine Familie gründen.«

»Bis du denn etwa SCHWANGER?« Katharina schreit fast.

»Wer weiß«, sinniere ich vor mich hin, »das geht ja

bekanntlich ruck-zuck. Da trinkt man aus demselben Glas, da wird man von ein und derselben Mücke gestochen, und schon macht's peng!«

Endlich kann Katharina wieder lachen.

»Wer ist denn nun der Glückliche?«, fragt sie aufgeregt.

»Ich habe mein Lager mit einem leibhaftigen Großvater geteilt, ehrlich!«

»Nein!«

»Aber ja. Sehr empfehlenswert.«

»Dann gib mir mal die Telefonnummer. Man weiß ja nie, wohin einen die Verzweiflung treibt, wenn die Wechseljahre kommen.«

»Kein Problem. Bei Bedarf reiche ich ihn an dich weiter.«

»Nun erzähl schon. Oder ist das hier eine Quiz-Show?«

»Gute Idee. Erraten Sie den großen Unbekannten. Hauptgewinn: Ein Blind Date.«

»Ja, das wär's doch. Aber hoffentlich meldet er sich überhaupt wieder bei dir. Man kann ja nie wissen bei Großvätern – Alzheimer und so, da gerät man schnell in Vergessenheit.«

Genüsslich lehnt sich Katharina auf der Couch zurück.

Ich nippe am grünen Tee.

»Nö, er hat erst die Vorstufe zu Alzheimer – Hildesheimer!«

»Und von dem bist du schwanger?«, gluckst Katharina.

»Ach was, ich kriege gleich ein Enkelkind, das erspart eine Menge Ärger.«

»Mamiie!« Freudestrahlend kommt Anna-Maria angerannt.

»Kacka macht!«

Katharina ist außer sich vor Stolz.

»Bravo, mein Schatz, und ganz allein! Und deine Hose ist sauber geblieben! Toll!«

»Und wo ist Lilli«, frage ich.

»Kacka spielen!«

Katharina und ich rasen im Gleichtakt los. Das quietschgrüne Töpfchen steht mitten im Kinderzimmer und dient als Barbie-Badewanne. Die autonome Fäkalentsorgung hat auf dem Hochbett stattgefunden. Und Lilli hat das Zeug dazu benutzt, Bilder an die Wand zu malen.

»Ich geh' dann mal besser«, nuschele ich und gebe Lilli einen komplizenhaften Klaps auf den Windelpopo. »Ich habe noch einen Termin.«

*

»Tädää!« Yvonne lacht übermütig in die Kameras.

»Und – Schnitt!«, rufe ich. Schon wieder sind wir im Rampenlicht. Und diesmal scheint alles wie in einem Slapstickfilm zu sein. Dabei ist es nur eine Autopräsentation.

Wir haben uns Kleider aus silbrigglänzender Folie direkt auf die Haut geklebt, meines ist wadenlang, Yvonnes schenkelkurz, und zu zweit schnipseln wir mit riesigen Scheren an einer Kordel herum, die den Vorhang vor dem neuen Super-X-23-Modell hält.

Der sorgfältig gebräunte Autohändler, der sich auf

der büttenen Einladung zum »Gastgeber eines Autosalons« hochgemogelt hat, ist restlos begeistert. Ich auch. Mein Auto muss zum TÜV, und das wird teuer. Der Keilriemen rattert, und die Schaltung bockt, und gemessen an den Sorgenfalten meines vermuffelten Tankwarts wird die Reparatur ein tiefes Loch in meinem Budget hinterlassen. Aber diese kleine Performance hier wird mich retten.

»Dann mal los, Mädels!«, feuert Robert, der windschnittige Medienmanager uns an. »Ein Superauftritt«, hatte er am Telefon ehrfürchtig geraunt, »geht ruck zuck und bringt richtig Geld!« Willkommen im Showbusiness.

Schnippschnapp. Der Vorhang geht zu Boden, ein vielkehliges »Aaaah!« läuft durch die Reihen, ein Schwall klassischer Musik ergießt sich aus den riesigen Boxen, und nun kommen auch noch ein paar leibhaftige Ballett-Tänzer angesprungen, die mit anmutigen Bewegungen das Meisterwerk aus Technik und Design in Augenschein nehmen, graziös die Türen öffnen und schließen und sich mit übertriebenen Gesten gar nicht genug wundern können über dieses Gefährt in silber-metallic.

»Sinn«, schnurre ich in das kleine Mikrophon, das sie mir in die Haare geklebt haben und nun zwischen meinen Augen hin und herbaumelt.

»... und Sinnlichkeit«, ergänzt Yvonne.

Brav den Text gelernt, setzen.

»Au-dooo!«, kreischt Lilli und wuselt mitten in die bizarre Pantomime hinein. Ihrer kleinen Latzhose sieht man an, dass mein Engelchen heute schon einige kreative Programmpunkte absolviert hat. Jetzt krabbelt sie mit Schokoladenfingern in das tolle Auto. Was sind das für Menschen, die sich Autos mit schneeweißen Alcantarasitzen ausdenken? Kinder jedenfalls kennen die nicht mal vom Hörensagen.

Die Bräune des Autohändlers färbt sich gelblich. Am liebsten würde er Lilli in einem Windkanal verschwinden lassen. Stattdessen zieht er hektisch eine winzige Fernbedienung aus der Tasche und drückt auf ein Knöpfchen. Prompt hebt sich das Verdeck ab und faltet sich mit geisterhafter Präszision zusammen, wie ein Akkordeon, dem soeben die Luft ausgegangen ist.

»Mama!«, ruft Lilli verängstigt.

Mit einem Satz springen Yvonne und ich in das silberne Wunderauto. Klickidiklack antworten die Kameras.

»Das Kind stört«, höre ich den Autohändler murren.

»Das Kind gehört dazu«, rufe ich ihm freundlich zu. »Alles im Preis inbegriffen.«

Sofort fangen die Boxen an zu pfeifen. Rückkopplung. Sollte ich doch eigentlich wissen, als Medienprofi. Also einen Tick leiser.

»Das Auto hat eine Rückkopplung«, spreche ich mit gedämpfter Stimme weiter in das baumelnde Mikro hinein. »Das ist eine bahnbrechende Erfindung! Drei Gänge im Rückwärtsgang!«

»Und der Rückspiegel hat einen integrierten Lippenstift!«, schwärmt Yvonne. »Und wenn man die Sitze flachlegt, öffnet sich das Handschuhfach und hält eine Packung Lümmeltüten bereit!«

Dem Automann entgleisen die Gesichtszüge.

Und Robert? Der fängt demonstrativ an zu lachen und zu klatschen. Erleichtert stellt er fest, dass es funktioniert. Tosender Applaus. Jawoll, die beiden »Trashies« erfüllen alle Erwartungen.

Ich nehme Lilli auf den Arm und versuche aus dem Ding zu klettern. Ratsch. Die Klebestreifen halten nicht im Mindesten, was die Werbung immer verspricht. Nun weiß die Welt, dass ich einen schwarzen Slip trage. Babysitter-Robert hatte er ganz ungemein gefallen. Ich klettere zurück in die nicht mehr so schneeweißen Sitze.

»Echt Brüsseler Lochstickerei«, erkläre ich.

»Mit dem Munde geklöppelt«, pflichtet Yvonne mir bei.

Der salonnige Gastgeber drückt hyperaktiv an seinen Knöpfchen herum, dann segeln Hunderte von silbrigen Luftballons auf die Szene.

»Luft-Bonbon!«, ruft Lilli begeistert.

Robert macht uns wilde Zeichen. Schon gut, wir verschwinden ja gleich.

»Und wo ist der Schlüssel für dieses rasante Gefährt?«, fragt Yvonne schalkhaft.

Strahlend reicht Lilli das Gewünschte. Wo hat sie den denn nun wieder gefunden? Kinder haben wirklich den sechsten Sinn.

Das Ding knattert wie ein alter Rasenmäher. Männer nennen dieses Geräusch vermutlich sportlich. Gekonnt drückt Yvonne den ersten Gang rein, dann rollen wir von der Bühne. Die Tür des Autosalons steht weit offen. Die Welt auch.

»Wo fahren wir hin?«, fragt Yvonne unternehmungslustig.

»Wie wär's mit einem Stachelbeerkuchen?«, schlage ich vor.

»Kuuuchen!«, echot Lilli.

»Stachelbeeren sind ein echtes Aphro...«, beginnt Yvonne.

»Pass auf, was du sagst, Yvonnchen, die können uns immer noch hören«, schreie ich in den Fahrtwind. Dann entfernen wir die Mikros aus der Frisur und verstauen sie sachgemäß im Handschuhfach.

*

»Also so was, nein so was!«

Gerda stellt vorsichtshalber gleich die ganze Flasche Amaretto auf den Tisch. Wir sitzen im Sonnenschein vor dem Gasthof, und ich beschließe auf der Stelle, dass das Leben schön ist. Lilli ist bereits bei den Bratkartoffeln angelangt, während Gerdas Kinder abwechselnd uns und das Auto bestaunen.

Mein Handy dudelt. Ich stelle es aus. Trotzdem dudelt es weiter. Ich will es gerade schütteln, als Yvonne ihrerseits ein Handy aus dem Täschchen zieht. Ein Zwilling zu meinem.

»Von Robert?«, frage ich.

Yvonne nickt. Sie betrachtet die Nummer auf dem Display, dann drückt sie auf die rote Taste. Gespräch beendet. Ich brauche nicht dreimal zu raten, wer da gerade angerufen hat.

»Ist dein Mann wieder auf Reisen?«, fragt Gerda.

»Wie man's nimmt«, antworte ich. »Kann man bei euch eigentlich feiern? So eine richtig große Familienfeier?«

»Klar, wir haben jede Menge Platz. Hochzeiten, Beerdigungen, alles, was ihr wollt.«

»Geht auch beides?«, frage ich nach.

»Gleichzeitig?« Gerda ist nun vollends irritiert.

»Süße, was geht in deinem hübschen Köpfchen vor?« Yvonne sieht mich forschend an.

Das Schlauchboot zieht munter seine Runden. Auf hoher See.

»Alles im Lot auf dem Boot«, beruhige ich sie. »Ich habe da so eine Idee.«

»Soll ich die Betten beziehen?«, fragt Gerda.

»Noch nicht«, gluckse ich. »Wir müssen erst noch die Schüssel zurückbringen. Und Einladungen verschicken.«

»Was hast du vor?« Selten habe ich Yvonne so entgeistert gesehen.

»Yvonnchen, mach dir keine Sorgen. Es wird alles, alles gut.«

»Lululein, wenn du denkst, dass ...«

»Klar, denke ich das. Aber dich trifft überhaupt keine Schuld. Komm, erst mal wollen wir Stachelbeerkuchen essen, ich habe den ganzen Tag nur eine Cola zu mir genommen. Und dann trinken wir einen netten kleinen Amaretto!«

»Heiratet deine Schwester?«, will Gerda von mir wissen.

»Kann schon sein«, antworte ich.

»Dann ist bei dir jemand gestorben!«, folgert Gerda messerscharf.

»Wie man's nimmt«, sage ich verträumt.

»Die Braut trägt schwarz!«, verkündet Yvonne und lacht etwas unsicher.

»Drunter auf jeden Fall!«, kichere ich.

Gerda lächelt nachsichtig.

»Und drüber?«, spinnt Gerda den Gedanken weiter.

»Drunter und drüber, so geht's zu in meinem Leben. Aber langweilen kann ich mich später, wenn ich tot bin!«, stelle ich fest.

»Lululein, du machst mir Angst!«, ruft Yvonne erschrocken.

»Aber nein, ich befasse mich lediglich zur Zeit mit kreativer Familienplanung.«

»Bist du etwa SCHWANGER?«, rufen Yvonne und Gerda wie aus einem Mund.

Du liebes Bisschen, schon das zweite Mal heute. Habe ich etwa zugenommen? Verstohlen mache ich den Test: Einmal richtig ausatmen und den Hosenbund-Kneiffaktor messen. Ach so, ich habe ja noch die Folie um den Bauch gewickelt. Also ab auf die Waage heute Abend.

»Schwanger?«, rufe ich entrüstet. »Wieso denn? Das kann man doch alles ganz anders lösen. Ich habe ein Kind, ein Enkelkind, drei Männer und zwei Freundinnen. Das sollte fürs erste reichen.«

Yvonne kippt ihren Amaretto in einem Zug hinunter. Gerda folgt ihrem Beispiel auf der Stelle.

»Was für ein komisches Spiel ist das?«, fragt Yvonne, nachdem sie sich die Lippen nachgezogen und das Ergebnis in einer Messerklinge betrachtet hat.

»Eine äußerst innovative Kombination aus Menschärgere-dich und Bäumlein-wechsel-dich, verfeinert mit einem Hauch Blindekuh.«

»Also, ich komm' da nicht mehr mit«, kapituliert Gerda.

»Keine Sorge, du bist dabei«, verspreche ich. »Und

jetzt sollten wir die fahrbare Silberschüssel zurückbringen. Ist ja leider nur eine Leihgabe.«

»Ach so«, sagt Gerda.

*

»Ich habe keine Ahnung, was für ein Spiel du spielst, aber eines weiß ich ganz genau: Es gefällt mir nicht!«

Wie bitte? Noch mal. Ich spule mit zitternden Händen den Anrufbeantworter auf Anfang.

»Ich habe keine Ahnung ...« Robert, der Lebemann, klingt böse, enttäuscht, abweisend. Was um Himmels willen ist denn bloß passiert? Was habe ich getan? Auf der Rückfahrt im leicht ramponierten Super-X23 hatte ich noch ein schnelles »War schön. Lass uns schnell wieder stempeln gehen, bis ganz, ganz bald« auf sein Band geflüstert. Daran kann es nun wirklich nicht gelegen haben. Und heute Morgen habe ich Lilli in die Viku gebracht, Brötchen geholt und mich beim Friseur von ein paar Zentimetern überflüssiger Biografie getrennt. Mehr war da nicht. Ehrlich.

Forschend schaue ich in den Spiegel. Die kurzen Haare sind gut, sehr gut. Früher hat mir immer Timmi die Haare geschnitten und hat aufs Wort gefolgt, wenn ich hysterisch rief: »Nur gesundschneiden, verstehst du, nur dreieinhalb Millimeter!«

Ich will die verstörende Botschaft gerade ein weiteres Mal abhören, als mein Handy klingelt. Das muss er sein. ER! Wir werden das jetzt ganz schnell klären, und dann werde ich in seine Arme fliegen und alles, alles wird gut.

»Schatzi-Spatzi, ich freue mich ja so für dich!«

Es ist Yvonne. »Ich hab's gerade gelesen und bin fast vom Küchenstuhl gefallen. Du weißt, ich hatte meine Bedenken, aber es wird bestimmt ein Knaller. Und wenn das erste Kümmerchen kommt, dann ...«

»Yvonne!« Ich schreie fast. »Sag mir bitte sofort, was du gelesen hast!«

Stille. Ich sehe Yvonne vor mir, in ihrer pinkfarbenen Küche, im Negligé, irgendeinem ansehnlich gebauten Youngster gegenüber, der leicht entkräftet gigantische Rühreier verschlingt, während Yvonne an ihrem Spezial-Aufbaudrink nippt: Ein Becher extrastarken Kaffees, in dem sie ein After-Dinner-Magnum aufgelöst hat.

»Yvonne!«

»Jaja, kein Problem, Schätzchen, ich dachte, ihr hättet das gemeinsam ausgeheckt, es klingt alles so schnuckelig, so perfekt ...«

»Was denn? Wer denn? Bitte erzähl mir alles!«

»Na, dass ihr schon in drei Wochen in die Villa zieht und dass ihr dann nach Las Vegas düst und im Pink Flamingo eine Hyper-Wedding-Party gebt und dass ...«

Ein buntes Kinderkarussell beginnt sich vor meinen Augen zu drehen. Mit einem feuerroten Feuerwehrauto, das blinkt und blinkt, und der Fliegende Robert hockt auf einer silbernen Rakete, und Robert, mein Robert sitzt verstockt im Polizeiauto und schaut weg, schaut einfach weg.

»Hallo Lulu, bist du noch da? Süße, was ist denn los? Nun sag doch mal was!«

»Ich – ich glaube, ich ...« Dann wird mir schlecht. Aber richtig. Ich schone die Couch und gebe dem

Teppich den Rest. Der ist fix und fertig für die Vernissage.

»Pass mal auf, Kleines, du machst jetzt mal gar nichts, bleib, wo du bist, ich bin gleich bei dir.« Klick.

Ich starre auf den Teppich und fühle mich so elend, dass ich mich am liebsten in der Toilette runterspülen würde. Robert, das Mediengenie hat ganze Arbeit geleistet. Ich sehe ihn vor mir, wie er nach unserem starken Abgang erst den Salonheimer beschwichtigt und dann die Herren von der Presse unterhält, unnachahmlich smart, versteht sich, mit besitzerstolzem Lächeln, oh ja, sie ist die Frau meines Lebens, doch, doch, ich werde sie heiraten, nein, nein, ich werde nicht in meinem schicken Loft bleiben, das Nest ist fast fertig, sehen Sie doch nur diese Baupläne an, ich habe sie ganz zufällig dabei, dort ist das Wohnzimmer und da das Au-Pair-Mädchen, und die Pressekonferenzen finden in diesem romantischen Gartenhaus statt, darf ich Sie einladen zur House-Warming-Party, ich habe an alles gedacht, wir haben Großes vor, es gibt Eiswürfel ohne Ende, und dann hat er geschwärmt von seinem gut gekühlten Traum und von unserer glamourösen Zukunft und von der Schaukel, die an der alten Kastanie hängt und ... Mir wird schon wieder schlecht.

*

»Ach, Yvonne ...«

»Jetzt aber mal ganz von vorn! Über deine neue Frisur reden wir später.« Yvonne klingt schon fast so streng wie Katharina.

Sie hat mich unter die Dusche gezerrt und Kaffee gekocht und mich dann auf das Sofa gebettet. Nun raucht sie ratlos einen Zigarillo.

»Robert, mein Robert …«, wimmere ich. Wie kann ich das alles bloß wieder gutmachen?

Wie soll ich ihm das alles erklären? Diesen ganzen Medienhype? Diese fettig schillernde Seifenblase, die bei Bedarf zu einer Schlagzeile gerinnt?

»Nun mach aber mal 'nen Punkt. Robert ist supersüß, bastelt eine tolle Villa für dich, und du badest hier in Erbrochenem.«

»Doch nicht DER Robert, der andere!«

Yvonne tippt gedankenverloren ihre Asche in den Blumentopf.

»Der andere? Der ist doch so erotisch wie ein Posaunenchor.«

»Weit gefehlt.«

Yvonne betrachtet mich eine Sekunde lang atemlos, dann fängt sie an zu kichern.

»Tut mir leid, aber da schüttelt's mich denn doch ein bisschen.«

Aber sie wirkt eher gerührt als geschüttelt. Du lieber Gott, die Kirchen wären randvoll, wenn Yvonne im Beichtstuhl sitzen würde. Yvonne kann man einfach alles erzählen.

»Das heißt, während der eine sich öffentlich mit dir verlobt, gibst du dich fröhlich dem anderen hin? Oh lala, Lulu, wer ist denn hier nun verhaltensblond, du oder ich?«

»Na ja, ich dachte ja auch immer, dass du die Promiskuität erfunden hättest, aber …«

»Aber?«

»Yvonne, er ist der Wahnsinn!«

»Soso.« Yvonne mustert mich aufmerksam. »Was hat er denn so drauf? Den doppelt eingesprungenen Rittberger?«

Ich nehme einen Schluck Kaffee.

»Ich finde jedenfalls, dass der schnittige Herr vom Fernsehen viel besser zu dir passt, Yvonnchen.«

»Zu mir?«

Yvonne fasst sich theatralisch ans Revers ihres himmelblauen Jäckchens, dort, wo im Allgemeinen das Herz seinen Platz hat. Vielleicht weiß sie es ja wirklich noch nicht. Wie war das noch? Der Schuster hat immer die schlechtesten Schuhe. Und die geniale Kummerkastentante Yvonne hat nicht die leiseste Ahnung, wo ihr der Schuh drückt.

»Yvonnchen, meine liebe süße Freundin, du hast das bisher mit Anstand gewuppt, aber ich weiß ganz genau, dass du ...«

»Lulu, mein Schatz, wenn du ein bisschen herumlungern möchtest, dann kann ich das bestens verstehen. Aber tarne deine Abenteuer bitte nicht mit großmütigen Abdankungsphantasien!«

Zong. Das saß. Stumm sitzen wir da. Unsere Freundschaft, das spüre ich, hängt jetzt an einem dünnen Faden. Dann erklingt eine vertraute Melodie. Beide greifen wir zu unseren Handys. Bingo. Es ist das Handy von Yvonne.

»Hallooo«, haucht sie in das kleine Ding.

»Oh, hallo Robert«, wispert sie dann schuldbewusst.

Ich kann mein Triumphlächeln nicht unterdrücken.

»Hmmm«, macht Yvonne. Und »Ja?«. Und »Bis später.«

Dann drückt sie aufs rote Knöpfchen und sieht

mich an wie ein Schulmädchen, das man beim Rauchen auf der Toilette erwischt hat.

»Du kannst ihn haben«, sage ich knapp. »Aber lass uns was aushecken.«

»Was aushecken?«

»Ich möchte eine Familie gründen.«

»Bitteschön, das schaffst du sicherlich auch ohne meine Hilfe. Schließlich hast du Lilli ja auch nicht per Katalog bestellt. Verhüte einfach nach Knaus-Ogino. Das klappt immer. Kindersegen ohne Ende.«

»Yvonnchen – wär das nicht toll? Wir beide in der Villa?«

»Ja, toll, ich wollte schon immer mal Haremsdame werden. Du kriegst ihn an den geraden Tagen und ich an den ungeraden Tagen, und sonntags gehen wir woanders naschen. Super-Idee. Wirklich. Einfach bestechend.«

»Ich werde den Vorschlag sorgfältig prüfen. Aber ich hätte da noch eine Alternative.«

»Und wie sieht die aus? Samstags der flotte Dreier?«

»Drei ist doch langweilig. Ich dachte da schon an mehr.«

»Lulu, jetzt knallst du durch.«

»Aber nein. Ich habe eine Idee.«

»Hast du auch eine Flasche Prosecco?«

»Klar. Und für mich eine Cola.«

»Mit Salzstangen, richtig?«

*

»Herzlichen Glückwunsch!«

Sonja strahlt von einem Ohrring bis zum anderen.

»Endlich kannst du Lilli ein schönes Heim geben, eine Familie, eine Struktur eben …«

Sonjas Hände beschreiben ein Haus, das aus lauter rechten Winkeln besteht. Wenn das Rudolf Steiner wüsste. Sonja steht ganz kurz vor der Exkommunikation, das ist sicher.

»Äh – danke.«

Wieso eigentlich endlich? Lilli hat ein tolles Zuhause. Und was heißt hier Struktur?

Wahrscheinlich hofft Sonja, dass ich Lilli künftig pünktlich abliefere, wenn ich erst mal in ehelicher Verwahrhaft bin. Und seit wann liest Sonja Revolverblätter?

»Oh Sonja, vielen Dank. Ja, endlich hat die Herumtreiberei ein Ende. Ab ins Heim. Und Lilli kommt in ein schönes Kinderheim. Da hat dann alles seine Ordnung.«

Sonja lächelt verwirrt, dann droht sie mir scherzhaft mit dem Zeigefinger.

»Ach Lulu, seitdem du beim Fernsehen bist, sagst du immer so komische Sachen.«

Klar, seit ich mit Kameras kommuniziere statt mit Menschen, bin ich die Spaßvollzugsbeamtin in Person, keine Frage.

»Hast du's schon gehört?«, ruft Sonja der eben eintreffenden Melanie zu, die mich mit einem finsteren Blick streift.

»Was denn?« Melanie gibt sich vergeblich Mühe, ihr Interesse herunterzuspielen.

»Lulu heiratet! In Hollywood!«

»Nee, Sonja«, versuche ich die Sache klarzustellen, aber plötzlich wird mir wieder schwummerig. Ich sinke auf eines der feuerroten Kinderstühlchen.

»Lulu, du bist so blass, ist da was unterwegs?«

Sonja kniet teilnahmsvoll neben mir nieder.

»Ja, und zwar von unten nach oben«, bringe ich noch gerade heraus, dann schnappe ich mir das gelbe Töpfchen, das die Form einer nach oben offenen Schildkröte hat.

»Der Stress ...«, keuche ich.

»Na, dann viel Glück in Hollywood«, kichert Melanie und faltet ihre Hände über dem fruchtbaren Bauch.

Auftritt Katharina.

»Was ist denn hier los? Mensch, Lulu, dass ich das aus der Zeitung erfahren muss, also wirklich!«

»Glaube nie einer Zeitung, deren Schlagzeilen höher sind als zwei Zentimeter!«, ächze ich.

»Und Lilli kommt nicht in ein Kinderheim?«, fragt Sonja besorgt nach.

»Lilli ernsthaft in ein Kinderheim geben?«, rufe ich entnervt. »Wie kannst du glauben, dass ich sie auch nur für eine Minute irgendwo abstelle?«

»Mamiie, Mamiiee!«, schreit mein Schatz, verfolgt von Sophia, die sich mit ein paar Bauklötzen bewaffnet hat und gerade dabei ist, ihre Wurftechnik zu verfeinern.

Ich gehe in Deckung und schließe meinen Goldschatz in die Arme.

»Melanie, könntest du vielleicht für ein wenig Gewaltfreiheit in der Villa Kunterbunt sorgen?«, sagt Katharina energisch.

»Alles Verdrängung«, giftet Melanie, dann bekommt sie ein Bauklötzchen an den Kopf.

»Sie probiert sich eben aus«, versucht Sonja zu beschwichtigen.

»Und das ist so ziemlich das einzige, was Sophia und ich gemeinsam haben«, füge ich hinzu.

»Fia aua!«, sagt Lilli.

»Melanie auch aua«, antworte ich. »Im Kopf.«

»Also, ich finde, dass Lulu nicht mehr gemeinschaftsfähig ist«, legt Melanie jetzt los. »Gestern hat sie das Kochen vergessen zwei Elternabende hat sie geschwänzt, und ich bin sicher, dass sie den Putztag morgen in ihrem tollen Terminkalender auch nicht eingetragen hat. Wir sind hier eine Eltern-Inni. Und da müssen alle sozialisationsfest sein.«

Eine Inni. Oh ja. Eine Eltern-Initiative. Ich war immer äußerst initiativ. Aber von Leibeigenschaft war nie die Rede.

Katharina springt für mich in die Bresche.

»Das Wesen einer Solidargemeinschaft besteht doch darin, dass man auch die Schwachen stützt. Lulu macht ganz schön was mit. Wie wär's mit einer kleinen Schonzeit, Melanie?«

Wortlos zieht Melanie von dannen, ihre weinende Sophia im Schlepptau.

»Danke, Katharina«, sage ich. »Lass uns Kaffeetrinken gehen, ja?«

»Kaffee ist nicht gut, in deinem Zustand!«, tadelt Sonja sanft.

*

DIE ZEITUNG. Da liegt sie auf dem Küchentisch. Ein Stückchen Papier, nichts weiter. Reif für den Mülleimer, äh, für den Altpapiercontainer. Bei Katharina wird sachgerecht getrennt. Und ich werde gerade mediengerecht entsorgt. Ab in die Klatschspalte. Und darin klemme ich jetzt fest. »LULU IN LOVE«, schreit es in roten Lettern vom Titel. Darunter ein großes Foto, das vorführt, wie ich mit Lilli in dem silbernen Cabrio herumturne und ein Stück Folie über meine feschen schwarzen Dessous ziehe. Daneben ein kleines Foto von Robert, mit einem Champagnerglas in der Hand. ›Robert Sommerauer stößt auf die Hochzeit des Jahres an.‹ Steht da. ›Kult und Kasse. Show und Business. Ein Traumpaar.‹

Keine Frage, der Typ pokert hoch. Und ich bin der Einsatz. Die kleine Kugel rollt und rollt. Rien ne va plus. Nichts geht mehr? Das hat er sich so gedacht. Ich falte die Zeitung so lange, bis ein kleines dickes Paket daraus geworden ist. Dann werfe ich es in die Ecke.

»Hey, Lulu, was ist denn nun wieder los?«

»Hier boxt der Papst im Kettenhemd«, brumme ich.

»Und was ist mit dem Opa? Liegt der schon im Koma?«

In diesem Moment kommt Sophia mit einer Blockflöte in die Küche. Sie fiept zum Gotterbarmen, während Katharina sich mit feuchtblickigem Mutterstolz zurücklehnt.

»Frühmusikalische Erziehung«, verkündet sie. »Die Musikpädagogin sagt, dass Sophia ganz außergewöhnlich begabt ist.«

»Also von mir bekäme sie keine Lizenz zum Flöten«, sage ich grimmig.

Lilli hält sich die Ohren zu.

»Kinder, geht doch mal spielen«, schlägt Katharina vor.

Ich stürze einen Becher Kaffee herunter. Dann registriere ich Katharinas besorgten Blick.

»Nein, ich bin nicht schwanger. Nein ich heirate nicht. Und schon gar nicht in Hollywood. Nein, ich bin nicht durchgeknallt. Es ist nur so, dass ich ...«

»Ja?«, fragt Katharina mitfühlend. Wo ist die Staatsanwältin? Sehe ich schon so hinfällig aus, dass Katharina milde wird? Bloß das nicht.

»Also, ich weiß eigentlich schon, was ich will, aber das Ganze wächst mir über den Kopf und mitten ins Herz hinein.«

»Aha.«

»Nix aha.«

»Entschuldigung, ich frag' ja nur mal so.«

»Der Fliegende Robert hat alles kaputtgemacht, verstehst du? Ich dachte schon, alles wird gut, der Babysitter war schon in der Zielgeraden, und da kommt dieser Publicity-Pupser und wirft mit ungelegten Eiern um sich.«

»Ich versteh' gar nichts mehr.«

»Bei mir geht's zu wie beim Sommerschlussverkauf. Wie auf dem Wühltisch.«

»Und wieso ist der Babysitter überhaupt noch im Rennen?«, fragt Katharina und zermust eine Banane mit der Gabel.

»Weil er keine Frau hat, sondern eine Tochter. Ich meine, eine große Tochter mit einer kleinen Tochter.«

»Eine große mit einer kleinen, aha«, echot Katharina und greift zur nächsten Banane.

»Und weil er eine ganz und gar entzückende Briefmarkensammlung hat.«

»Hört sich so an, als ob dein Herz tiefer gelegt ist, sagen wir mal, so zwanzig Zentimeter.«

Beherzt pellt Katharina eine Knoblauchzehe.

Klar, mein Herz ist schwuppsdiwupps in die Hose gerutscht. Und wenn schon.

»Was wird das eigentlich, was du da zusammenrührst?«

»Bananenmus mit Knoblauch«, antwortet Katharina, ohne mit der Wimper zu zucken. Ich spüre, wie mein Magen schon bei der vagen Vorstellung rebelliert, diesen kulinarischen Notfall für eine ernst zu nehmende Nahrung zu halten.

Dingelingedong.

Was für eine allerliebste Klingel Katharina doch hat. Musikpädagogisch wertvoll, keine Frage. Ich gieße mir einen neuen Kaffee ein und lausche. Ein zweistimmiges Wispern entspinnt sich auf dem Flur und steigert sich zu einem knappen »Was? Sie ist hier?« Du lieber Himmel, das ist Robert. Der Lebemann. Ich blicke mich instinktiv nach Fluchtmöglichkeiten um. Die Speisekammer? Mein Magen sagt nein. Das Fenster? Ach was. Der Rückzug ist meine Sache nicht. Eher schon die Flucht nach vorn. Mit einem Satz bin ich auf dem Flur. Roberts Blick zersägt mich in Sekundenschnelle zu einem kleinen Häufchen Sondermüll. Atemlos stehen wir da und schweigen uns an.

»Jetzt sag bloß nicht – es ist nicht so, wie du denkst«, schleudert Robert mir schließlich entgegen.

»Und ich dachte immer, es heißt: Im Zweifel für den Angeklagten!«, schleudere ich zurück.

»Kinder, bitte keinen Showdown auf meinem Flur, ja? Wenn hier gleich Blut fließt, dann bin ich es, die wischen muss!«, versucht es Katharina mit der humoristischen Variante der Deeskalation.

»Tut mir leid, aber ich habe keine Zeit zu warten,

bis Lulu sich entschieden hat, ob sie nun den Dauer-Ex-Lover mit Kuscheleffekt will oder den coolen Medienheini oder ob sie am Ende doch mal nach mir greift, wenn ihr nichts Besseres einfällt.«

»Robert, bitte, glaubst du etwa diesem Käseblatt mehr als mir?«

»Und warum hast du mich nicht angerufen, statt hier seelenruhig Kaffee zu trinken?«

Gute Frage.

»Ich hab' mich nicht getraut«, gebe ich kleinlaut zu.

»Weil du mir nicht vertraust«, ruft Robert. »Weil du autistisch durch die Gegend gondelst und dir die besten Häppchen vom Buffet nimmst. Na, dann weiterhin guten Appetit!« Spricht's und knallt die Tür zu.

*

Nachdem ich mich tapfer durch den Kordon hektisch knipsender Journalisten gekämpft habe, die fröhlich winkende Lilli auf dem Arm, wühle ich mit fliegenden Fingern in meinem Rucksack herum. Windeln, Möhren, Kekse – du liebes Lieschen, warum finde ich immer im entscheidenden Moment den Wohnungsschlüssel nicht? Hinter meinem Rücken wird es lauter.

»Nun sagen Sie doch mal ...« »Hey Lulu, kuckmal nach hier!« »Dadadudu, hier winke winke machen, Lilli!«

Gleich fange ich an zu schreien. Aber halt, stand da nicht gerade ein Taxi im Halteverbot? Timmi, rette mich! Ich klingele Sturm.

Bingo. Die Tür öffnet sich.

»Na, was sagst du jetzt?«

Zuerst sehe ich nur das Amulett in Form eines kleinen Phallus aus Jade, dann die Krempe eines Hutes, der für eine Familie mit drei Kindern erdacht sein muss, und dann kapituliere ich vor der Macht des Faktischen.

»Hallo, Mutter«, flüstere ich entkräftet.

Dann geht alles sehr schnell. Das Gedrängel hinter mir entlädt sich auf den Flur, im Nu sind wir umringt von schlecht angezogenen Typen, die unaufhörlich »und noch mal bitte hier!«, »ja, gut!«, »nochmal LÄCHELN!!« schreien.

»Ich habe für die Herren von der Presse einen kleinen Imbiss gezaubert«, ruft meine Mutter bestens gelaunt und schiebt keck ihren Sombrero in den Nacken. Und ich dachte, die Dinger gibt's nur noch in Witzzeichnungen. »Paella für alle! Wer will nochmal, wer hat noch nicht?«

Ich lasse mich auf den kleinen Sessel neben der Garderobe fallen und arbeite an meiner Contenance, während sich Timmi durch das Gewühl zu mir hindurch drängt und mit einem Ausdruck ultimativer Zerknirschtheit die Achseln zuckt.

»Sie hat schließlich gesagt, dass sie deine Mutter ist, und da habe ich ...«

»Danke Timmi, verbindlichsten Dank, das war wirklich eine tolle Idee.«

»Kochen ist die Erotik des Alters!«, ruft meine Mutter neckisch, posiert noch mal kurz und heftig für die Kameras und verschwindet dann in der Küche, umweht von einigen Metern violetter Seide, die fachgerecht gebatikt ist. Oder war das ein Überbleibsel aus der Seidenmalerei-Phase? Mit letzter Kraft greife ich zur Trillerpfeife, die seit dem letzten Spielplatzdesaster an der Garderobe hängt und blase mit aller Kraft hinein. Augenblicklich ist Ruhe im Karton. Na also.

»Die Pressekonferenz findet morgen um siebzehn Uhr statt!«, rufe ich. »Und zwar im Studio. Verweigerung der Aussage. Ende der Durchsage. Wir danken für das freundliche Interesse.«

Eine Minute später ist der Flur leer, und alles ist wieder still. Sehr still. Tim steht da mit hängenden Schultern, und Lilli spielt ungerührt mit den goldenen Verschlüssen eines monströsen Schrankkoffers. Schließlich öffnet sich die Küchentür, und heraus tritt diese seltsame Dame, die ich ein Leben lang für meine Mutter hielt. Aber nun durchzuckt mich der Gedanke, dass ich wahrscheinlich adoptiert bin. Oder im Park vertauscht. Möglicherweise auch beim Friseur. Die ersten Jahre meines Lebens hatte ich schließlich zwischen Trockenhauben und Haarspraydosen verbracht, während meine Mutter eine Zeitschrift nach der anderen durchblätterte, mit dem Friseur schäkerte und den ganzen Salon mit ihren Schminktipps unterhielt. Ratlos starrt sie mich jetzt an, während sie sich an einer riesigen Pfanne festhält, in der es munter dampft.

»Ja, wo sind denn alle diese gut aussehenden Herren hin?«, fragt sie entgeistert.

»Die sind geflohen«, knurre ich. »Deine Paella riecht so streng.«

»Macht nichts, das kann man prima einfrieren«, flötet Frau Mama. »Und übermorgen kommt Pedro, der hat immer einen sagenhaften Appetit, und auch du könntest eine kleine Stärkung vertragen, Heidemarie, ach mein Schatz, lass dich doch mal ansehen, blass siehst du aus, ich freu' mich ja so für dich! Hab's heute Morgen beim Frühstück gelesen, die deutsche Zeitung kommt immer pünktlich nach Mallorca, stell dir vor. Mir ist fast das Rührei in den Kaffee gefallen. Einfach sagenhaft, meine Tochter heiratet, wer hätte das denn noch gedacht? Und da habe ich mich gleich in den Flieger gesetzt, einfach so, was sagst du nun?«

Am besten gar nichts.

»Ist eben immer noch so spontan wie früher, deine Mutter. Ich habe extra den Orgasmuskurs sausen lassen! Nein, nicht was du wieder denkst ...«

Aber woher denn? An Denken ist gar nicht zu denken.

»Ich nehme nicht teil, ich leite ihn! Ist der Renner diesen Sommer. Wir atmen wie die Weltmeister, so, kuckmal, immer schön ins Becken hinein. Ich erklär's dir später. Aber die Familie geht vor, und da dachte ich mir: Ü-ber-ra-schung! Die Heidi, die wird Augen machen!«

Die Familie geht vor? Seit wann denn das? Und welche Familie denn? Hilfe!

»Ich gehwoma besser«, sagt Timmi in die Pause hinein. »Muss noch'n bisschen rumgurken, taximäßig ...«, dann verschwindet er blitzartig.

»Und nun?«, fragt meine Mutter irritiert und setzt den Sombrero ab. Als ich sie das letzte Mal sah, da trug sie noch diesen hennafarbenen Afro-Look, aber das ist schon ein paar Jahre her. Jetzt präsentiert sie eine asymmetrisch verwirbelte Kurzhaarfrisur mit einer bläulichen Strähne an der Stirn.

»Nun sind die Damen unter sich«, antworte ich knapp.

Neugierig staunt Lilli die fremde Dame an.

»Und wer bist du?«, fragt meine Mutter.

Statt einer Antwort krabbelt Lilli auf meinen Schoß.

»Gestatten, dein Enkelkind.«

Das saß. Die frisch gebackene Oma schwankt ein wenig.

»Dann – bin ich also, äh, Großmutter?«, ächzt sie.

Wenn das alles nicht so absurd wäre, fände ich es fast unterhaltsam zuzusehen, wie sie ihr Image neu sortiert. Kommt ja auch alles ein bisschen plötzlich. Aber warum hätte ich ihr die Neuigkeit mitteilen sollen? Die drei, vier bunten Postkarten pro Jahr, die sie mir zu schicken pflegt, hatten mich nicht gerade annehmen lassen, dass sie ein besonderes Interesse für mein Leben hat.

»Sieht ganz so aus. Hallo Omi.«

»Omi, Omi, sag doch nicht immer Omi.«

»Omi, Omi«, echot Lilli.

Die Dame, die sich als meine Frau Mutter ausgibt, spielt nervös mit dem kleinen Jade-Phallus.

»Und wer ist der Vater?«, fragt sie verspannt.

»Meinst du den leiblichen Vater, den weltlichen oder den spirituellen?«, frage ich zurück.

»Was soll denn das nun wieder?«

»Also, den weltlichen hast du gerade kennen gelernt, das ist Timmi«, antworte ich knapp.

»Und wie soll es nun weitergehen?«, bringt sie schließlich hervor.

»Oh, es gibt ganz hervorragende Hotels in dieser Stadt. Timmi kann dich später hinbringen.«

Die pinkfarbenen Lippen beginnen zu zittern, und flugs erinnere ich mich an die bühnenreifen mütterlichen Weinkrämpfe, die mich als Kind so verstört haben. Bloß das nicht.

»Omi aua?«, fragt Lilli prompt.

»Omi müde«, sage ich schnell und blitze die liebe Großmutter an.

»Keine Szene bitte«, zische ich zwischen den Zähnen hervor. »Sonst verstecke ich dich im Schrankkoffer.«

»Danke für den herzlichen Empfang«, sagt das Familienoberhaupt. »Und ich dachte, du freust dich.«

»War ein prima Gastauftritt, wirklich, aber lass uns die Wiedersehensfreude nicht übertreiben, ja? Ich brauche ein bisschen Ruhe.«

»Und wer war dieser verwurschelte Typ eben?«

»Mein Privatleben ist weitaus übersichtlicher als deins, ich erklär's dir später.«

»Der in der Zeitung sah aber ganz anders aus«, beschwert sich meine Mutter.

»War voll retuschiert, das Foto. Und nun sollten wir alle duschen gehen, okay?«

Dingdong. Ob ich mal eine neue Klingel kaufe? Für die frühmusikalische Erziehung ist diese hier jedenfalls völlig ungeeignet.

»Wir kaufen nichts«, rufe ich in die Gegensprechanlage.

Prompt hämmert jemand an meine Tür. Ich öffne sie einen Spalt. Da steht ein Rosenstrauß. Der Rosenstrauß kann sprechen.

»Hallo, Lulu! Nun lass mich schon herein!«

Es ist Robert, mein Verlobter.

»Mama, das ist ...«
»Wow!«, schreit meine Mutter.
»Mama?«, fragt Robert. »Wieso Mama?«
»Omi!«, ruft Lilli.

*

»Gratulazione, Signorina«, sagt Carlo und schüttelt meine Hand, um sie mit formvollendeter Grandezza an die Lippen zu rühren. Dann nickt er Robert kurz zu. Manfredo schweigt verstockt. Recht hat er.

»Süß, dieses Opus Deli!«, zwitschert meine Mutter.

Was mache ich hier? Was geht hier vor? Ich hatte einfach nicht die Kraft, irgendetwas aufzuklären. Und wer hätte schon auf mich gehört? Alle amüsieren sich prächtig, da kann ich doch nicht den Spielverderber machen. Das kommt später. Also sitzen wir jetzt in fröhlicher Runde zusammen, und ich gebe mich hemmungslos der Hoffnung hin, dass ein Teller Nudeln mein Leben wieder in Ordnung bringt. Bis jetzt hat das immer funktioniert. Bis jetzt. Geistesabwesend betrachte ich Robert und seine vermeintliche Schwiegermutter. Na, die haben einander verdient. Und verstehen sich einfach wunderbar.

»Ein Orgasmus-Kurs? Sensationell!«, schwärmt Robert gerade und blinzelt mir verstohlen zu.

»Wenn ihr noch ein paar Tipps und Tricks für die Flitterwochen haben wollt, nur zu, keine falsche Scham!«, schlägt meine Mutter vor und kichert wie ein Teenager.

»Unser Liebesleben ist durchaus sehr erfüllend, aber

auch – unkonventionell, schließlich lebt Lulu nicht allein. Und mit einem Kind ...« Robert zieht bedeutungsvoll die Brauen hoch.

Also, das ist ja wohl die Höhe!

»Wem sagen Sie das?«, gluckst die Frau, die ihr unkonventionelles Liebesleben noch nie mit Rücksicht auf die eigene Tochter gestaltet hat. Derweil wird Lilli zutraulicher und bewirft ihre Oma mit Popcorn aus dem sagenhaften Rucola-Popcorn-Salat.

»Kuckma, wie Fia!«, sagt sie stolz. Da hat mein Schatz mal wirklich was Sinnvolles gelernt von ihrer begabten kleinen Freundin. Ich drehe meine Spaghetti dermaßen heftig auf die Gabel, dass es auf dem Teller knirscht. Wenn der Abend zu Ende ist, werde ich ein Muster hineingefräst haben.

»Heidi, du weißt doch, wie geräuschempfindlich ich bin«, tadelt mich meine Mutter und klaubt sich indigniert ein paar gut geölte Stückchen Popcorn vom Kleid. Das lilafarbene Gewand hat sie mit einem reptilienartig changierenden Ensemble vertauscht. Es ist grünlich mit silbernen Einsprengseln und zeigt ein tiefbraunes Decolleté, das mich an eine Krokodilleder-Handtasche erinnert.

»Wieso Heidi?«, fragt Robert.

»Familiengeheimnis, ich erklär's dir später.« Holla, wenn ich das alles mal erklären soll, dann dauert das mindestens eine Woche.

»Jedenfalls war sie immer schon so geräuschempfindlich, meine Frau Mutter. Und deshalb wird sie auch im Hotel logieren, so ein Kind macht schließlich jede Menge Geräusche, die den Schönheitsschlaf empfindlich stören«, erkläre ich so einfühlsam wie möglich. »Hast du nicht einen Vorschlag, Robert, wo wir sie unterbringen könnten?«

»Das kommt überhaupt nicht in Frage«, protestiert Robert. »Gudrun gehört nicht ins Hotel.«

Gudrun. Sie nennen sich schon beim Vornamen. Nichts ist, wie es scheint. Und das ist gut so. Nur die beiden wissen das noch nicht. Ich bekomme augenblicklich gute Laune.

»Willst du sie etwa auf deinem Wasserbett aussetzen? Nicht auszudenken, was passiert, wenn sie über Bord geht!«

»Nein, lass mal überlegen – natürlich, jetzt habe ich's: Gestern ist doch das Gartenhaus fertiggeworden! Das Gartenhaus unserer neuen Villa! Ich habe schon ein paar Möbel hineinstellen lassen. Alles ist tipptop. Gudrun, Sie sind unser erster Gast! Und zum Frühstück schicke ich Ihnen unseren Catering Service rüber. Und dann treffen wir uns alle und trinken Kaffee unter der großen Kastanie!«

»Ein toller Mann, Heidi, ich meine Lulu, das ist ja ein Traum von einem Schwiegersohn, da könnte man ja fast in Versuchung kommen! Wo hast du dir denn den geangelt?«

»Im Haifischbecken«, antworte ich wahrheitsgemäß.

»Und du hast eine tolle Mutter«, beeilt sich Robert hinzuzufügen.

»Und ich habe eine tolle Tochter«, sage ich und umarme Lilli, die inzwischen ihre Wurfübungen mit Brotkrümeln fortsetzt.

»Sie ist noch ein bisschen wild, die kleine Lilli, aber ich war früher genauso«, kokettiert meine Mutter. »So eine richtige Range war ich!«

»Sie ist allerliebst und schon ein echter Star!«, sagt Robert.

Dann dudelt sein Handy.

»Hallo?«, spricht er erwartungsvoll in das kleine silberne Ding hinein.

»Oh, hallöle!« Das muss Yvonne sein.

»Sorry, aber in unserer Branche gibt es nun mal keinen Feierabend, die Damen entschuldigen mich für einen Moment?«

»Aber sicher, Robert«, flötet meine Mutter.

Während Robert vor die Tür geht, wähle ich auf meinem Handy Yvonnes Nummer. Besetzt. Aha.

»Musst du auch immer so viel telefonieren?«, fragt meine Mutter ehrfürchtig.

»Aber klar, die Presse, weißt duuu ...«

»Mama, ei«, bittet Lilli. Ich streichele ihre Wange.

»Mama, ei!«, insistiert meine kleine Maus.

Ach so. Ich angele in meinem Rucksack nach einem Überraschungsei und lege alle Plastikteilchen schön ordentlich aufs Tischtuch. Und die Bauanleitung.

»Das wird ein Affe im Schlafrock«, erkläre ich meiner staunenden Mutter. »Wenn du zufällig deiner Enkeltochter eine Freude machen möchtest, dann bastel mal schön.«

Die Wahlwiederholung blinkt. Yvonnes Nummer ist wieder frei. Eine Sekunde später kommt Robert zurück an den Tisch.

»Was Wichtiges?«, frage ich lässig.

»Sehr wichtig. Probleme, Probleme, Probleme. So ist das nun mal.«

Seinem Gesichtsausdruck nach zu schließen, hat

Yvonne ihn ganz schön auflaufen lassen. Immer schön zickig bleiben. Gut gemacht, Yvonne.

»Lilli, musst du mal Pipi?«, frage ich meinen Goldschatz.

»Wieso, die hat doch eine Windel an«, wirft Robert fachmännisch ein.

»Ja, aber wir üben das Trockenwerden. Du glaubst gar nicht, was für interessante Nasszellen wir schon kennen gelernt haben. Die Stadt ist voll davon – Tankstellen, Kaufhäuser, Videotheken, überall gibt es diese putzigen kleinen Kabinette.«

Und schon steuern wir die Damentoilette an.

Während Lilli sich damit beschäftigt nachzusehen, ob sich im Innern der Klopapierrolle noch irgendetwas Interessantes befindet, drücke ich auf den grünen Knopf.

»Hallöle, hier ist das wonnige ...«

»Schon gut, ich bins, Lulu. Ja, jetzt staunst du. Hast ihn ja ganz schön rangenommen, was? Der Kerl ist völlig durch den Wind.«

»Woher – na, egal, geschieht ihm aber ganz recht, dem Casanova«, kichert Yvonne.

»Sag mal, Scherz beiseite, gefällt er dir? So ein klitzekleines bisschen?«

Einen Moment lang rauscht es im Hörer. Oder war das die Nachbartoilette?

»Yvonne?«

»Ja, schon.«

»Also wenn es jemanden gibt, der ihm Paroli bietet, dann du, Yvonne. Was ist, willst du ihn haben?«

»Was soll diese blöde Frage?«

»Hast du Bock auf die Villa?«

»Lulu, hast du getrunken?«

»Nö, nur eine Cola. Also, wie wär's mit der weißen Villa und dem Traummann?«

»Für eine Weile wär's sicher ganz lustig.«

»Würde Timmi dich stören?«

»Timmi?«

»Er kocht prima Kaffee, ehrlich.«

»Noch jemand ohne Fahrschein?«

»Ja, meine Mutter.«

»Deine ... was?«

»Ich erklär's dir später.«

*

Wenn das so weitergeht, dann müssen wir die Talk-Show demnächst aus dem Studio in meine Garderobe verlegen. Aus Platzgründen. Weil ich das Studio für meinen Wanderzirkus brauche. Zu der nun schon üblichen Entourage aus Lilli, Timmi, Yvonne und Susie hat sich auch noch meine Mutter gesellt. Sie thront in sonnengelbem Selbstgebatiktem vor dem Spiegel und schraubt jeden einzelnen Lippenstift auf und zu, während sie Susie mit Geschichten aus meiner Kindheit belästigt.

»Sie werden es nicht glauben, aber die Heidi, die hat immer ...«

Da hilft nur eins. Kurzerhand setze ich ihr Lilli auf den Schoß. Tut mir leid, meine Kleine, aber ich brauche mal dringend eine Oma-Bremse. Schon stockt der Redefluss und versickert in marmeladigen »Dudus« und »Dadas«.

Auftritt Robert. Perfekt gefönt betritt er die Garderobe und stürzt auf Mutter zu.

»Gudrun, was für eine Freude, Sie zu sehen!«

Lilli wird kurzerhand wieder abgesetzt. Die Stoffe wogen, der Jadephallus bebt. Alle starren auf die fulminante Szene. Man hat den Eindruck, hier liegen sich zwei Menschen in den Armen, die sich seit zwanzig Jahren nicht gesehen haben und nun durch einen himmlischen Schicksalstrick einander zugeführt werden. Unglaublich, dabei ist nicht einmal ein Fotograf zugegen. Die üben offenbar.

»Oh, Robert, danke für das tolle, tolle Frühstück, schade, dass Sie nicht selber kommen konnten, aber das Gartenhaus ist ja ein Traum, ich würde es nur ein ganz klein wenig umbauen, ein heizbarer Terracotta-Boden vielleicht, und ein Meditationsraum fehlt natürlich auch, also, da könnte man tolle Kurse veranstalten und ...«

Wie war das noch, früher, als ich mit Tim zum Fußball ging und wir heimlich Altbier in der Westkurve tranken? Schiedsrichter – Telefon!

»Mutter – Telefon! Pedro hat seine Koffer in Palma verloren«, schwindele ich aufs Geratewohl und locke meine Mutter auf den Flur.

»Nimm schnell ein Taxi zum Flughafen, der arme Kerl wendet sich sonst an wildfremde Damen«, beschwöre ich sie.

»Wieso, der wollte doch erst morgen ...«

»Hat sich eben verdaddelt, das arme Hascherl! Rette ihn!«

Wenn es um Pedro geht, sind offenbar alle mütterlichen Instinkte voll intakt.

»Gut, gut, ich eile, schaffst du es denn auch wirklich ohne mich?«

Natürlich nicht, schließlich bin ich ja erst vierzig.

»Es wird schwer, aber ich versuch's«, antworte ich heldenmütig.

»Fangt bloß nicht ohne mich an!«, droht Frau Mama, dann dreht sie sich um und läuft direkt in die Arme von Werner.

»Gehe ich richtig in der Annahme, dass du heute mal wieder eine neue Co-Moderatorin aus dem Hut ziehst?«, fragt Werner arglos und befreit sich zögernd aus der unfreiwilligen Umarmung.

»Du meinst wohl eher, aus dem Schrankkoffer«, antworte ich seufzend.

»Ach Hei – äh, Lulu, nun sei nicht immer so sarkastisch, ich bin das Fräulein Mutter zu dieser reizenden jungen Dame«, sagt meine Mutter und hat es plötzlich überhaupt nicht mehr eilig.

»Donnerwetter. Lulu, Ihr seid ja eine Wahnsinnsfamilie«, lächelt Werner wohlgefällig.

»Willst du mir den gut aussehenden jungen Mann nicht einmal vorstellen?«, fragt das Fräulein Mutter.

»Das ist Werner, der Regisseur, nimm dich vor ihm in Acht, er kratzt und beißt!«, versuche ich gegenzusteuern, aber es ist zwecklos.

»Also Sie sind ein waschechter Regisseur? Alle machen immer genau das, was Sie wollen, stimmt's?«

»Hmmm«, brummt Werner geschmeichelt.

»Muss ich jetzt auch machen, was Sie wollen?«

Sie ist kaum zu bremsen.

»Denk an den armen kleinen Pedro!«, flehe ich.

»Ich will in die erste Reihe!«, verkündet meine Mutter.

»Das lässt sich machen«, verspricht Werner und grinst mich an.

»Dann geh' ich mal in die Maske!«, beschließt meine hinreißende Mutter, »damit ich der Kleinen keine Schande mache!«

»Soll Pedro etwa die Nacht auf dem Flughafen verbringen?«, rufe ich entrüstet.

»Ich weiß ja nicht, wer dieser Pedro ist, aber wofür haben wir unseren VIP-Service, Lulu? Ich schicke mal einen Wagen hin. Also – Pedro wer?« Werner ist aber auch einfach zu nett in letzter Zeit. Eilfertig kramt er Stift und Block aus den Tiefen seiner Anglerweste.

»Pedro y Gonzales, genannt Speedy«, gibt meine Mutter zu Protokoll, »ich hab' ihn in meinem Orgasmus-Kurs kennen gelernt, der ist ja eigentlich nur für Frauen, der Kurs, aber Pedro ist Gärtner, und da der Kurs aus energetischen Gründen im Freien stattfindet, in unmittelbarem Kontakt zur Mutter Erde, wissen Sie, die kosmischen Vibrations werden da gewissermaßen im Becken reflektiert und anschließend geerdet, und dafür brauchen wir eine intakte Wiese, die muss gut gewässert werden, auf verdorrten Halmen lassen sich keine Energien erspüren, das verstehen Sie doch, oder?«

»Aber sicher doch.«

Werner lässt Block und Bleistift wieder in seiner Weste verschwinden.

»Nun sagen Sie mal«, raunt er, »wie geht das nun genau, ich meine, äh, mit den Kursen ...«

Ich geb's auf, lasse die beiden stehen, verschwinde in meine Garderobe und schließe von innen ab.

»Heftiges Pochen innerhalb der nächsten zwanzig

Minuten bitte ich standhaft zu ignorieren«, befehle ich streng. »Also, Susie, walte deines Amtes.«

»An was hattest du denn heute gedacht?«, fragt Susie vorsichtig und rückt ihr Decolleté zurecht, das heute ungewohnt offenherzig gestaltet ist. Also für mich hat sie ihre sekundären Geschlechtsmerkmale nicht in diesen Wonderbra gestopft. Ob sie einen neuen Freund hat?

Ich starre in den Spiegel, den Lilli mit Konturenstiften kreativ gestaltet hat.

Tja, wer bin ich denn heute? Wie hätten Sie's denn gern? Womit kann ich dienen? Wer will nochmal, wer hat noch nicht? Heute im Angebot: Original Paella, wahlweise mit Medien-Braut oder Talkshow-Schlampe, abgeschmeckt mit Mutterwitz und Windelwahnsinn, gerührt und nicht geschüttelt, ganz nach Gusto noch eine Prise Schlamassel im Zitronengrasbett oder doch lieber mit tränenreichem Happy-End? Ob ich mal Robert anrufe?

Ratlos blicke ich in die Runde, dann fliehe ich in die Dusche und wähle seine Nummer. »Wo bist du, wer bist du ...« Fragen über Fragen. Ich atme tief durch. Endlich der Beep.

»Robert, ich weiß, alles spricht gegen mich, aber wenn du uns noch eine Chance gibst, dann melde dich!«

Ich schließe die Augen und lehne mich an die hellgrauen Designer-Kacheln. Werde ich jemals wieder mit ihm duschen? Werde ich ...

»Lulu, trockenduschen ist out! In einer halben Stunde beginnt die Sendung!«

Das ist Yvonne. Also gut.

»Hier, Süße, das hat deine Mutter dir mitgebracht!«

Mit diesen Worten drapiert Yvonne eine Wolke pinkfarbener Seide auf dem Schminktisch. Mindestens vier Meter. Handbemalt mit einem wüsten, eindeutig eruptiven Muster. Meine Güte, malen die etwa beim Orgasmuskurs? Haben die sonst nichts zu tun?

»Ist das ein Umstandskleid?«, fragt Susie mitfühlend. Auch das noch. Aber im Grunde ist es wirklich ein Kleid für zwei.

»Das nehmen wir!«, rufe ich ausgelassen.

»Wir?«, fragt Yvonne.

»Na, für einen ist es entschieden zu groß. Und Lilli passt auch noch mit hinein!«

»Darf ich wenigstens meine Strapse anbehalten?«, schmollt Yvonne.

*

»Und – bitte!«

Sie mussten extra die Designer-Couch aus meiner Garderobe auf das Podium hieven. Ich fühle mich wie im Zeltlager, wenn wir Mädels bei Gewitter zu dritt in einen Schlafsack gekrochen sind. Ist irre gemütlich, aber auch ein wenig gewöhnungsbedürftig. Vor allem für die Gäste. Die fremdeln vereinzelt auf ihren Stahlrohrsesseln herum, während Yvonne, Lilli und ich bequem unter Mutters Seidenballon herumlümmeln. Ich schätze, dass dies hier aussieht wie der finale Hackenschuss. Aber vielleicht träume ich das alles ja nur. Oder den Außerirdischen sind die Sicherheitsaggregate durchgeschmort. Hallo, ihr da oben, seid ihr zufrieden mit eurem coolen Experiment? Bin ich jetzt dort, wo ihr mich haben wollt? Immerhin eines muss man diesen Außerirdischen lassen: Der Spaßfaktor ist exzellent. Ich beschließe die sofortige Kontaktaufnahme.

»Hallo!«, rufe ich frohgemut.

»Hallöle!«, raunt Yvonne.

»A – OOh!«, kräht Lilli. Klar, wir sehen jetzt aus wie einer dieser windelweichen Teletubbies.

»Wir haben heute Großes vor«, verkünde ich. »Es geht um die Schnittstelle von Kino und Literatur, um die Liaison zweier Rivalen, die traditionell einen erbitterten Kampf gegeneinander führen und zuweilen doch in einer Art Vernunftehe miteinander verkuppelt werden: Und zwar in Form der Literaturverfilmung. Eine verhängnisvolle Affäre.«

Bei dem Wort »Vernunftehe« beginnen hektisch irgendwelche Kameras zu klacken. Bei der »verhängnisvollen Affäre« klackt es so laut, dass ich kaum mein eigenes Wort verstehe. Ach du liebe Güte, die Pressekonferenz! Die hatte ich total vergessen. Die Herren Jäger sind alle schon da und lungern im Studio herum. Waidmannsdank! Ja, knipst ihr nur. Wenn's mir zu bunt wird, tauche ich ab im Barbie-rosa Schlafsack.

»Affären! Ich liiebe Affären!«, ruft Yvonne.

»Affe tot!«, ruft Lilli.

»Ich begrüße nun sehr herzlich den Dichter Peter Lüng, der seine lünguistischen Thesen jüngst in einer atemberaubenden Verfilmung bebildert hat.«

»Is' doch durch«, wirft der Videokünstler Ralf Rautenberg ein. »Total out.«

Herr Lüng, schwer vermummt mit Schal und Hut, verneigt sich stumm vor unhörbarem Applaus.

»Lilli sollte auch mal ein bisschen dichter werden, finde ich«, merkt Yvonne an.

Ich taste unter dem Stoff verstohlen nach Lillis kleinem Windelpo. Gut gefüllt, die Pampers. Erinnert mich irgendwie an den Wasserstreifen in meinen Sandkuchen.

Warum vergisst Timmi auch immer das Windelwechseln? Sorry, nach dieser Sendung wird die Designercouch aussehen wie meine heimischen Sofas. Robert, dem Super-Babysitter wäre das nicht passiert. Ach, Robert. Bist du da draußen, irgendwo? Oder hast du deinen Fernseher abgemeldet, weil ich manchmal darin umherspringe? Aber vielleicht siehst du mich ja jetzt. Ich versuche ein Lächeln in Kamera drei. Wenn dir noch irgendetwas an mir liegt, dann melde dich, und zwar schnell.

»Ich arbeite schon länger über die Naturgesetze des Reims und der menschlichen Anklangsnerven«, setzt nun der Dichter an und zurrt seinen Kaschmirschal noch etwas enger um den Hals.

»Was Sie nicht sagen!«, staunt Yvonne.

»Is' doch durch«, quengelt der Videokünstler.

»Nehmen Sie nur die auffallende Paarigkeit von Reizen«, doziert Herr Lüng und heftet seinen Blick auf Yvonnes zart bestrumpfte Beine, die sie zwecks kurzzeitiger Kühlung aus dem rosa Ballon herausgestreckt hat.

»Gleiches begegnet uns auch in der Sprache: Dolly Dollar, Agar Agar, Schicky Micky ...«

»... Baby Baby ...«, fällt mir ein.

»Balla Balla«, ergänzt Yvonne.

»Völlig richtig«, fährt der gefeierte Autor ungerührt

fort. »Und deshalb habe ich gewissermaßen einen filmischen Essay komponiert, in dem ich alles Paarige gesammelt habe.«

»Ein Doppelmoppel also«, sagt Yvonne.

»Hoppelpoppel«, ruft Lilli. Ihre Sprachentwicklung macht wirklich rasante Fortschritte. Wenn das Melanie wüsste.

»Und wie sieht Ihr Doppelmoppel aus?«, fragt Yvonne interessiert.

»Film ab!«, sage ich streng.

Prompt fängt Lilli im Schutze der eruptiven Seide an, uns heftig zu kitzeln.

»Mami, hihi«, tönt es hell durchs Studio. »Wonni, hihi!«

»Lilli, hör auf!«, gluckse ich.

»Können wir denn mal?«, bellt es aus den Lautsprechern. »Noch dreißig Sekunden bis MAZ-Ende!!«

»Das ist ein Fall für Omi!«, tönt es hinter den Kameras.

Die Monitore färben sich schwarz, und mein Gesicht färbt sich rot.

Auftritt einer Seniorin in sonnengelb, die anfängt, am rosa Ballon zu zerren.

»Nehmt doch mal das Fräulein Omi vom Schirm«, raunzt es durch das Studio.

»Mutter, könntest du uns bitte mal kurz alleinlassen? Wir sind auf Sendung!«, flehe ich.

»Kind, was ist das eigentlich für eine Sendung?«, fragt meine Mutter seelenruhig und lässt sich auf das Designersofa plumpsen.

»Wenn du da jetzt sitzen bleibst, dann ist es eine Familiensendung!«, seufze ich.

»Is' doch durch«, sagt Ralf Rautenberg.

»CLEAR THE SET!« Die Lautsprecher vibrieren. Rotlicht. Nützt nix, sie ist drin.

»Sehr herzlich möchte ich Frau Knospe begrüßen«, höre ich mich sagen. »Wie hat Ihnen denn der Film gefallen?«

»Also, das war nicht schlecht, ich würde sogar sagen, das erinnert mich an meine Arbeit auf Mallorca, ich habe dort nämlich einen Orgasmus ...«

»Oh, herzlichen Glückwunsch, das hört man nicht alle Tage«, fällt ihr der Dichter ins Wort.

»Herr Professor Meyer-Siemer, als Spezialist für Sprache und Dichtung des Goethe-Instituts sind Sie ja Kummer gewöhnt. Teilt sich die Sinnlichkeit von Dolly Dollar und Co. Ihnen überzeugend mit?«

»Nun, eine gewisse Infantilität kann man ja unserer heutigen Medienlandschaft kaum absprechen«, bemerkt der Herr Professor schmallippig und betrachtet interessiert seine Fingernägel.

»Juhu!«, ruft Lilli. Meine Mutter hat ihr ein Gummibärchen zugesteckt.

»Sie hat sich aber schnell in ihre neue Rolle hineingefunden!«, kichert Yvonne.

»Ach was, die hat sie immer in der Tasche, für den Fall, dass ihr ein gut aussehender junger Mann über den Weg läuft«, sage ich.

»Noch jemand ohne Gummibärchen?«, fragt meine Mutter prompt und hält die Tüte dem Dichter unter die Nase.

»Dafür war ich nie jung genug«, kontert der mit einer Spur Melancholie.

»Gummibärchen sind doch durch«, mault der Videokünstler. »Brause ist angesagt.«

»Zurück zu den Delikatessen der Sprache«, sage ich schnell. »Herr Dichter, äh, Herr Lüng, warum denn nun ein Film über diese Dinge?«

»Nun, die visuelle Unterforderung des Schreibens liegt doch wohl auf der Hand!«

»Sie meinen: grau und öde, fad und schnöde«, zwitschert Yvonne.

»Was für ein überaus sinnliches Verhältnis Sie zur Sprache haben«, lobt der Dichter.

»Also, ich finde, Literatur hat auf der Leinwand nichts zu suchen«, beschwert sich nun Ralf Rautenberg.

»Is' die auch durch?«, fragt Yvonne.

Der Künstler lächelt dankbar.

»Wir brauchen die Explosion des Visuellen, die adäquate Aufsplitterung der Wirklichkeit in Bits und Bytes!«

»Ach wirklich? Ich habe auch gerade meine Küche gebeizt«, wirft meine Mutter ein. Ob ich sie einfach im Ballon verschwinden lasse?

»Sehen Sie nun eine Kostprobe optischer Anarchie! Das neueste Werk unseres Lounge-Revolutionärs Ralf Rautenberg!«, verspreche ich und hoffe auf die MAZ. Auf die MAZ ist Verlass. Sofort tobt ein Krieg der Farben auf den Monitoren. Zwischen schnellen Schnitten blitzen Flammen auf.

»Mama, kuckma, Feuer!«, schreit Lilli begeistert.

»Oh, bitte sehr«, sagt Ralf Rautenberg galant und zückt ein Feuerzeug. Lilli ist voll aus dem Häuschen, während sich der Videokünstler gelassen einen Joint anzündet.

Prompt rennen zwei Feuerwehrleute auf die Bühne, mit Helm und Feuerlöschern. Lilli ist entzückt.

»Dadüdadaaa!«, kräht sie.

»Genau!«, ruft Ralf Rautenberg. »Action!«

Dann reißt er einem verdutzten Feuerwehrmann den Feuerlöscher aus der Hand.

»Dadüdadaa!«, ruft er im Chor mit Lilli und hantiert am Feuerlöscher herum. Die Gäste flüchten. Meine Mutter flucht. Und Yvonne kämpft mit einem phänomenalen Lachanfall.

»Toll!«, knarrt es aus den Lautsprechern. »Große Klasse! Weiter so! In dreißig Sekunden sind wir wieder auf Sendung! Und – bitte!«

*

Na, das ist ja gerade nochmal gut gegangen. Ich wische mir den Löschschaum aus dem Gesicht, und während noch alle ausgelassen in dem Zeug herumglitschen, entschlüpfe ich dem rosa Seidenballon und haste zur Garderobe. Ganz bestimmt hat mein Robert eine Nachricht auf das Handy gesprochen. Ganz bestimmt. Niemand kann uns auseinanderbringen. Keine Zeitung und kein Smartie. Mein Herz klopft die verrücktesten Morsebotschaften. Ich will gerade die Klinke herunterdrücken, als ich ein verdrucksstes Kichern höre. Komisch, hört sich an wie Susie. Sie scheint eine Menge Spaß zu haben. Ob Timmi sich vergessen hat?

Vorsichtig öffne ich die Tür einen winzigen Spalt breit. Und dann sehe ich sie. Sie hockt auf dem Schminktisch. Ihr Rock ist hochgerutscht. Der Wonderbra hat aufgehört zu halten, was er versprach. Mit perfekt lackierten Nägeln wühlt Susie in braunem

Männerhaar, das noch vor kurzem perfekt geföntwar. Nur das anthrazithfarbene Jackett sieht alles andere als perfekt aus. Ein bisschen verdrückt, ein bisschen verknittert. Leise schließe ich die Tür.

Aha. Ach so. Ich zähle still bis zehn. Soll ja helfen. Nicht, das ich so etwas nicht geahnt hätte, aber ein bisschen plötzlich kommt das schon. Langsam schlendere ich in das Studio zurück. Bis jetzt war es nur eine vage Idee, so ein verrückter kleiner Einfall. Aber jetzt nimmt es Gestalt an. Und wird zum Plan. Ich lächle grimmig vor mich hin.

Männer sind wie Luftballons. Erst blasen sie sich auf, dann fliegen sie wahllos durch die Gegend, und wenn die Luft raus ist, dann wollen sie warm und gemütlich in der schönen weißen Villa sitzen. Das hat er sich so gedacht, der Traummann.

Die Reporter haben es sich inzwischen auf der Bühne gemütlich gemacht.

»So, Jungs«, rufe ich fröhlich in die Runde. »Nun schreiten wir zur Pressekonferenz. Also: Es ist alles ein Traum. Ein wunderbarer Traum. Und die Traumhochzeit findet am kommenden Samstag statt. Auf dem Land. Wo Fuchs und Hase sich gute Nacht sagen. Eigentlich wollten wir ja in Las Vegas unsere Eheringe verspielen, aber wir können einfach nicht länger warten.«

Yvonne betrachtet mich fassungslos. Ich zwinkere ihr zu. Wart's nur ab, Mädel, wir werden dem wildgewordenen Womanizer noch zeigen, wo der Küchenfreund hängt.

Und während meine Mutter mich theatralisch umarmt und Lilli auf den Arm will und Werner mir aufmuntertnd auf die Schulter klopft, kommt Robert hereinspaziert. Die Haare sitzen wieder perfekt. Hat ja unbestreitbar seine Vorteile, so ein Techtelmechtel mit der Maskenbildnerin. Die kriegt alles wieder hin und bügelt auch noch die lustvoll lädierte Anzugjacke auf.

Ich laufe auf ihn zu und hänge mich an seinen Arm.

»Lulu? Was hat das hier zu bedeuten?«

»Ich denke, es war ganz in deinem Sinne, dass ich endlich Zeit und Ort unserer Hochzeit bekannt gebe. Ist eine kleine Überraschung, ich weiß, das ist eher deine Stärke, die Überraschungseier, aber so eine richtig romantische Hochzeit auf dem Lande ist doch voll cool, oder?«

»Aber, aber – ja!«, stammelt Robert nun und entschließt sich zu einem fotogenen Kuss.

Er riecht nach Susies Deo, aber das macht gar nichts. Männer sind wie Luftballons? Kein Problem. Ich habe eine Stecknadel dabei.

*

Alles schläft, einsam wacht Lulu Knospe. Ich hocke auf dem Küchensofa und betrachte gedankenverloren mein Handy. Wie viele Menschen auf dieser Welt haben wohl schon vor mir versucht, ein Telefon durch pure Willenskraft zum Klingeln zu bringen?

Ein letztes Mal drücke ich die kleinen Knöpfe. Es sind keine neuen Nachrichten vorhanden, sagt die freundliche Frauenstimme. Ciao Robert. Das war's dann wohl. Und dann nehme ich alle Kraft zusammen und tauche das kleine längliche Stück Papier ins Glas. Meine ganze Zukunft auf ein paar Quadratmillimetern

Papier. Jetzt bloß keine Sinnfragen. Ich nippe an der Buttermilch von der Tankstelle. Ich baue ein Überraschungsei zusammen. Ein lachendes Auto. Ich kippe die gelbe Flüssigkeit in den Ausguss. Der kleine weiße Streifen beginnt sich zu färben.

Ach, du dickes Ei.

*

»Kinder, Kinder, Kinder!«

Gerdas Wangen färben sich fast violett vor Eifer. So einen Auftrieb hat man hier noch nie gesehen. Das ganze Dorf ist auf den Beinen. Die Pferdekoppel hinter dem Haus ist völlig zugeparkt. Riesige Bleche mit Streuselkuchen werden vor dem Gasthof gierig geplündert. Lilli trägt das erste Abendkleid ihres Lebens und stylt es gerade mit Nutella. Gerda stürzt von Zeit zu Zeit in den Schankraum und einen Amaretto hinunter, bevor sie sich wieder hinauswagt. In der Küche stehen betagte Damen in weißen Kitteln und rühren die Hochzeitssuppe zusammen. Ich nasche ein bisschen Eierstich.

»Vergessen Sie bitte nicht das Salz«, sage ich leichthin und schlendere in die Sonne hinaus. Aber versalzen werde ich die Suppe schon selber.

Alles ist perfekt organisiert. Die Kameras surren und knacken und klicken. Robert gibt ein Interview nach dem anderen. Yvonne posiert auf dem Trecker. Meine Mutter stopft vor laufenden Kameras Kuchen in den armen Pedro hinein. Der muss zur Feier des Tages ein gebatiktes Seidenhemd in lila tragen und einen Sombrero, auf dem man bequem ein Glas abstellen könnte. Eigentlich der ideale Partybegleiter. Da hat man immer die Hände frei.

Ich wühle mich zu meinem Verlobten durch und zupfe vorsichtig an seinem Ärmel. Robert trägt einen weißen Smoking. Ein bisschen Nutella könnte nicht schaden, damit es nicht so klinisch aussieht. Ein Fall für Lilli. Aber vorher muss ich noch etwas erledigen.

»Hast du mal einen Moment Zeit für mich?«, frage ich Robert.

»Eine Sekunde noch, Spatzi, da sind noch die Herren vom Abendkurier und ...«

»Nur einen klitzekleinen Moment, ja?«

Robert beäugt mich ungehalten. Sorry, ich bin's ja nur, deine Verlobte. Ich mache vor Aufregung einen Knoten in meinen Schleier.

»Also gut.«

Ich nehme Robert an die Hand und ziehe ihn hinauf aufs Zimmer.

»Willkommen im Brautgemach!«, sage ich sanft und schließe die Tür.

Yvonne hat an alles gedacht. Es gibt Luftballons und Rosen, wohin das Auge auch blickt, und einen Sektkühler nebst Champagnerflasche.

»Liebster, ich möchte noch etwas klären, bevor wir zur Tat schreiten«, sage ich feierlich. »Ich freue mich so auf unser Leben in der Villa, aber du weißt, dass es ein paar Menschen gibt, die mir sehr, sehr nahe stehen.«

»Und?« Robert betrachtet sich aufmerksam im Spiegel und zupft seine Fliege glatt.

»Ich hätte soo gern, dass sie alle ein Dach über dem Kopf haben. Du weißt doch, wir leben in Zeiten der Patchwork-Familie und ...«

»Patchwork – was?« Robert zieht eine kleine Spraydose aus der Tasche und sprüht sich eine Wolke streng riechenden Menthols in seinen Mund.

»Es ist doch viel praktischer, so eine Großfamilie«, sage ich schnell, »so ein Au-Pair-Mädchen will doch immer nur mit bösen Jungs ausgehen, und unser Leben wird doch sehr aufregend, da ist es einfach genial, ein paar Menschen um sich zu haben, die ...«

»Wie – was?« Robert schneidet seinem Spiegelbild die typischen Grimassen, mit denen ein Mann kontrolliert, ob's mit der Rasur geklappt hat.

»Jedenfalls wird es dir bestimmt nichts ausmachen, das verstehst du doch, ist so was wie ein Mietvertrag, das bedeutet natürlich im Grunde gar nichts, aber ich bin nun mal ...«

»Lulu! Was ist denn das für ein Papier?«

»Ist nur für Timmi und für Yvonne und für meine Mutter, das ist schon alles«, beschwichtige ich ihn. »Dass ich mit dir wohnen werde, ist ja klar, aber für die anderen ...«

»Du, da unten warten eine Menge Leute auf uns!«

»Also, dann machen wir es kurz, bitte unterschreib doch mal ganz schnell hier unten!«

Robert sieht mich ein wenig misstrauisch an, dann ergreift er achtlos den hingehaltenen Kugelschreiber und kritzelt einen Haken auf das Blatt, der jedem Arztrezept zur Ehre gereichen würde.

»Na, zufrieden, mein kleiner Wildfang?«, raunt er und streicht meinen Schleier glatt.

»Sag mal, was ist denn das für ein Knoten?«

»Och, der soll mich an was Wichtiges erinnern.

Moment – war da nicht eine Hochzeit heute oder so was?«

»Du hast aber auch Nerven!« Wohl wahr.

Ich küsse ihn züchtig rechts und links. Robert zieht pikiert ein Taschentuch aus seinem Jackett und reibt sich den Lippenstift von den Wangen.

»Pass doch bitte ein bisschen auf, gleich ist der Fototermin, und du lässt dir mal von Susie ein bisschen die Gesichtszüge korrigieren. Beeil dich, ja?«

»Aye, aye, Sir!«, rufe ich dienstfertig und falte schnell das Papier zusammen.

Während Robert die Treppen hinunterpoltert, streiche ich das Hochzeitslager glatt.

»Viel Spaß«, flüstere ich und gebe den Kopfkissen einen finalen Kantenschlag, sodass sie fortan in Habacht-Stellung die stürmische Nacht erwarten. Dann gehe ich in Yvonnes Zimmer, wo Susie eine Art Feldlazarett für kosmetische Problemfälle eröffnet hat. Gerade erhebt sich meine Mutter. Sie ist kaum wiederzuerkennen und findet das wunderbar.

Yvonne sitzt auf dem Bett und raucht einen Zigarillo nach dem anderen. Ich nehme sie in den Arm.

»Aufgeregt?«, frage ich sie leise.

»Eine Hochzeit erlebt man nicht alle Tage«, murmelt sie heiser. Dann verschwindet sie im Badezimmer.

»Nein, Susie, sooo was Nettes aber auch, dass du uns alle unkenntlich machst!«, rufe ich bestens gelaunt. »Ich hoffe doch sehr, dass Robert sich gebührend bei dir revanchieren wird für die Extras!«

»Nun halt doch mal still!«, maunzt Susie und malt mir einen Mund, der mehr an Clown als an Kirsche erinnert. »Soo, und nun noch die künstlichen Wimpern, aber heul bitte nicht bei der Trauung, sei so gut, sonst rutschen die Dinger gnadenlos runter!«

Das sind ja schöne Aussichten. Die Braut mit den apart behaarten Wangen. Susie, du bist wirklich ein kleiner Teufel.

»Und was ist mit der da?«, fragt Susie und deutet auf Katharina, die gerade mit Anna-Maria um die Ecke kommt.

»Oh, die da ist Katharina und völlig Lippenstift-resistent«, sage ich schnell.

Katharina blickt irritiert von einem zum anderen.

»Was ist denn hier los? Karneval ist doch schon vorbei!«

»Hallo, Katharina, nun sei nicht schon wieder so streng, Susie macht gerade eine Therapie, Malen nach Zahlen, das beruhigt sie ungemein.«

Anna-Maria stürzt sofort auf die verlockenden Stifte und Tuben zu.

»Mama, malen!«, ruft sie.

Und bevor irgendjemand eingreifen kann, hat sie sich schon eine rote Nase gemalt.

Und dann ist es soweit. Auftritt des glücklichen Paares im Saal. Eine aufgekratzte Combo spielt den Hochzeitsmarsch im Samba-Rhythmus, Lilli streut brav Blumen. Der Pfarrer trinkt schnell noch einen Schnaps.

Robert will gerade Luft holen, als ich das Wort ergreife.

»Hallo! Willkommen! Ich begrüße alle zu einem Tag, den wir so schnell nicht vergessen werden. Kennen Sie Alice im Wunderland?«

Ein Raunen geht durch die Reihen, Robert sieht mich verdutzt an.

»In diesem zauberhaften Buch gibt es einen Nicht-Geburtstag, der mit allem gebührendem Pomp gefeiert wird«, fahre ich fort. »Nun, ich habe mich inspirieren lassen. Und deshalb feiern wir heute eine Nicht-Hochzeit!«

Das Raunen steigert sich zu einem aufgeregtem Gemurmel.

»Lulu, was soll das denn nun wieder?« Robert zieht ungehalten an meinem Brautschleier. Ich vollende sein Werk und reiße mir das Ding aus dem Haar.

»Yvonnchen, Süße, komm doch mal nach vorne«, rufe ich meine Freundin.

Sie sieht hinreißend aus. Das kleine weiße Satin-Kostümchen lässt keine Fragen offen, ob die letzte Diät erfolgreich war.

Ich lege ihr den Schleier um den Hals und küsse sie auf die Wangen.

»Sehr verehrte Damen und Herren, ist das nicht ein Traumpaar?«

Nun ist es still. Ganz still.

»Tja, heiraten werden die beiden auf den Malediven, wo Yvonne einen absolut kultigen Spinat-Spot dreht, aber feiern werden wir heute. Denn Robert Sommerauer, dem ich eine Menge Aussichten und Einsichten verdanke, hat in seiner unverwechselbaren Art die Zeichen der Zeit verstanden und gründet heute eine Familie – eine Patchwork-Familie. Als Schwiegermutter stellt sich großmütigerweise meine Mama zur Verfügung, die ab sofort Orgasmus-Kurse im Gartenhaus veranstaltet, während Pedro sich versiert und charmant um das Garten-Chakra kümmert. Und als Majordomus wird Timmi für das Wohl von Bewohnern und Gästen sorgen. Selbstverständlich werden meine Tochter und ich dieses Idyll der Neuzeit dann und wann abrunden, denn Robert ist ein echter Familienmensch, der Prototyp einer neuen Männergeneration, für die das Jäger- und Sammler-Dasein altes Denken ist. Ich wünsche uns allen einen äußerst familiären Abend!«

Robert steht da, als hätte man ihn mit Champagner übergossen. Während meiner kleinen Rede war noch ein vitaler Fluchtinstinkt in seinen Augen aufgeglimmt, doch jetzt weiß er, dass es kein Zurück gibt.

Ich winke der Combo, und sofort erfüllen die Klänge von »Jalousie Tango« den Raum und übertönen den Tumult, der sich stetig ausbreitet.

Yvonne greift sich den völlig ferngesteuerten Robert und beginnt den Brauttanz. Ich nehme Lilli auf den Arm und tanze mit. Ich fühle mich leicht wie eine Feder. So fühlt es sich also an, auf der eigenen Hochzeit zu tanzen. Als Gast. Reporter kämpfen sich tanzend zu uns durch.

»Lulu!« »Lilli!« »Hierher!« »Nochmal lächeln!«

Und ich rufe »Winkewinke!«

Plötzlich höre ich ein Poltern und einen Schrei. Direkt vor dem Geschenketisch fällt meine Mutter in Ohnmacht. Ich eile zu ihr, und fünf Minuten später hocken drei Knospe-Generationen auf Gerdas Ehebett.

Meine Mutter stöhnt, als sei sie die Hauptperson der Hochzeitsnacht. »Lulu, wie konntest du mir das antun?«, flüstert sie matt.

»Ach, Mama, ich kann doch die Tradition nicht unterbrechen! Du bist mein großes Vorbild! Wie könnte ich mich da an irgendeinen Mann wegschenken, auf immer in Beugehaft! Und wenn ich mal älter bin, dann möchte ich auch einen Pedro und ein Batikkleid, genau wie du.«

Als Antwort höre ich nur ein Ächzen.

»Oma aua?«, fragt Lilli.

»Oma müde«, antworte ich, und dann schlafen wir alle drei ein, während die Combo von fern ein wildes Wiegenlied spielt.

*

Irgendetwas kitzelt. Ich blinzele und blicke direkt in zwei große Kinderaugen. Komisch, irgendwie hatte ich Lilli anders in Erinnerung. Ob sie Susie in die Hände gefallen ist?

»Kuckma, Lilli!«, sagt das Kind jetzt. Es ist Friederike.

Ich bin auf der Stelle hellwach. Draußen ist es dunkel. Die Combo rödelt aus Leibeskräften. Muss ja eine tolle Party sein.

»Riieke!«, schreit Lilli.

Die beiden Kinder fangen an zu hopsen und erreichen mühelos Windstärke zwölf. Wer braucht denn ein Wasserbett, wenn er zwei so wunderbare Kinder dabei hat? Doch dann kentere ich mit Mann und Maus. Denn nun sehe ich ihn. Robert. Er lehnt an Gerdas Eichen-Kleiderschrank und putzt sich die Hornbrille. Einfach so.

»Gratuliere«, sagt er und lächelt dieses wunderbare Zahnlückenlächeln.

»Wie kommst du denn hierher?«, entfährt es mir.

»Erst die Bahn, dann der Bus und dann ein Taxi.«

»Heidemarie, wer ist denn das nun wieder?« Meine Mutter reibt sich ein halbes Pfund Wimperntusche aus den Augen und sieht nun aus wie ein Bergmann nach acht Stunden Arbeit in der Grube.

»Tja, um ehrlich zu sein, weiß ich das auch nicht so genau.«

Jetzt schiebt sich auch noch Gerda ins Schlafzimmer.

»Ich hab' ja gleich gesagt: Bitte nicht wecken, aber dein Bruder wollte dich unbedingt sehen!«

»Dein Bruder?«, fragt Mutter und lässt sich erschöpft in die Kissen fallen. »Seit wann hast du denn einen Bruder?«

»Ich habe ihn so gut wie adoptiert«, seufze ich.

»Oder ist das der Mann, der immer auf Dienstreise ist?«, fragt Gerda. Ich bewundere ihren Scharfsinn.

»Genau der!«, antworte ich.

»Ach, und deshalb wolltest du den anderen nicht heiraten?«

»Wieso?«, fragt Robert.

»Die hat ihn einfach stehenlassen und ihrer Freundin geschenkt«, jammert meine Mutter.

»Lulu!« Robert hechtet aufs schwankende Bett und erhöht auf Windstärke dreizehn.

Sofort beginnt die erbitterste Kissenschlacht in der Geschichte der christlichen Seefahrt.

»Das heißt ...«, japst Robert zwischen zwei Volltreffern, »das heißt, dass du ...«

»Ich bin frei!«, rufe ich.

»Für mich?«, fragt Robert.

»Für alle und für keinen!«, antworte ich und nehme Deckung unter dem Federbett.

»So leicht kommst du mir nicht davon«, ruft Robert atemlos, bevor er mir nachkrabbelt.

»Kinder, Kinder, Kinder!«, sagt Gerda.

Ich flüchte ans Fußende und zupfe mein Brautkleid in Form.

»Oh, Gerda, ich habe Hunger! Aber bitte keine Hochzeitssuppe. Sag mal, hast du vielleicht zufällig Bratkartoffeln im Haus?«

»Aber sicher!«

»Und Rollmöpse?«

»Hm!«

»Und Himbeermarmelade?«

»Aha«, sagt Gerda.

»Und dann möchte ich noch einen Mann zum Nachtisch«, rufe ich so laut ich kann.

»Und wer ist der Vater?«, fragt Gerda ungerührt.

»Wieso Vater?«, rumort Robert in der Tiefe des Federbetts.

»Na, da kommt was Kleines, ist doch klar!«, stellt Gerda fachmännisch fest.

Unter der Bettdecke ist ganz schön was los. Da ruft doch tatsächlich jemand »Juhu!«

»Bei Lulu gibt es immer einen leiblichen, einen weltlichen und einen spirituellen Vater«, schaltet sich jetzt meine Mutter ein.

»Robert, das ist übrigens meine Mutter«, stelle ich artig vor und deute auf den orangefarbenen Stoffberg am Kopfende. »Sie ist der Grund, warum ich nicht heiraten kann – sie hat lebenslänglich ein Anrecht auf die Besucherritze.«

»Sehr erfreut«, sagt Robert, lugt kurz unter der Bettdecke hervor und verschwindet wieder im Reich der Kissen, wo er mich im Gewirr der Arme und Beine zu umarmen versucht.

»Und wer ist nun der Vater?«, beharrt Gerda auf ihrer Frage.

Tja, wer? Im Rechnen war ich noch nie ein Genie.

»Der Erfolg hat viele Väter«, beschließe ich diese heikle Diskussion.

»Können Sie meine Tochter denn überhaupt ernähren?«, fragt meine Mutter skeptisch und lüpft die Bettdecke.

»Klar doch«, ruft Robert. »Ich beherrsche Pichelsteiner Eintopf aus der Dose und die Nummer vom Pizza-Service!«

»Mama, das ist mehr, als die meisten Männer heute zu bieten haben«, erkläre ich.

»Und was sind Sie von Beruf?«, setzt meine Mutter das zwanglose Ausfragespiel fort.

Ich lehne mich zurück und nehme Lilli in den einen Arm und Friederike in den anderen.

»Babysitter!«, sage ich stolz.

»Nicht ganz«, sagt Robert.

»Wie, was?«

»Also, das war so«, beginnt Robert und setzt sich brav auf die Bettkante. »Meine Tochter brauchte einen Job, und dann sah ich diesen Zettel im Supermarkt Babysitter gesucht. Aber Gaby ist etwas schüchtern, wissen Sie, deshalb sagte sie: Geh du mal hin, Papa, und kuckmal, was das für Leute sind.«

In meinem Kopf dreht sich ein Kinderkarussell mit Formel 1-Geschwindigkeit.

»Tja, und dann sah ich Ihr Fräulein Tochter, gnädige Frau, sie hatte einen Schlitz im Kleid und einen ganz allerliebsten Schwips im Kopf und dann ...«

Ich greife mir die Kopfkissen und ziele auf Robert.

»Du Schuft!«

»... und dann gab es kein Zurück!«

Treffer, versenkt.

»Sag mir auf der Stelle, was du im wirklichen Leben machst!«

»Ach, Lulu, wie soll ich sagen – ich bin Spezialist für feinstoffliche Energie- und Chakrenarbeit, Meditation und Aurareinigung, ich mache da so Kurse ...«

»Toll!«, schreit meine Mutter.

»Hilfe!«, schreie ich.

»... für die gechannelten Botschaften der Seelenfamilie«, schließt Robert schuldbewusst seinen Sündenkatalog.

Wo bist du? Wer bist du? Was kann ich für dich tun? Die Ansage eines meditativen Kanalarbeiters also. Ich fasse es nicht. Da bin ich ständig auf der Flucht vor diesem ganzen Chakrenzauber und dann so was.

Egal. Männer sind wie Luftballons. Ich nehme mir jetzt einen und fliege mit ihm davon. Nur so zum Spaß.

»Den Mann zum Nachtisch mit Vanillesoße oder Schokoladensauce?«, fragt Gerda.

»Geteert und gefedert, bitte!«, rufe ich. Im selben Moment beschließt das Bett, dass es nun genug sei, genug gezeugt und gebalgt und geruht, es gibt ein Knacken und ein Gepolter, Holz splittert und dann landen wir alle mit einem Riesenkrach auf dem Fußboden.

»Mama liieb!«, sagt Lilli und umarmt mich.

Das Leben ist schön.

**Wenn der Mensch der Natur gebieten kann,
gibt es keine Sicherheit mehr diesseits von Eden**

Ein kleines, verschwiegenes Tal in Kalifornien. Hier lebt seit den sechziger Jahren eine Hippie-Kommune. Nun aber soll ihr Dorf einem Stausee weichen. Doch die ›Kinder von Eden‹ wollen sich nicht aus ihrem Paradies vertreiben lassen und greifen in ihrer Not zu einem wahnwitzigen Plan: Sie drohen der Regierung, ein Erdbeben stattfinden zu lassen, das entsetzliche Folgen haben wird. Niemand nimmt ihre Ankündigung ernst. Nur die junge FBI-Agentin Judy Maddox, die bereits auf der Abschussliste ihrer Vorgesetzten steht, hat ihre Zweifel und versucht, die Katastrophe zu verhindern. Aber dann überschlagen sich die Ereignisse ...

›Gut recherchiert und nervenaufreibend spannend.‹

Brigit

3-404-14535-6

BASTEI
LÜBBE

Dee Rawlings ist eine erfolgreiche Journalistin und Kummerkastentante, die Lösungen für alle Probleme und Wehwehchen parat hat. Doch trotz ihres unverbrüchlichen Selbstvertrauens und ihrer Überlegenheit gerät sie in eine schwierige Situation, als die halbwüchsige, alleinstehende Mutter Kayleigh Roth samt Kind in ihr Leben tritt und das Unterste zu oberst kehrt. Kayleigh nistet sich nämlich bei Dee ein und bringt in kürzester Zeit die glückliche Familie vollkommen durcheinander. Bald müssen sich Dees Ehemann, ihr Sohn, die Tochter, Freunde und Bekannte mit Kayleighs starker, unwiderstehlicher Persönlichkeit auseinandersetzen ...

ISBN 3-404-16210-2

BASTEI LÜBBE